Victoria

Emilie Riger

Victoria

Roman

Couverture : Ergé ; illustration Vectortwins

©2022, Emilie Riger
Édition : BoD – Books on Demand, info@bod.fr
Impression : BoD – Books on Demand, In de Tarpen 42,
Norderstedt (Allemagne)
Impression à la demande
ISBN : 978-2-3224-2424-5
Dépôt légal : septembre 2022

Le bonheur, lui aussi, est inévitable.
Anonyme

Partie 1

Depuis toute petite, je sais deux choses : je ne dois pas traîner dans les pattes de ma mère, et l'homme à côté d'elle n'est pas mon père, même si je l'appelle papa.

Deux certitudes se sont donc installées très vite : il n'existe pas vraiment de place pour moi et les mots ne disent pas ce qu'ils sont censés signifier. Pourtant, certains me plaisent beaucoup. « Funambule », par exemple. Il contient toute la légèreté d'une bulle suspendue dans les airs, on pourrait presque oublier que les bulles finissent toujours par éclater.

– Vic, tu m'écoutes ?

Non, je ne l'écoute pas. Lui, c'est Octave, mon petit ami. Encore un mot qui ne veut rien dire, il est plus grand que moi d'au moins vingt centimètres, et ce n'est pas mon ami. Mon amoureux, peut-être, même si cela sonne enfantin et que je ne suis pas sûre de savoir ce qu'est l'amour. Par contre, je sais que les bras d'Octave sont le seul endroit où je me sens presque à ma place. La première fois qu'il m'a embrassée, j'ai trouvé cela plus incongru qu'agréable. Je n'avais pas l'habitude des baisers. Mais Octave est patient.

– Tu es d'accord ou pas ?

Il s'est redressé sur un coude, faisant basculer ma tête. Je le pousse pour qu'il se rallonge.

– D'accord pour quoi ?

Il prend mon menton dans ses doigts, attend que je le regarde. Il sait si je l'écoute ou pas quand il sonde mes yeux.

– D'accord pour camper avec Vincent et Amie ce week-end.

Je rêve de bouleversement, de chamboulement. Octave me propose de camper à trois kilomètres d'ici avec deux copains d'enfance que l'on connaît par cœur. Il faudra comme chaque fois faire pipi dans l'herbe derrière un arbre, se laver dans une rivière gelée, manger des conserves sur un réchaud à gaz et se coller des claques pour écraser les moustiques. Mais Octave se fout de ces détails.

– Si tu veux.

– Tu préfères autre chose ?

Je me tourne sur le côté, mon dos collé à son ventre, pour échapper à ses questions. Oui, je veux autre chose, qu'il change le monde pour construire une vie capable de prendre le pas sur mes pensées. Mais Octave ne veut rien changer. Octave aime le monde tel qu'il est, surtout quand il me tient dans ses bras. Ce n'est pas de l'arrogance, c'est lui qui me l'a dit.

Octave est gentil. J'aime son visage, ses mains, sa simplicité – et sa gentillesse. Je m'appelle Victoria, lui m'appelle « Vic », ça ne me dérange pas, ou « Victoire », ce qui m'agace davantage car je ne peux m'empêcher de voir de l'ironie dans ce surnom. Il est drôle aussi, et léger. Tellement léger qu'il me fait du bien tout en mettant en valeur à quel point je suis pesante. Je me demande parfois s'il n'est pas trop léger, justement. Tout est simple pour lui, trop simple pour mon esprit alambiqué. J'aurais voulu un amoureux de roman qui m'envole si loin que j'en oublierais mes questions et mes déséquilibres. J'aurais été d'accord pour gober ses promesses comme des shoots de tequila, tellement je veux fermer fort les yeux et croire – en quoi je ne sais pas, et ce n'est pas important – juste croire. S'il m'avait désigné les étoiles en jurant qu'il redessinerait leurs constellations pour moi, j'aurais pu le croire. Mais voilà, Octave aime le monde tel qu'il est quand il me tient dans ses bras, que pourrait-il changer ? À la place, il m'embarque dormir sous une tente à trois kilomètres.

– Comme tu veux. Je m'en fous.

Nous venons de faire l'amour dans le petit lit à une place qui occupe ma chambre. Avec un préservatif, toujours, toujours, toujours. Ma mère a ancré dans ma tête la terreur d'une grossesse surprise dès mon entrée au collège – je suis un accident, je ne vais quand même pas reproduire l'erreur ?

Maintenant, j'ai envie qu'il s'en aille. La bibliothèque aligne mes livres contre le mur en face de moi et nous sommes jeudi. Le jeudi, j'écoute de la musique en faisant les poussières. Je vide chaque étagère, époussète tous mes romans, avant de les remettre à leur place, bien alignés, classés par ordre alphabétique. Il n'y a pas vraiment d'espace pour moi dans ce monde en-dehors des bras d'Octave, mais j'aime que chaque chose soit à sa place.

Quand Octave se lève, le froid vient se déposer sur ma peau là où son corps m'enveloppait. Il se rhabille alors que je tire la couette sur mes épaules.

– Samedi, on bosse notre exposé et après on se taille au lac avec Vincent et Amie. O.K. ?

Je hoche la tête. J'aime Amie, mais sa bibliothèque m'angoisse. Elle range ses livres en fonction des personnages qui habitent les romans. Impossible pour elle de laisser côte à côte le cynisme du narrateur de *Soumission* et la candeur du Homer Wells de *L'œuvre de Dieu, la part du Diable*, même si Houellebecq et John Irving voisinent dans l'alphabet. Elle pense que les livres communiquent entre eux, et veut protéger les belles âmes qu'ils contiennent et mettre à l'écart les mauvaises. Il en résulte un désordre insensé sur ses étagères, et son père libraire approvisionne très souvent son désordre. Amie est folle, c'est la raison la plus probable de notre amitié. Mais sa folie est douce, la mienne est rugueuse.

Je cligne des yeux. Je ne sais pas depuis combien de secondes, combien de minutes, Octave est agenouillé devant moi, à étudier mon visage en fronçant les sourcils.

– Ça va, Vic ?

S'il fronce les sourcils, c'est parce qu'il s'inquiète pour moi, souvent, trop.

– Oui.

– On se voit demain ?

Je voudrais répondre non. Que demain, je serai partie ailleurs, loin, à la recherche d'un lieu où j'aurais ma place. Que je voudrais qu'il vienne avec moi, parce que sans lui, j'aurais peur. Mais je n'ai aucune idée de la direction qu'il faut prendre pour partir à l'aventure. C'est plus facile de rester là. Demain, je le retrouverai au lycée.

Il m'embrasse et sort de la chambre, ses baskets à la main. Je me demande comment je vais tuer le temps pour oublier toutes ces heures à venir qui seront désespérément identiques, prévisibles et ennuyeuses, jusqu'au moment où je le retrouverai. Et je déteste avoir besoin de lui aussi fort alors qu'il ne m'apporte pas ce dont j'ai envie.

Ma grand-mère disait qu'il ne faut pas mettre tous ses œufs dans le même panier. Elle avait des tas d'expressions débiles comme ça ; je n'ai pas pu les empêcher de s'incruster dans ma mémoire. Moi, dans mon panier, il y a Octave, et c'est tout. Amie aussi, parce qu'elle est folle, et Vincent parce que son père thanatopracteur tient les pompes funèbres et qu'il veut prendre sa suite. Je suis bizarre, c'est logique que j'aime les gens bizarres. Il n'y a qu'Octave qui ne cadre pas – trop normal.

À moins que sa bizarrerie à lui, ce soit de m'aimer, moi.

– Vous savez qui vous allez faire ?

La phrase de Vincent n'a aucun sens : on ne peut pas « faire » quelqu'un. Mais Vincent est un vrai fainéant avec les mots. Il sait très bien les utiliser, simplement il s'en donne rarement la peine. Il décolle les yeux de la compote de pommes qu'il vient de finir et me fixe. C'est son truc, Vincent, le silence et les yeux. C'est comme ça qu'il parle en fait, pas avec la bouche.

Octave ne répond pas, il a le nez dans son téléphone, à lire un article sur je ne sais quel match. Les Jeux olympiques le rendent dingue avec le décalage horaire. Ce matin, il s'est endormi d'un coup en cours d'espagnol. Sa tête a heurté la table avec un bruit sourd et la prof s'est retournée. Il s'est redressé dans un sursaut, mais il a maintenant une grosse bosse au milieu du front.

Amie ne répond pas non plus. Tournée sur sa chaise, elle parle à une fille derrière notre table, je ne sais pas laquelle, je ne retiens pas leurs noms, elles m'énervent. Il reste donc moi.

– Non, on n'a pas encore cherché.
– Ça me saoule. T'as pas un nom à me refiler ?

– Non, s'exclame Amie soudain revenue parmi nous. On va chercher – et trouver. Et ça va être difficile, parce que c'est justement ce qui va prouver à quel point ça déconne, tout ça.

« Tout ça », c'est notre prof d'histoire qui veut nous lancer à la découverte des femmes artistes oubliées. Dans son esprit, vingt-six élèves travaillant en binômes arracheront treize femmes au purgatoire de l'oubli. Ça me paraît bidon, parce qu'on ne trouvera jamais aucune trace de celles qui ont *vraiment* été oubliées. Mais allez discuter avec un prof… en tout cas, pas avec celui-là.

– Si, j'ai trouvé.

Octave a posé son téléphone, il joue avec mes doigts posés sur la table.

– Qui ?

– Élizabeth Siddal.

On le regarde ahuris.

– Qui ?

Lui ne regarde que moi.

– Une poétesse et peintre qui a servi de modèles aux grands artistes préraphaélites.

J'enlace sa main et la serre fort. J'écris beaucoup, notamment des poèmes, Octave le sait, même si ni lui ni personne ne les a jamais lus. Je les déchire au fur et à mesure. Et j'aime la peinture préraphaélite. Je peux passer une éternité devant mon affiche de la noyade d'*Ophélie* peinte par Millais.

Octave se penche vers moi.

– C'est elle, Ophélie.

Je serre sa main encore plus fort. C'est pour des moments comme ça que le mot amoureux me plaît, même s'il est enfantin.

Élizabeth ~~Siddal~~ 1829-1862
Élizabeth SiddalL 1829-1862

Octave fronce les sourcils mais je tiens à ce second « L » originel. Il secoue la tête puis éclate de rire.
– C'est presque trop !
– Trop quoi ?
– Trop romantique. Sa vie, sa mort… Il pointe les feuilles couvertes de notes et de photos étalées sur son lit. Elle est tellement romantique qu'on dirait qu'elle est l'archétype du romantisme.

Modèle des peintres préraphaélites, leurs tableaux reflètent sa beauté à l'infini, ses épais cheveux roux, ses grands yeux verts aux paupières lourdes, sa peau pâle. Elle apparaît sur tant de toiles, présente et intemporelle à la fois, comme une déesse ayant condescendu à se laisser voir un instant par les hommes.

C'est elle, l'*Ophélie* de Millais. J'ai passé des heures à observer cette peinture. Ma mère croit à une fascination morbide pour le suicide, elle n'a rien compris. Je suis touchée par le désespoir qui émane du roman de Shakespeare, bien sûr, mais le désespoir est tellement commun. Ce qui me fascine, c'est l'approche de Millais. Alors que le drame se joue sur le visage d'une jeune femme malheureuse au point de vouloir échapper à la vie, sur les lignes de son corps abandonné aux flots, Millais a apporté une telle précision au décor que je peux identifier chaque fleur, chaque plante qui enveloppe sa dérive. Ce soin méticuleux porté aux plus infimes détails, cette idée d'une nature d'essence supérieure (divine ?), aussi importante que l'homme, me ressemblent. Et « Lizzie » n'était pas non plus tout à fait à sa place dans cette Angleterre victorienne (Victoria, mon prénom, celui de la reine, est le point de départ de mon intérêt pour cette période). Être modèle pour peintre faisait un peu désordre à cette époque.

– Tu la regardes différemment, maintenant ?

Je fixe Octave vautré dans les oreillers, les mains derrière la tête. Il est né nonchalant, et rien de ce qu'il a vécu depuis ce jour n'est venu contrarier cet abandon confiant.

– Qui ?

– Ton Ophélie, tu la regardes différemment ?

Pour peindre son tableau, Millais a fait poser Élizabeth dans une baignoire remplie d'eau pendant des heures, en plein hiver. Absorbé par son travail, il a laissé s'éteindre les lampes placées dessous pour chauffer le bain. Élizabeth a gardé la pose, sans rien dire. Que se passait-il dans sa tête alors que l'eau refroidissait et qu'elle gisait là, immobile, bouche entrouvertes et yeux fixes, dans la peau d'une femme qui venait de se noyer ? Elle a attrapé une pneumonie, qui fut soignée au laudanum, dont elle devint dépendante. Est-ce à cet instant que le drame a contaminé sa vie ? Avec l'addiction ? Ou un peu plus tard, quand Rossetti en a fait son modèle exclusif, refusant qu'elle continue à poser pour d'autres peintres pendant que lui batifolait avec d'autres femmes ? Pourtant, il a dû l'aimer. Il lui a enseigné la peinture, elle fût alors considérée comme un génie pour ses talents artistiques. L'histoire dit qu'elle était tellement faible au moment de leur mariage, qu'il fallut la porter jusqu'à l'autel. Était-ce Rossetti qui la soutenait dans la nef de l'église ? L'a-t-il de nouveau soulevée dans ses bras en la découvrant morte quelques mois plus tard à seulement trente-quatre ans ? Il l'enterra avec l'unique copie de ses propres poèmes, mais sept ans plus tard, il fit rouvrir son cercueil pour les récupérer. Pas fou, Rossetti.

Était-ce une histoire d'amour ou d'emprise ? Rossetti a changé son nom, de Sidall en Sidal. Elle écrivait des poèmes sans jamais être allée à l'école pour apprendre à lire et à écrire. Elle fut la seule femme dont les toiles furent présentées à l'exposition préraphaélite de 1860.

Élizabeth SiddalL. Je veux rendre à Élizabeth ses deux ailes.

Cette histoire de nom me préoccupe. Nous faisons simplement un exposé pour le prof d'Histoire. Pourtant, par ce biais étrange, la « Grande Question du Père » fait de nouveau irruption dans ma vie.

Mon père a imprimé sa marque avant de partir. Il m'a nommée.

Victoria.

Quel est le pouvoir d'un prénom ? Est-ce lui qui nous sort du néant, dessine les contours de notre existence ? Définit-il notre capacité à être, à devenir une personne qui dit « je » ? Ou bien est-ce simplement une étiquette, une convenance, un code pour s'appeler et s'interpeller, être rangé dans une case administrative ?

Victoria.

Pourquoi ?

Parce qu'il aimait la reine, c'est tout ce que ma mère a pu me dire. Qu'est-ce qui, dans sa vie, faisait écho à la reine Victoria ?

Il m'a transmis cet héritage, cette passion supposée, puis a disparu.

Il est parti, tout de suite après ma naissance. Il m'a reconnue puis s'est enfui, comme si mon existence écrite noir sur blanc était devenue trop grande, trop réelle pour qu'il puisse y faire face.

Il est parti, en me laissant me débrouiller avec Victoria, ce prénom, la seule chose qu'il ait voulue pour moi avant de me quitter. Seule pour me construire et devenir quelqu'un à la hauteur de ce nom, Victoria. Comme si ce prénom était un objectif qu'il m'avait assigné.

J'ai appris par cœur l'histoire de la reine. J'ai cherché et creusé les plus infimes détails, à la recherche de ce but que je suis censée atteindre et qui est peut-être la clé pour le trouver. Mais quel objectif ? Savoir le définir, l'isoler parmi des milliers d'informations, cela fait-il partie du test ? J'aurais voulu quelques indices pour m'aiguiller. Qu'est-ce qu'il attend de moi ?

Je cherche et creuse. Il suffit que je le mérite, que je me montre à la hauteur. Je suis incapable de dire si cette obsession vient de l'importance que ce père inconnu peut avoir pour moi, ou si je tiens ce trait de caractère de ma mère, comme si j'avais hérité d'une pièce de machine au milieu de ma chair. Mais quand j'aurai trouvé, il reviendra, n'est-ce pas ?

Je rêve d'un père parce que je sais qu'il existe, quelque part, ailleurs. Si j'avais ignoré le jeu des chaises musicales qui a suivi ma naissance, aurais-je ressenti le moindre manque ? Probablement pas.

À dire vrai, je ne pense pas tout le temps à mon père. Souvent, mais pas tout le temps. Je fais diversion avec une multitude de peurs, nourrie par les films catastrophes et postapocalyptiques dont je fais une consommation effrénée, pour éviter la seule vraie peur réaliste qui m'obnubile et dépasse mes forces. Elle est à la fois immense et minuscule, omniprésente et absente. Car ce cauchemar est sournois. S'il se réalise, rien ne changera dans ma vie. Et pourtant, tout sera différent. Cette angoisse qui me pousse vers des horreurs distrayantes – les zombies ont ma préférence – est de ne jamais exister aux yeux de mon père. Lorsque je le rencontrerai, s'il ne me juge pas digne de la reine Victoria, je ne serai donc pas digne d'être aimée de lui.

Comme il est absent de ma vie, concrètement, cela ne changerait rien. Mais comment pourrais-je poursuivre une vie qu'il mépriserait ?

Je voudrais m'ennuyer et utiliser mon énergie à me demander pourquoi je m'ennuie autant, ou ce que j'ai envie de faire. Je voudrais que mes pas suivent un chemin nettement tracé, comme la plupart de mes copains. Mais cet alter ego royal m'empoisonne l'existence. Il exige de moi de ne pas me contenter de ce que j'ai sous la main. Il me contraint à me poser la question de ce que je veux devenir, au lieu de devenir ce qui se présente.

Les attentes supposées de mon père ont hautement stimulé mon imagination. Le pragmatisme de ma mère, au lieu de les contrebalancer, leur a donné un côté presque obsessionnel en tordant mes rêveries jusqu'à en faire des obligations. Je ne sais pas d'où me vient que cette imagination se plaise à me démontrer que tout doit tourner à la catastrophe à tout instant. Que moi et tous ceux qui m'entourent, même s'ils n'en ont pas conscience, sommes perpétuellement sur la brèche entre calme et enfer, une jambe de chaque côté. Comme si nous bâtissions nos vies au-dessus d'une faille sismique sans nous préoccuper de la moindre norme de construction. Normal que tout s'écroule si souvent. Rien n'est solide, rien n'est acquis, tout peut sombrer d'un instant à l'autre, comme le Titanic.

Alors quel que soit l'amour d'Octave, comment pourrait-il compenser les deux désamours qui fondent ma vie : mon père et ma mère ?

– Tu as fini de remplir tes vœux ?

Nous dînons tous les trois devant la télé, ma mère, mon beau-père Luc et moi. Rien ne vient jamais troubler ce moment qui tient à la fois du rituel et de la fuite. Regarder ensemble les informations nous permet de nous éviter. Pas de regards croisés, aucun silence aspirant à être rempli.

Ma mère ne me demande pas si j'ai établi une liste de souhaits pour Noël. Elle veut savoir si je suis à l'heure dans mes démarches administratives pour mes études. Le mythique Parcoursup, qu'ils auraient dû appeler « Parcours du combattant ».

Ma mère s'appelle Sabine, et elle est pragmatique. Je ne pourrais pas dire si c'est sa nature, ou si cela lui est venu avec la vie. Pour faire tourner une brasserie, a-t-on un autre choix que le pragmatisme ? Mais la question ne me vient pas naturellement, c'est mon ami Vincent qui me l'a posée. Je ne vois de ma mère que ce qui la cache : sa fatigue perpétuelle, son efficacité, son acharnement. Je serais incapable de dire qui est Sabine derrière ces écrans de fumée, si elle peut être drôle parfois et pas toujours sérieuse ; enthousiaste et pas seulement méfiante ; aventureuse ou lieu de préférer la prudence ; tendre au-delà de ses exigences… Si elle est quelqu'un ou quelque chose en-dehors de cette machine à trouver des solutions et atteindre des buts. Alors je me contente des apparences : les mains plissées de trop tremper dans l'eau, les jambes gonflées par les piétinements, les yeux âpres posés sur le monde, la vie, son travail – et moi. Sabine reste toujours à un cheveu de l'amertume, bien trop occupée pour gaspiller son énergie en regrets inutiles.

Le tambourinement impatient de ses doigts sur la nappe me ramène à sa question. Ma préoccupation majeure actuelle – et urgente, doit être mon avenir. J'avais prévu de suivre une formation d'assistante sociale, mais je ne sais plus si je le veux encore. J'ai envie d'aider, de donner. De me sentir utile aussi, probablement. Mais plus je regarde les informations de 20 heures en dînant, plus je me dis que la tâche est immense, bien plus grande que moi. J'ai le sentiment que je pourrais me laisser consumer par ma vocation, être engloutie par les souffrances à combattre, sans que cela fasse la moindre différence : je ne ferais pas le poids face au malheur du monde. Alors, à quoi bon ?

Le risque majeur, si je ne trouve pas très vite un projet professionnel réaliste et solide, est de me faire embaucher d'office au Café des Roses, la brasserie de ma mère. Porter le plateau, je sais, ma mère me l'a appris dès le collège, histoire de m'occuper « sainement ». Du temps libre, oui, mais pas trop, car comme chacun sait, l'oisiveté est mère de tous les vices. Mais ce que j'ai accepté de bon gré pour gagner des sous et aider ma mère quand elle manquait de bras, je n'en veux à aucun prix pour les quarante années à venir. Travailler avec ma mère et prendre sa suite n'est pas une option à mes yeux,

mais c'en est une pour Sabine si je ne me décide pas très rapidement.
– Non, je n'ai pas fini de remplir mes vœux. Mais j'ai encore un peu de temps. Pas beaucoup, d'accord, mais un peu.
– Pas fini ? As-tu seulement commencé ?
Elle allume une cigarette pour ravaler une vacherie que je n'ai aucune envie d'entendre, mais que je ressens comme si elle l'avait crachée à voix haute. Elle mêle mépris et impatience. Son impatience à se débarrasser de moi maintenant qu'elle atteint enfin le bout de son devoir, m'élever : je vais avoir dix-huit ans dans quelques mois. Mon beau-père Luc joue sa sempiternelle carte de l'apaisement.
– Allons, chérie, elle traverse l'adolescence, ce n'est pas facile.
Cela sonne toujours étrangement de l'entendre appeler ma mère « chérie ». Sabine me semble à mille lieues de ce statut de tendre amoureuse qu'il s'obstine à lui attribuer.
– Quelle adolescence ? Ce concept est un fourre-tout qu'on utilise à toutes les sauces. Est-ce que j'ai fait une crise d'adolescence, moi ? Non. J'ai accouché et j'ai travaillé.
La crudité de ses mots me renvoie à la brutalité du monde dans lequel elle vit, où ne comptent que le concret et l'utile. Un monde dénué de toute spiritualité. J'économise mon énergie en calquant mon attitude raisonnable sur celle de Luc.
Mon beau-père se racle la gorge pour prévenir qu'il va prendre la parole. Luc fait toujours ça avant de parler, comme s'il devait demander la permission. Lui non plus n'est pas sûr d'avoir sa place autour de notre table.

Je l'appelle papa parce que c'est plus pratique. J'ai cru que c'était ce que l'on attendait de moi. Au vrai, j'ai maintenant compris que ma mère se fout royalement de comment je l'appelle, tant que je lui obéis et ne lui casse pas les pieds au point de lui donner envie de partir.

En fait, il ne serait jamais parti, m'a-t-il avoué un jour. Même un enfant-démon aurait échoué à le faire fuir, simplement parce qu'il aime Sabine, c'est aussi simple et incompréhensible que ça. Mais si elle finit par le comprendre un jour, ce sera trop tard pour en faire son bonheur. Après toutes ces années, ma mère ne sait toujours pas si elle l'aime, s'il lui inspire de la tendresse ou de l'agacement, si elle veut le remercier ou s'en débarrasser. C'est comme une contagion de l'incertitude constante de Luc qui déteint sur tout ce qu'il touche. Autant ma mère est capable de prendre une décision en un quart de seconde à propos de sa brasserie ou de sa fille, autant en ce qui le concerne, elle se pose les mêmes questions depuis dix-huit ans. Elle ne l'a pas épousé par amour, mais parce qu'il était plus facile d'être deux pour élever un enfant : une opportunité en quelque sorte. Sabine se sent redevable envers Luc, c'est peut-être aussi cela qui la perturbe. Mais il a au moins le mérite d'être toujours d'accord avec elle et de savoir tout réparer. C'est utile, un homme qui sait tout réparer, m'a-t-elle dit. Pas seulement les voitures dans son garage, ça c'est son métier, mais tout, de la machine à laver au volet roulant de la cuisine ou à la chambre froide de la brasserie.

Sabine veut une vie pratique. Luc m'a raconté un jour qu'il l'aimait si fort qu'il m'avait englobée dans son amour, comme un lot indissociable, une bête à deux têtes. Il m'est même plutôt reconnaissant, car il pense que sans mon poids qui tirait les bras de ma mère vers le bas, jamais elle n'aurait baissé les yeux sur lui.

C'est souvent une affaire de poids, dans la vie. Ceux que l'on porte, que l'on traîne et trimballe. Je voudrais que ce ne soient pas les poids qui construisent les vies. Qu'elles se bâtissent plutôt sur les aspirations, les soulagements, et peut-être même les envies. Cela ferait probablement des vies plus légères.

Pour en revenir à Luc, qu'en plus je sois sage lui inspira une vague affection à mon égard. Cet à-peu-près mal délimité, informe, sans consistance, est le reflet exact de l'homme qu'il est – si tant est qu'un être aussi indécis puisse avoir un reflet exact – fidèle serait plus approprié.

Ce soir pourtant, il se gratte la gorge d'une façon différente : il semble avoir quelque chose d'important à dire. En tout cas, important pour lui, suffisamment pour qu'il coupe le son de la télé et se tourne pour être assis bien en face de moi.

– Victoria, tu vas avoir dix-huit ans. Je ne sais pas trop de quoi tu as envie pour ton anniversaire.

– Je ne comprends pas. On travaille sur ma voiture depuis des mois. C'est toujours ma voiture, hein ?

Il agite la main comme pour chasser une mouche.

– Oui, oui, bien sûr. Mais je voulais t'offrir quelque chose de différent.

– Quoi ?

Il aligne soigneusement ses couverts le long de l'assiette, replace son verre de vin.

– Je me suis dit... Après tout ce temps, tu pourrais être ma fille... « pour de vrai ». Je veux dire, jusque dans les papiers. Je pourrais t'adopter, si tu en as envie aussi.

Sabine fait tomber sa cigarette sur la nappe et lâche un juron en frottant le trou pour éteindre les escarbilles. Moi, je suis sous le choc.

– Tu es sérieux, là ? je lui demande.

– Oui. Après tout, ça fait dix-huit ans que je m'occupe de toi. S'agirait juste de le mettre par écrit.

– Tu étais au courant ?

Ma mère ne répond pas. Elle découvre mon « cadeau » à l'instant. Je veux qu'elle se fâche, qu'elle crie qu'on ne peut adopter que les orphelins, pas les filles qui ont un père. Mais Sabine ne dit rien, elle a la même tête que lorsqu'elle fait la caisse en fin de journée : elle calcule ce que cela peut lui rapporter. En quel bon argent Sabine est-elle en train de convertir cette adoption ?

Mon beau-père attend, avec cette bonne grosse patience qu'il m'a toujours témoignée. Il est là depuis le début. Il a tenu ma main bien serrée dans la sienne jusqu'à ce que je sache regarder avant de traverser la rue. Il a assisté à tous les spectacles de fin d'année, se coltinant la danseuse-papillon, le pirate ou la chorale de la classe. Il lui est arrivé de m'emmener chez le dentiste. Il respecte scrupuleusement la porte fermée de la salle de bains depuis que j'ai grandi. Il m'a mis un tournevis dans les mains dès que mes doigts ont commencé à attraper le monde. Gamine, je portais ma casquette à l'envers pour l'imiter, il tourne toujours la visière sur sa nuque avant de se pencher sur un moteur. Dans son garage où j'ai passé des milliers d'heures, j'aime le noir de la gomme des pneus, les traces de graisse sur son bleu en grosse toile, le cambouis qu'il essuie avec un vieux chiffon qu'il fourre ensuite dans sa poche, toujours la même, celle de gauche à l'arrière.

Je sens combien c'est important pour lui. M'adopter, c'est le plus beau cadeau auquel il a pu penser. Au moment où ma mère rêve de me voir débarrasser le plancher, il m'offre un nid où m'abriter en cas de pépin, un refuge. C'est ça, son cadeau d'anniversaire. De l'amour. Un amour sans date de péremption. Un amour qui me choisit et qui durera au-delà de lui, puisqu'il m'offre son nom, fait de moi sa descendance. Je voudrais lui dire oui. Il m'a appris la tendresse des gestes et la complicité silencieuse bien plus que Sabine. Je n'ai rien à lui reprocher, mis à part cette inertie qui ne change jamais une virgule aux actes de ma mère.

Mais il y a une chose que je ne parviens pas à lui pardonner : il est là, alors que mon père ne l'est pas.

Un beau-père ne suffit pas. Ce « beau » précède et efface tout ce que contient le mot père. Un père artificiel. Je sais qu'il n'a pas chassé l'autre, au contraire, il a comblé un vide abyssal. Mais il est le faux père. Un subterfuge. Le négatif parfait de celui qui m'a donné la vie.

Il m'a élevée au lieu de m'abandonner.

Il m'a accompagnée au lieu de me fuir.

Il m'a aimée de près au lieu de disparaître au loin.

Il est l'anté-père.

Je voudrais lui dire merci et hurler non. Je ne peux me résoudre à aucun des deux. Alors je pose ma serviette à côté de mon assiette, je me lève et monte dans ma chambre.

La porte refermée, je tourne le verrou, m'adosse au bois et contrains ma respiration qui s'emballe. Je reste ainsi de longues minutes, les yeux fixés sur le mur blanc face à moi. Puis à gestes lents, je m'avance jusqu'à mon bureau et prends mon téléphone pour envoyer un message.

« Mon beau-père veut m'adopter. »

Je retourne m'appuyer contre la porte pour attendre. Octave répond toujours vite, quelle que soit l'heure.

« Tu en as envie ? »

Je tape les mots que j'ai étouffés face à Luc.

« Non. J'ai déjà un père. »

« Rendez-vous à la rivière ? »

J'inspire longuement, comme si Octave m'avait arrachée à la noyade.

« Oui. »

Je jette le téléphone sur le lit, marche jusqu'à la fenêtre que j'ouvre en grand et sort sur l'avant-toit. Mes bottines crissent sur les tuiles quand je m'agenouille au bord avant de sauter. J'atterris sur le sol avec un son étouffé, et traverse le jardin noyé par la nuit. Je marche lentement.

Octave doit parcourir un chemin plus long que moi, mais il le fera en courant, Octave a toujours besoin de s'agiter inutilement. Son corps contient trop d'énergie, alors que chez moi, celle-ci se concentre dans la cervelle. Je me plante au pied du chêne et ferme les yeux. Près de moi, la rivière coule en frémissant, indifférente. Je jette parfois un œil vers le virage d'où Octave va débouler, mais le plus souvent, je guette à l'oreille le tap-tap régulier et vif de ses semelles sur la terre. J'ai déjà essayé de poser ma main sur le sol pour ressentir les vibrations de son approche, mais Octave est trop léger, jusque dans sa course : il semble gagné par l'apesanteur dès que son corps s'anime. Un frottement en pointillés me parvient au bout de quelques minutes à peine, il a dû partir immédiatement et courir plus vite que d'habitude. Il arrive jusqu'à moi, à peine essoufflé, et dose du regard le mélange instable de douleur et de colère qui m'habite. Je lui laisse le temps de poser son diagnostic avant de lâcher :

– Les hommes, changer le nom des femmes, c'est tout ce qu'ils savent faire.

Il prend ma main et nous marchons le long de la rivière, Octave resserre son étreinte sur mes doigts.

– Le jour où on se mariera, moi aussi je changerai ton nom.

D'une bourrade brutale, je le projette dans la rivière. Il disparaît sous la surface puis ressort la tête et la secoue comme un chiot qui s'ébroue. Campée sur la rive, je m'énerve.

– Je n'ai jamais dit que je voudrai t'épouser ! Et encore moins que je voudrai prendre ton nom !

Octave s'accroche à une branche, puis tend une main pour que je le hisse hors de l'eau. Dès qu'il est sorti, je le lâche.

– D'accord. Mais t'étais pas obligée de me balancer à la flotte pour le dire. Elle est gelée.

Il enlève son tee-shirt et l'essore, avec ce calme imperturbable qui fait retomber mes colères comme des soufflés trop cuits.

– Ce n'était pas du luxe. Tu puais la transpiration.
– Je suis venu dès que tu m'as appelé.
– En courant. Tu pues quand tu viens en courant.

Octave coince son tee-shirt dans sa ceinture.

– C'est pour arriver plus vite.

Je le repousse.

– Ne me touche pas, je vais être mouillée.

Octave me rattrape, me serre entre ses bras.

– Je t'aime.

Je gigote encore un peu pour ne pas me rendre trop vite. Puis me laisse aller contre lui et ferme les yeux. Il se penche pour embrasser mes cheveux.

vite. — Voilà, c'est pour ça que c'était important que j'arrive vite.

Nous restons un long moment immobiles. Je m'en veux de l'avoir poussé dans l'eau, je le sens trembler contre moi. Je m'écarte.

— Va-t'en.
— Déjà ?
— Oui.

Octave n'insiste pas. Il a froid et il sait qu'en restant, il défera le peu de réconfort qu'il a réussi à m'apporter. Il m'embrasse, s'éloigne à reculons, puis pivote et repart à petites foulées. Quand il se retourne juste avant de me perdre de vue dans le virage, je sais à la façon dont il ralentit qu'il n'aime pas la solitude de ma silhouette. Il lève la main, je lui réponds, trop pâle dans la lumière de la lune pour le rassurer.

— Quand on se mariera, Vic, c'est moi qui prendrai ton nom ! crie-t-il.

Il disparaît dans le chemin et n'entend pas la réponse que je chuchote pour moi-même.

— Lequel, Octave ? Celui de ma mère, qui m'a eue sans me vouloir ? Celui de mon père, qui m'a nommée sans m'aimer ? Celui de mon beau-père, qui veut m'adopter ?... Quel est mon nom ?

Luc a ouvert la boîte de Pandore. Depuis sa proposition, me talonne jour et nuit l'idée que j'ignore d'où vient tout ce qui, en moi, n'est pas hérité de ma mère. Je pourrais presque palper cet inconnu que j'abrite, une latence, une menace qui me guette, tapie dans l'ombre. Comment pourrais-je en faire abstraction, quand tous passent leur temps à me le répéter ? Chaque « Victoria » murmuré, assené, ordonné, chuchoté, écrit, crié, soupiré, me rappelle qu'en moi sommeille un mystère, une reine endeuillée à laquelle mon père m'a liée avant de disparaître. Je ne sais même pas s'il m'a enchaînée ou amarrée, si la souveraine est une condamnation ou un repère.

– Tu devrais partir à sa recherche. Si tu n'arrives plus à vivre avec son absence, alors retrouve-le.

Amie est fébrile ce soir, et cela m'inquiète. Elle est comme ça quand les mots lui encombrent la tête et qu'elle doit la purger en les jetant sur le papier. Le moindre secret, même chuchoté, parvient jusqu'à elle, comme s'il trouvait refuge en elle et qu'elle était son interprète. Amie capte les histoires qui flottent autour d'elle et les écrit pour « purifier l'air », dit-elle. Nous sommes un village sans secret. Sauf ceux que l'on garde pour nous, et qui nous rongent. À une autre époque, Amie aurait été brûlée comme sorcière. Moi, je ne veux pas que mon histoire soit emprisonnée dans un carnet.

— Je suis d'accord, dit Vincent en me tendant une brochette de chamallows sortie du feu.

Je croque dedans. C'est tiède, un peu brûlé à l'extérieur, le sucre chaud écœurant à l'intérieur. Je n'aime plus ça, j'ignore pourquoi on s'obstine à en manger à chaque fois que l'on campe tous les quatre. Peut-être pour garder en mémoire le goût de l'enfance.

Quand on est enfermés dans la tente, alors que Vincent et Amie dorment depuis longtemps, je chuchote :

— Tu n'as pas dit ce que tu en pensais.

Octave caresse mes cheveux, embrasse mon oreille.

— Tu le sais déjà.

Peut-être, mais j'ai besoin de l'entendre.

— Toi et moi savons qu'un jour, tu devras partir à sa recherche. Et ça me fait peur.

Octave est téméraire, il ne craint jamais rien. Qu'il m'avoue sa peur me terrifie.

— Pourquoi ?

— J'ai peur que tu souffres. J'ai peur de te perdre si tu ne reviens pas. Et même si je sais que tu seras obligée d'essayer un jour, je ne veux ni l'un, ni l'autre.

Je n'avais jamais sérieusement pensé à prendre l'initiative de contacter mon père. Ma mère le ressentirait comme une trahison, une donnée qui perd singulièrement de son importance maintenant qu'elle exprime son impatience à se débarrasser de moi. Je ne sais pas trop comment réagirait mon beau-père, mais après tout, ce « je ne sais pas » est une constante quand il s'agit de lui, ce qui rend son cadeau d'autant plus sidérant. À la limite du cadeau empoisonné.

En fait, je n'y ai jamais pensé sérieusement, car je croyais dur comme fer que si je le méritais, il reviendrait spontanément. Comme si j'étais équipée d'une jauge et mon père d'un détecteur, et qu'un signal silencieux se déclencherait quand je serai suffisamment remplie pour l'intéresser. Du jour au lendemain, il serait sur le pas de ma porte, prêt à me féliciter et à me faire entrer dans sa vie.

Cette pensée magique m'a protégée de son absence aussi loin que je m'en souvienne. J'ai accordé à mon père un pouvoir surnaturel, une toute-puissance qui apportera forcément une belle fin à notre histoire. Ils vécurent heureux.

Maintenant seulement, je réalise qu'aucun lien magique ne nous unit. S'il n'est pas revenu, peut-être que quelque chose l'en a empêché – la culpabilité ? le remords ? Mon imagination pourrait broder sur cette théorie pendant des mois. Si je veux savoir, je dois aller chercher mes réponses. Peut-être attend-il que je sois prête à faire le premier pas vers lui, tout simplement. Peut-être attend-il depuis bientôt dix-huit ans. Ce premier pas est la seule façon que j'ai de lui dire que je veux le connaître. Peut-être se sent-il inutile, voire indésirable.

– Je dois y aller.

Octave me serre fort, longtemps. Nous transpirons dans notre sac de couchage. Mais il ne me relâche pas, et je ne m'écarte pas non plus.

J'attends la fin du journal de 20 heures, le moment où le bruit des couverts que l'on débarrasse couvre le silence. Et je largue ma bombe. Cinq petits mots qui soufflent le salon et tout ce qui s'y trouve. Il m'en faut du courage pour parvenir à les prononcer. Octave a passé l'après-midi à m'encourager, et toute la soirée à m'envoyer des SMS pour me soutenir tant bien que mal. N'empêche que c'est dans ma bouche que la tempête prend forme, comme le tourbillon d'un cyclone naissant dans ma gorge, faisant vibrer mes cordes vocales pour produire des sons. Ces sons remontent dans ma bouche, ma langue tape contre mon palais et mes dents pour les sculpter jusqu'à en extraire des mots qui explosent dans la pièce avec d'autant plus de violence que je les ai prononcés un ton trop haut, petite erreur de réglage due au stress.

– Je veux voir mon père.

Cinq mots.

Luc se rassoit en courbant la nuque, sa main immobile sur le bord du saladier, et jette un regard par en-dessous à ma mère. Elle l'affronte, ses lèvres serrées transmettent un message silencieux mais limpide : « C'est ta faute, avec ton idée d'adoption à la con. »

Sabine repousse brutalement la pile d'assiettes, renversant son verre. Le vin rouge rampe sur la nappe en auréoles violacées. Elle allume une cigarette, tous ses gestes claquent. Elle crache sa réponse en expulsant la première bouffée de fumée.

– Ce connard !

Ma mère aurait pu me transmettre son histoire, elle a préféré me transmettre les blessures de son histoire. Quand elle est tombée enceinte par accident, mon père ne fut pas le seul à le lui avoir fait payer cher.

Mes grands-parents, qui n'étaient déjà pas chaleureux de nature, l'ont battu froid pendant des mois, et ma frimousse toute rouge ne les a pas attendris. Fille facile, fille perdue. Elle méritait ce qui lui arrivait, ils n'avaient pas de compassion en trop pour une coupable. Ils n'ont pas levé le petit doigt pour l'aider ; sans Luc, elle aurait pu en crever d'expier sans que ses parents clignent des yeux. Ma mère me l'a tant raconté que j'ai toujours craint et repoussé ces deux vieux, qui me le rendaient bien. Après tout, pour eux, j'étais le péché.

Les gens du village l'ont chargée de commérages, de regards en coin, de silences malveillants, la privant d'oublier un seul instant sa faute et sa conséquence – moi. Elle a même eu droit à un sermon bien peu charitable du curé auprès duquel elle avait cherché du réconfort, peut-être même l'absolution. Elle s'est rebellée en refusant de me faire baptiser. De bébé du péché, je suis devenue nourrisson condamné aux limbes. Mais finalement, ma mère n'en veut pas tant que ça à tous ces gens. Ils ont tenu le rôle que le village leur a assigné, reproduisant des comportements hérités de leurs ancêtres et faisant force de loi. C'est tout.

Mon père, c'est une autre histoire. Quand ma mère parle de lui, très rarement, sa colère enfle et flamboie, et ni le temps qui passe, ni l'amour de Luc ne l'apaise. À ses yeux, il est le seul et unique méchant de l'histoire. Il a choisi de l'abandonner, les autres n'ont fait que réagir aux conséquences de sa décision : une fille-mère et une bâtarde. Même les parents de mon père se sont enfuis. Ils ont déménagé, toute la famille en même temps, soi-disant pour les études de leur fils. Mensonge. Ils sont partis pour échapper aux conséquences – moi – et ne pas payer le prix des regards accusateurs des villageois. Ils ont laissé ma mère seule avec un bébé sur les bras. Ça, c'est ce qu'elle me crache à l'oreille, la rancœur déversée dès mon premier biberon. Enfant, je hochais la tête ; adolescente, je tournais les talons. Aujourd'hui, je demande à le voir.

Trahison.

Trahison parce que ma mère est incapable de pardonner à mon père. Pas parce qu'il est parti, non parce qu'il nous a abandonnées. Mais parce que Sabine l'a aimé.

Ma mère était belle – elle l'est encore quand elle oublie d'être fâchée contre tout le monde. Pierre, mon futur père, avait été séduit. Suffisamment pour la charmer jusqu'à lui tourner la tête, assez pour se perdre en elle, et plus d'une fois. Elle m'a même parlé de chocolats de la Saint Valentin et d'une peluche géante gagnée à la fête foraine. Elle l'a cru. Elle est tombée amoureuse.

Quand elle a découvert mon existence, un court instant, elle a presque été heureuse de moi. Sur l'amour de Pierre, elle bâtirait sa vie, son avenir, sa famille. Mais il s'est dérobé. A prudemment gardé une distance évasive jusqu'à son bac, ma naissance et sa fuite. Lui ne l'a pas aimée, il s'est entraîné à aimer.

Ce que Sabine ne peut pas pardonner, c'est ça. Mon père a été sa seule et unique faiblesse. Après son départ, elle s'est refermée, et ni Luc ni moi n'avons pu fendiller cette armure. Aimer, on ne l'y prendrait plus.

En demandant à le rencontrer, je la trahis. Sauf que depuis quelques temps, j'ai l'impression que c'est moi qu'elle trahit depuis ma naissance. Elle aurait pu m'inclure dans le cercle de ses bras, et garder sa colère pour le monde extérieur. Cette colère, je la porte depuis si longtemps qu'elle ne me touche plus. Tout ce passé, c'est son histoire, pas la mienne. Moi aussi désormais, j'aspire à vivre quelque chose avec mon père, même si c'est douloureux. Quelque chose entre père et fille qui n'appartienne qu'à moi, qui existe en-dehors d'elle et de ses blessures. Ce sera peut-être la répétition du passé, un nouveau rejet, mais il reste une infime chance que ce soit quelque chose de beau, de lumineux, de chaud. Alors oui, je veux voir mon père, le regard furieux de ma mère ne me fait plus peur. Sa dureté m'a endurcie.

– Je veux voir mon père.

Je m'entête, m'arc-boute sur cette conviction. Évite le regard de Luc, parce qu'il doit se sentir minable, parce que sa peine me rend coupable.

Ma mère se lève, débarrasse la pile d'assiettes, disparaît dans la cuisine. L'eau coule, la vaisselle ripe dans l'évier. Elle revient avec une bouteille de vin blanc qu'elle verse sur la flaque de rouge pour la détacher. Sabine, efficace, qui s'occupe de sauver sa nappe quand sa fille se rebelle. Je tends la main, attrape son poignet. Nous nous figeons toutes les deux. Tant d'années sans se toucher et ce contact brutal, envahissant. Luc transformé en statue et ma demande obstinée.

— Je veux voir mon père.

Elle pique ses yeux dans les miens, inébranlable.

— Non.

Ma main retombe. Elle enlève la nappe, part vers la buanderie pour la laver. Si pragmatique. Si calme. Si implacable. Luc pose sa main sur mon épaule, murmure.

— Attends un peu. Laisse-lui du temps pour se faire à l'idée.

— J'attends depuis très longtemps.

— Allons. Encore un peu de patience.

Luc et sa sempiternelle docilité. Suis-je comme lui ? Prête à tout accepter en échange d'une vilaine paix ? Je ne veux pas finir par inspirer « je ne sais pas » à ceux qui m'entourent. Il soupire. Il m'a dit un jour que je deviendrai trop grande pour tenir dans un garage ou une brasserie. Que j'aurai besoin d'étendre mes « tentacules » bien plus loin pour ausculter le monde. Je sais depuis longtemps que grandir fait mal. C'est le moment de prendre quelques centimètres d'un coup.

— Non.

Je me lève, monte dans ma chambre, saute sur le toit, me sauve dans le jardin. Je n'appelle pas Octave, ce soir. Il a le don de m'apaiser et j'ai besoin de ma rage pour forger mon combat.

Les parents d'Octave sont nerveux. Sa mère Dorothée parle plus que d'habitude, et Christian, son père, encore moins. Aux regards qu'ils me lancent, je devine que c'est à cause de moi. Pourtant ce n'est pas la première fois que je dîne chez eux avant d'y dormir. Quelque chose est différent ce soir, quelque chose les tracasse.

Octave ne réagit pas. Je n'ai jamais vu quelqu'un avoir une telle aptitude à se couler dans les situations et les ambiances sans être changé par elles. Quoiqu'il arrive, il reste lui-même. Je lui envie cette force intérieure.

La voix de Dorothée grimpe dans les aigus. Elle va aborder le problème qui les perturbe.

– Alors, Victoria, tu as rempli tes vœux, n'est-ce pas ?

Je suis perplexe. Je n'ai pas la réponse, pas plus que pour ma mère trois jours plus tôt. Et je ne comprends pas pourquoi le sujet les angoisse. Octave a coché toutes les cases depuis longtemps, Octave est un fils modèle.

– Euh… Non, pas encore.

Le saladier n'est sûrement jamais resté suspendu en l'air aussi longtemps. Octave finit par l'ôter des mains de Dorothée pour le poser sur la table.

— Bugue pas comme ça, maman, il reste encore quelques jours.

Sa mère en bredouille. Ces parents parfaits d'un fils idéal auraient-ils su se débrouiller mieux que ma mère avec une enfant comme moi ? Aurais-je été une fille parfaite s'ils m'avaient élevée ? Qu'est-ce qui relève de la nature et de l'éducation, dans la personne que l'on devient ?

— Mais enfin, Victoria, que veux-tu faire ?

Ma bouchée se coince dans ma gorge, je tousse, pose mes couverts. Si j'avais reçu un euro à chaque fois que j'ai entendu cette question, je pourrais m'offrir un aller-retour Paris – New York. Ils m'énervent. Comment pourrais-je savoir ce que je veux faire alors que j'ignore qui je suis ?

Soudain, ça fait tilt dans ma tête. Leur question porte sur mes études à venir. Ils se fichent pas mal de la réponse, du moment que la case est cochée. Mais je veux la prendre au pied de la lettre.

— Ce que je veux faire ? Je veux voir mon père.

D'habitude, le père d'Octave me voit à peine. Dans son esprit, je dois être une vague extension de son fils, dont il ignore encore si elle est durable ou non. J'ai parfois la sensation qu'il attend, avant d'intégrer réellement mon existence, d'être sûr que je vais rester sur la photo de famille. Mais là, le regard qu'il me lance est différent. Comme s'il me découvrait.

— Pierre est parti depuis longtemps, dit-il.

Ça me fait un choc d'entendre le prénom de mon père dans sa bouche. On ne se quitte pas des yeux. Je réalise qu'autrefois, Christian a très bien connu un jeune homme, longtemps avant qu'il devienne mon père. Il sait quel était son caractère, ce qu'il aimait, ce qu'il voulait. Tout ce que ma mère refuse de me donner. Ils sont des dizaines dans ce foutu village à l'avoir connu, et pas un n'a jamais partagé avec moi la moindre parcelle de souvenir.

– Il était comment ?

Christian prend son temps. J'attends depuis des années, mais ces quelques secondes de silence sont insupportables.

– Agité.

– Comment ça, agité ?

Nouveau regard pénétrant, presque surpris, comme s'il découvrait quelque chose à l'instant.

– Comme toi, en fait.

Cette réponse est insuffisante, pour lui comme pour moi.

– Ce qu'il avait n'était jamais assez. Il était tendu vers… plus. Ça le rendait impatient, parfois renfermé. Il était aussi très observateur. C'était un meneur. Il avait cette… énergie qui donnait envie de le suivre. Et il était beau. En tout cas, il plaisait aux filles.

Christian s'interrompt. Je ne l'ai jamais entendu parler autant, et pourtant je sens qu'il n'a pas fini.

– Sabine aussi plaisait beaucoup. Tu tiens des deux. Tu es belle.

Je suis sidérée. Jamais je n'aurais pensé que Christian me percevait comme ça. Bien sûr, Octave m'a dit mille fois qu'il me trouvait belle, mais il est amoureux, que pourrait-il dire d'autre ?

– Pierre était un peu… arrogant. Il était sûr que quelque chose de grand l'attendait loin de nous. Ta mère était plus douce. Elle avait beau faire la fière, je crois qu'en fait, elle espérait juste un peu d'amour. Ses parents étaient de vraies teignes.

Douce, ma mère ? Soit Christian s'emmêle les pinceaux, soit mon père a emporté avec lui toute la douceur de ma mère.
— Tu tiens des deux. Tu as la vulnérabilité de ta mère, celle des enfants mal aimés. Et l'énergie de ton père.

Christian boit une gorgée de vin, il a fini de parler. Et c'est tant mieux, moi qui voulais tout savoir, j'ai ma dose pour ce soir. Dorothée s'agite, perturbée par ce passé mort, elle veut revenir à ce qui la préoccupe maintenant.

— Oui, enfin, il ne faut pas que toutes ces vieilles histoires t'empêchent de construire ton avenir. Octave sait exactement quelle école il veut faire.

Je comprends enfin la cause de sa nervosité. Elle se fiche pas mal de moi et de mon avenir. Il n'est pas si étonnant que je sois à la dérive, après tout, vu d'où je viens. Mais elle redoute que j'entraîne son fils chéri dans ma débâcle.

— Fous-lui la paix.

Christian a parlé haut et fort pour prendre ma défense. Jamais aucun adulte ne l'avait fait. Après toutes ces années à se côtoyer sans faire attention, il me démontre en une phrase d'où vient la force d'Octave.

*****

Octave et moi nous connaissons depuis la maternelle. Pourtant, je suis sûre qu'il peut compter sur les doigts d'une seule main les fois où il m'a vue pleurer. Je me rattrape cette nuit-là, je n'en finis plus de sangloter. « Enfant mal aimé », ces trois mots tournent en boucle. J'ignorais que ma solitude s'appelait ainsi.

Vincent, Amie, Octave, tous disent de ma mère qu'elle n'est « pas commode ». Mais « mal aimée », posé par un adulte, cela a un tout autre poids. Un poids qui m'écrase. Abandonnée et mal aimée, je fais comment pour réparer ça ? Mon père serait-il parti s'il avait su qu'il emporterait la douceur de ma mère pour ne me laisser que ça, cette inaptitude à aimer ?

L'inquiétude d'Octave grandit face à mes larmes silencieuses. Lui aussi a entendu les mots de son père. Peut-on aimer une mal aimée ? Est-ce de l'amour, du vrai, ou plutôt de la compassion ?

Il s'agite, lui toujours si serein.

– Vic, dis-moi ce que je peux faire.

Rien, il ne peut rien faire.

– Serre-moi dans tes bras.

Il s'énerve et remonte son oreiller en lui assenant un coup de poing.

– C'est ce que je fais depuis tout à l'heure et ça ne sert à rien.

– Si. Sinon, ce serait encore pire.

Cette idée le fige. Il reprend sa place contre moi, me serre si fort que ses bras finissent par trembler. Étrange berceuse, douloureuse mais efficace, je finis par m'endormir sans m'en rendre compte.

Quand je me suis levée à l'aube, Octave dormait, les sourcils froncés de frustration jusque dans son sommeil. Dorothée n'est pas encore réveillée. J'ai trouvé Christian dans la cuisine. Il m'a tendu une tasse de café que j'ai acceptée, et nous sommes sortis regarder le soleil se lever.
— Tu as son adresse ? me demande-t-il.
C'est la première phrase qui rompt notre silence. Il fait froid. Le givre de la nuit commence tout juste à ruisseler. Mes yeux sont assez gonflés pour ne pas avoir à préciser de qui on parle. Ma réponse est simple.
— Non.
— Tu peux la trouver ?
Est-il dans les pages blanches, tout simplement ? Vais-je devoir l'extirper de ma mère ou soudoyer Luc ?
— Je crois.
— Trouve-la et je t'emmènerai le voir.
Je reste interdite.
— Même si c'est très loin ?
— Oui.
— Pourquoi ?

Il finit son café, jette un œil au mien que je n'ai pas touché.

— Tu n'aimes pas ça ?

Je secoue la tête. Il pose sa tasse et s'empare de la mienne.

— Tu as bien le droit de le voir. Et il est temps que Pierrot, comme on l'appelait, réponde à quelques questions, non ?

— Luc a refusé. Il veut que je patiente jusqu'à ce que ma mère soit d'accord.

— Tu auras des cheveux blancs avant.

— Mais… Vous n'avez pas peur qu'elle se fâche ?

— Oh, elle va se fâcher, ça ne fait aucun doute. Je ne suis pas près de reboire un café chez elle. Il regarde le fond de ma tasse qu'il tourne entre ses doigts. Ce qui est dommage d'ailleurs, il est bien meilleur que celui-ci. Mais peur ? Non.

Il s'éloigne dans le jardin et je n'en reviens pas. Je suis fascinée les rares fois où je rencontre quelqu'un que ma mère n'impressionne pas – il faut dire que cela n'arrive pas souvent. Moi, mon beau-père, mes amis, ses employés, ses clients, tout le monde est au garde-à-vous devant Sabine. Octave a tenté de se rebeller, elle l'a menacé de lui interdire notre maison et de m'empêcher d'aller chez lui. Il est rentré dans le rang.

Est-ce que Christian m'a entendue pleurer cette nuit ? Regrette-t-il d'avoir prononcé ces mots, ou au contraire de les avoir tus si longtemps ? Il a l'air un peu coupable, un peu penaud.

Je m'en fiche. Grâce à lui, aller voir mon père devient possible. Je vais pouvoir agir maintenant. Aller le voir et découvrir ce que cache son silence. Me libérer de cette obsession qui me paralyse. Mes yeux me brûlent trop pour recommencer à pleurer. Et la peur l'emporte sur la douleur. Que vais-je trouver auprès de mon père ? Après l'avoir vu, est-ce que je me sentirai mieux ? Plus forte ? Libérée ? Ou pire ?

Nous cherchons dès le réveil d'Octave. Il est bien dans les pages blanches, cette simplicité est presque effrayante. Il habite à cinq heures de route d'ici. Au déjeuner, Christian hoche la tête sans sourciller en découvrant la distance qui nous sépare de mon père.

— Il doit travailler la semaine. Nous irons samedi prochain.

— Je viens avec vous, s'empresse Octave.

Je serre sa main sous la table mais son père refuse.

— C'est quelque chose que Victoria a besoin d'accomplir seule. Mais je te promets de te la ramener.

Dorothée nous a rejoints. Elle se ronge l'ongle du pouce.

J'ai peur.

La porte est rutilante. Peinte d'un rouge brillant, sans un seul éclat de peinture, sans un seul défaut. En bois, épaisse, avec de belles moulures. Une porte solide, de celles que l'on choisit pour protéger des biens précieux.

Je me retourne, supplie Christian du regard. Il m'a emmenée, comme promis. S'est garé à quelques mètres et maintenant, il m'attend. Il sort de la voiture, vient s'adosser à la portière face à moi. Un signe de tête et sa présence, juste là, pour me soutenir.

Je n'ose pas utiliser la sonnette. Certaines vrillent les tympans, d'autres carillonnent gaiement. Je ne me sens pas le droit d'annoncer mon arrivée en fanfare. À la place, je toque, si doucement que je l'entends à peine moi-même. Je souffle, me mords la lèvre, lève le bras puis le baisse comme on bégaie, avant de reprendre mon élan et de toquer de nouveau, presque trop fort cette fois, comme si tout à coup j'exigeais qu'on m'ouvre sur-le-champ.

Je guette des pas, un mouvement, une voix, mais il n'y a rien, juste la porte qui s'ouvre sans préavis.

– Oui ?

Je fixe le paillasson brun sous mes pieds, son inscription « Bienvenue » hachée par mes bottines, ironique.

— Vous êtes Pierre Arembert ?
— Oui, c'est pour quoi ?
— C'est moi. Victoria.
— Victoria ?

Il n'y a ni peur ni surprise dans ce point d'interrogation. Une indifférence polie, peut-être une once de curiosité. Je lève enfin les yeux, croise son regard qui attend patiemment. Il est exactement comme je l'ai rêvé. Grand et beau, élégant et sûr de lui. Il a les pommettes hautes et le creux au menton que je vois chaque matin dans mon miroir.

— Victoria. Ta fille.

Je le vois. Ce recul infime, vite contrôlé. Il me dit dès cet instant ce que j'ai perdu en venant là. Tous les espoirs et les doux rêves dont j'ai bercé son absence viennent d'être anéantis par ce réflexe imperceptible.

Il perd de sa prestance, hésite sur le seuil, maladroit, ne voulant ni venir à ma rencontre ni me faire entrer dans sa vie. Puis il se résigne, prêt à vivre ce qui doit être vécu, et pousse la porte contre le mur en reculant d'un pas.

— Entre.

Je regarde autour de moi. Sa maison reflète la perfection glacée d'un magazine de décoration. Les murs blancs, les meubles noirs. Tout est si dépouillé, impeccable. Même les plantes poussent sagement, bien droites. Chez moi, les meubles sont de bric et de broc. Ils rappellent sans cesse à ma mère combien elle a dû batailler dur pour s'en sortir. Même si des milliers d'euros tombaient sur son compte en banque, elle ne se sentirait pas riche. C'est la cicatrice que laissent le manque du passé et l'incertitude du lendemain.

– Victoria ? Tu veux boire quelque chose ?

Poli, ça, il n'y a rien à dire. Aucune émotion ou hésitation dans sa façon de prononcer mon prénom, pas même une inspiration. Comme si c'était banal. Combien de fois l'a-t-il prononcé en dix-huit ans ?

– Non merci.

Il gagne la cuisine, je le suis faute d'indication. La pièce est encore plus imposante avec tous ses appareils étincelants.

– Je vais me faire un café, assieds-toi.

La table est noire, brillante. Je la trouve sinistre. Il vient s'installer en face de moi. Il joue avec sa tasse. Il s'en fout de son café, il en a peut-être déjà bu trois depuis son réveil. Il a juste besoin d'un prétexte pour distraire son malaise. Il reprend de sa superbe, à l'abri dans sa belle maison, et pourtant je le trouve moins intimidant que sur le seuil.

– Tu dois avoir des questions à me poser.

– En fait, je préférerais que tu me racontes à ta façon.

Il hausse les épaules.

– Il n'y a pas grand-chose à raconter. C'est d'un commun…

– C'est de moi que tu parles.

Il s'était laissé aller contre le dossier de sa chaise. Il se redresse et a le bon goût de paraître gêné.

– Excuse-moi, ce n'est pas ce que je voulais dire.

– Alors dis ce que tu veux dire.

Cette dureté, ce ton cassant… mon Dieu, je n'ai jamais autant ressemblé à ma mère ! Du moins, à la femme qu'elle est devenue après son départ. Va-t-il la reconnaître en moi ?

– Tu crois que c'est facile ? Tu débarques sans prévenir, après dix-huit ans… C'est loin tout ça, c'est du passé.

– Je suis assise en face de toi. C'est du présent…*papa*.

Il tressaille. Je sais, oui. J'ai fait exprès. Ce terme est tellement déplacé, là, lors de notre premier face-à-face, qu'il en paraît obscène.

— Je voulais réussir, Victoria. Tu es sur le point de construire ta vie, tu peux bien le comprendre ? Alors oui, je suis parti, j'ai fait mon école de commerce comme prévu. Et j'ai réussi, regarde !

Il étend les bras pour me montrer cette si jolie cuisine et les vastes pièces qui l'entourent. C'est donc ça, la réussite, pour les adultes ? Ils me harcèlent avec ce que je veux faire dans l'espoir que j'atteigne ce sommet ? Et c'est pour ça que je devrais dépenser tant d'énergie ?

— Et tu n'aurais pas pu réussir *avec nous* ?

— Tu plaisantes ? Ta mère portait un plateau et se faisait pincer les miches quand elle se faufilait entre deux tables. Elle était incapable d'écrire sans faire de fautes d'orthographe, n'avait aucune ambition… On n'avait rien à faire ensemble.

Il me donne la nausée. Je me demande à quoi ressemblerait sa cuisine si je vomissais dedans.

— Vous avez bien été ensemble, pourtant, puisque je suis là.

— Oui, dans une botte de foin, un soir de fête foraine. Allons, Victoria, on ne construit pas sa vie sur un cliché pareil !

— Ma mère n'a pas trop eu le choix.

— Je lui ai proposé de faire passer le bébé. J'étais même prêt à payer si elle voulait. Mais elle a préféré le garder.

Il a l'air presque étonné, comme si ma mère avait décidé de garder une maladie. J'ai l'impression d'être une courbature qu'il se serait attrapée après avoir fait des galipettes sans s'échauffer. Apparemment, il s'est vite remis.

— Pourquoi tu n'es pas revenu ? Après avoir réussi, je veux dire.

— Je te l'ai dit, je n'avais aucune envie de vivre avec ta mère. Je ne l'aimais pas.

— Mais moi ? Pourquoi tu n'es pas revenu pour moi ? Pour savoir comment j'allais, me connaître… Pour moi, *ta fille*.

Il se lève, se fait couler un nouveau café dont il n'a pas envie.

— J'avais rencontré ma femme. Nous avons eu deux enfants. Je n'y ai pas pensé.

Il écarte les mains devant lui, comme si sa distraction l'innocentait, ne représentait qu'une anecdote amusante. « Je n'y ai pas pensé », c'est ça son excuse ?

— Oh. Et que dirait ta « famille réussie » si elle découvrait mon existence ?

Il avance d'un pas, hostile soudain.

— Tu me menaces ?

Il ne m'impressionne pas. Rayon dureté, j'ai dix-huit ans d'expérience.

— Non. Je voulais juste savoir jusqu'où allait ta lâcheté. Cache-toi tant que tu veux, ils le sauront un jour.

Je franchis le seuil de la cuisine, les mains dans les poches de mon manteau que je n'ai même pas ôté. Il faut que je sorte de cette maison. Il me rattrape, saisit mon bras.

— Tu veux dire quoi ? Qu'un jour tu vas tout leur révéler ?

Impressionnant. La première fois que mon père me touche, c'est pour me mettre en garde. Je découvre les photos de famille accrochées dans l'entrée. La femme si élégante, les enfants sur lesquels mon regard glisse, je ne veux rien savoir d'eux.

— Non. Juste que tu as laissé derrière toi un acte de naissance où tu me reconnais comme ta fille. Alors ils sauront, un jour ou l'autre. Peut-être après ta mort, quand tu ne seras plus là pour leur expliquer quel bon père tu étais.

Il est blême, je récupère mon bras, ouvre la porte d'entrée sans l'attendre.

— Au fait… Pourquoi Victoria ?

Il me regarde d'un air ahuri, encore sous le choc de l'acte de naissance. Quel imbécile. Je suis obligée de préciser.

— C'est toi qui as choisi mon prénom, à la mairie. Pourquoi Victoria ?

— Je ne sais plus.

Il s'en fout. Il s'en fout alors que c'est mon identité.

— Fais un effort. Réfléchis. Pourquoi Victoria ?

— Je ne sais plus, je te dis. Je venais peut-être de voir un film avec Victoria Abril. Ou de lire ce nom sur le calendrier.

— Et la reine ?

— Quelle reine ?

Je renonce et sors. Il n'a jamais attendu quoi que ce soit de moi. Aucune culpabilité de m'avoir abandonnée ne le tenait éloigné de moi.

Il m'a juste oubliée.

Je suis venue à lui pleine de questions, d'espoirs, de rêves. Il n'a jamais eu aucune réponse. Je repars vide, encore plus vide qu'avant. Il a renié le peu qu'il m'avait laissé, mon prénom.

— Victoria ?

Je m'arrête au milieu de sa pelouse et me retourne. Il a l'air embêté.

— Tu es… Tu es une très belle jeune fille.

C'est tout ce qu'il a trouvé ? Je le regarde longuement. Puis je pense à ma mère et détache soigneusement mes syllabes. Pour la première fois, je me sens du « même côté » qu'elle.

— Connard.

Je me détourne sans attendre sa réaction. Je dois m'éloigner de lui, de cette maison, de son oubli de moi. La porte se referme dans mon dos. Je tangue vers Christian comme un marathonien blessé se traînant vers la ligne d'arrivée. Il ouvre les bras, me rattrape, cale ma tête dans le creux de son épaule.

— Il m'a oubliée. Il m'a juste oubliée !

Christian ne dit rien, il me berce. Cette chaleur, ce cocon qui anesthésie un peu la peine, c'est ça, l'effet des bras d'un père ? C'est pour cela que les enfants courent toujours si vite vers leurs parents quand ils tombent ? Je voudrais rester là pour toujours. Je voudrais que Christian soit mon père, le voler à Octave et le laisser se débrouiller avec le mien en échange. Est-ce qu'Octave serait de taille à grandir avec un père amnésique ? Garderait-il sa force, sa légèreté, sa lumière ?

Je le lui emprunte pour quelques instants, pour ne pas me noyer, pour déverser sur lui toutes les larmes qui coulent encore, je ne savais pas que mes yeux pouvaient contenir tant de larmes.

Quand le flot se tarit, d'épuisement plus que de consolation, Christian ouvre la voiture, me fait assoir, referme la portière. Puis il s'éloigne et marche droit sur mon enfer.

Mon père devait guetter, caché derrière un voilage, parce que la porte s'ouvre avant même que Christian ne toque. Je n'entends pas ce que se disent les deux hommes. Mon père parle, beaucoup, faisant de grands moulinets avec ses bras, multipliant les mimiques ridicules. Le père d'Octave parle peu, quelques mots qu'il lâche en relevant la tête. Les épaules bien droites de mon père qui a réussi dominent de quelques centimètres celles de Christian, voûté par le travail de la terre.

Puis mon père a cette grimace, mi-hostile mi-penaude, celle qu'il a eue avec moi. Celle qui confirme que quelques soient les beaux discours, il n'y a pas de place pour moi dans sa vie. Je sais à quel moment précis Christian renonce : il fait un petit pas en arrière. Ce léger recul dit qu'il abandonne. Il a alors ce geste sidérant : il crache sur mon père, comme ça. En plein visage. Sans un mot de plus, sans crier, sans violence. Seulement cet immonde crachat qui lui tombe dans l'œil avant de couler sur sa joue pendant qu'il reste pétrifié.

La stupéfaction me cloue encore sur mon siège que Christian m'a déjà rejointe et remis le moteur en route. Je suis toujours muette quand quelques kilomètres plus tard, il parle enfin, aussi avare de mots que d'habitude.

— Maintenant, au moins, tu sais.

J'essuie mes larmes et appuie ma tête contre la vitre.

— J'aurais préféré continuer à espérer.

Il tend le bras, ébouriffe mes cheveux d'une caresse. Silencieux. Même les adultes n'ont pas de mots pour des douleurs pareilles.

Vivante ou morte, je ne suis rien pour lui. J'aurais préféré son amour, à défaut même sa haine aurait validé mon existence. Son indifférence m'efface.

Je ne sais plus qui je suis, encore moins ce que je veux être. Abandonnée deux fois, et jusqu'à mon identité vidée de sa substance. Une Victoria de hasard. Je n'ai jamais eu aucun lien avec lui, encore moins avec la reine. Je n'ai plus de chemin à tracer, et celui sur lequel je croyais avancer n'est qu'illusion. Bulle qui éclate, parchemin qui tombe en poussière, forêt qui part en fumée, je ne suis plus rien.

Quel sens peut avoir ma vie, la vie en général ? Je me sens plus proche d'Élizabeth Siddall, de toutes ces femmes que l'Histoire a oubliées. Lizzie est restée présente par l'image que les hommes avaient d'elle. Elle n'a été qu'un prétexte pour sublimer et glorifier leur art. Ses poèmes, ses tableaux, sont restés dans l'ombre.

Je n'aurai même pas droit à cette mémoire en contre-jour. À mon dernier souffle, ce que j'essaie d'être se diluera dans les limbes et il n'en restera rien.

Quand je me regarde dans le miroir, je ne vois plus qu'un crâne anonyme sous la chair. Quand je dors, la gueule noire et glacée du néant s'ouvre, béante, prête à m'avaler. Quand je suis éveillée, il me semble observer le monde derrière une vitre. Chacun de mes atomes est plein de ce vide prêt à m'absorber. Et ce qui m'est le plus intime, le plus personnel, mes pensées et mes émotions, sont impalpables, immatérielles : elles disparaîtront avec moi. Vanité de souffrir autant alors que tout sera réduit à rien !

Pourtant, je ne veux pas mourir. Pas comme ça, sans avoir essayé de toutes mes forces de vraiment vivre. Pas sans avoir cherché au-delà de ce que je connais une autre façon d'exister, « pour de vrai ».

— Vic, c'est fait.

Octave tourne son visage douloureux vers moi. L'impuissance est sa douleur, j'en arrive à ne plus le supporter par moments. Et pourtant, c'est encore dans ses bras que je trouve l'appui le plus solide où m'accrocher. Il m'arrive de le mordre quand nous faisons l'amour. Je voudrais me fondre en lui. Il est si vivant, je serais sûre alors d'exister vraiment.

Il ferme son ordinateur et se tourne pour me serrer contre lui. Il vient de finaliser les vœux pour mes études, à quelques heures de l'échéance. Non que j'aie eu une révélation éclairant tout à coup mon avenir, mais parce qu'il fallait que cela fût fait. Comme je suis incapable de prendre une décision, il a choisi pour moi, et m'a inscrite à une formation d'assistante sociale. Ce que je voulais faire avant de partir en vrille. M'occuper d'enfants mal-aimés ou maltraités peut-il m'aider ? Je ne sais pas, je m'en fiche.

Je vois les grimaces inquiètes de sa mère, Dorothée. Je suis le plus souvent possible chez les parents d'Octave, depuis que Christian a ramené ce qui restait de moi, mon fantôme. Dorothée espérait que les études seraient pour son fils l'occasion de s'éloigner de moi, de mes blessures, de ma tristesse. Je suis sûre qu'elle espère qu'il rencontrera une fille aussi lumineuse que lui, contenant sa gaieté dans un corps vigoureux et en pleine santé. Une belle-fille avec qui elle pourra plaisanter alors qu'Octave retrouvera toute sa légèreté. Je suis d'accord avec elle. Mon éloignement serait une chance pour son fils. Je suis le noyer dont les racines toxiques tuent toute vie alentour. Dans mon ombre, le cœur prend froid.

Pas de chance pour elle, Octave a calqué mes vœux sur les siens et choisi des écoles voisines. Il prétend qu'il est un cachalot, qu'il a trouvé sa compagne pour la vie, et que mon éloignement le ferait errer comme une âme en peine. Je ne sais pas où il est allé chercher cette image marine alors que l'on vit en rase campagne.

Mais l'entêtement d'Octave à m'entraîner avec lui est peut-être ma seule chance de grandir, d'essayer de retrouver ma foi en la vie. Loin du rejet de ma mère et de l'abandon de mon père, pourrais-je apprendre à voir le monde autrement ? Briller, moi aussi ? Je me penche en arrière pour l'embrasser sur la joue.

– Merci.

Il sourit, ses épaules se tendent, encore plus quand son père lui tapote la tête. Je ne sais pas pourquoi, ces deux hommes semblent avoir choisi mon camp.

Dorothée grimace de plus belle.

– J'ai validé mes vœux.

Ma mère hoche la tête, elle a noté l'information. Je finis de débarrasser la table, passe un coup de lavette dessus, et emporte mon plateau jusqu'au bar. Elle ne me demande pas ce que j'espère faire, ni où je vais partir. Depuis que je suis allée chez mon père, ma mère m'a affectivement répudiée. Elle n'a jamais été très aimante, mais dans sa colère vacillait un semblant d'intérêt. Aujourd'hui, je ne reçois plus rien d'elle. Elle a refusé que je lui raconte comment cela s'était passé, et n'a voulu entendre aucune de mes questions.

Je suis allée le voir, c'est tout ce qu'elle a besoin de savoir.

Elle m'a reniée.

Je ne suis plus pour elle qu'une présence à supporter durant les quelques semaines qui nous séparent de mon anniversaire, de mon bac, de mon départ.

Alors que je m'étais habituée à sa mal-aimance, son indifférence me tue à petit feu. J'ai pris conscience qu'aussi froide qu'elle ait pu paraître, elle était aussi tout ce que j'avais. J'ai perdu l'espoir d'un père qui me permettait de supporter son absence, mais je l'ai perdue elle tout entière.

Luc ne parle plus de m'adopter. Pourtant, je dirais peut-être oui, aujourd'hui. Parce qu'aujourd'hui, je suis orpheline.

Il essaie d'adoucir ma solitude, mais à bas bruit, pour ne pas la contrarier. Quand je passe le voir au garage pour admirer ma voiture, il est un peu plus chaleureux, mais même en cachette, sa tendresse craint les représailles. C'est Sabine qu'il aime, il ne m'a aimée que comme un prolongement d'elle.

Je finis d'essuyer et ranger les verres.

Je n'ai pas le temps d'aller chercher le balai, Sabine me tend des billets.

– Ta paie pour la journée.

J'essuie mes mains sur mon jean.

– Merci maman.

Elle me tourne déjà le dos. Je glisse l'argent dans ma poche, refais ma queue de cheval. Je cherche une phrase, une question, n'importe quoi pour partager quelque chose avec elle quelques secondes de plus. Mais je me décourage. J'ai déjà essayé. Calmement, en criant, en pleurant. Tout glisse sur son indifférence.

Je sors sur la pointe des pieds, traverse la rue, puis la grande place que le début de soirée vide peu à peu. Un grelot frémit quand j'ouvre une nouvelle porte, bienveillante celle-ci. J'aime l'odeur du papier et de l'encre, celle des bonbons et du plastique. La librairie/presse/jouets me rassure chaque fois que j'y viens. Les bruits sont feutrés, la lumière tamisée par la poussière qui trouble toujours les grandes vitrines.

– Bonjour monsieur Pakowski. Je peux monter voir Amie ?

– Ah, bonjour ma petite. Oui, bien sûr. Attends, j'ai quelque chose pour toi.

J'adore quand il me dit ça. Pas pour le cadeau qui va suivre. Mais il appelle toutes les filles « petite » et tous les garçons « petit gars ». Quand il a quelque chose pour moi, je sors de mon anonymat. Il a pensé à moi, Victoria, à mes goûts, à ce que j'aime. Je suis submergée par tant d'indifférence que la moindre attention m'est précieuse.

– Voilà.

Il ressort de la fouille de son bazar et me tend un magazine. Des zombies occupent la couverture, mes doigts fourmillent d'envie mais je les garde dans mes poches. Je ne sais pas combien vont me coûter mes études, et je ne pense pas pouvoir compter sur l'aide de ma mère. Chaque euro gagné est précieux.

– Merci, monsieur Pakowski, c'est très gentil, mais…

Je n'ose pas terminer ma phrase et de toute façon, il ne m'écoute pas. Il agite le magazine sous mon nez.

– Tiens, prends-le, c'est pour toi je te dis.

Et comme je ne bouge pas, il précise :

– C'est cadeau.

Je prends le magazine, à la fois reconnaissante et honteuse que l'on me fasse l'aumône. Ma misère affective est-elle si visible ? Même les profs sont plus gentils avec moi, certains ont voulu me parler pour savoir s'ils pouvaient m'aider. Les grandes lignes de l'histoire, ils la connaissent tous. C'est une petite ville, et la mère d'Octave aime bavarder.

– Merci monsieur Pakowski.

– De rien, petite. Allez, monte, Amie est en haut.

La chambre d'Amie est flippante, et je ne parle pas seulement de sa bibliothèque. Amie est tellement détachée du monde matériel qu'elle ne prête aucune attention aux objets qui l'entourent. Elle les abandonne là où ils se trouvent au moment où elle n'en a plus besoin. C'est un miracle quand je parviens à ne rien piétiner. L'odeur d'encens me prend à la gorge, je traverse prudemment la pièce pour ouvrir la fenêtre pendant qu'elle termine son paragraphe et pose son livre.

– Prête à travailler ?

Mes amis ont décidé de me faire réviser de force pour que je réussisse mon bac. J'ai essayé de lutter, mais je n'ai pas l'énergie nécessaire face à leur détermination. Amie doit me torturer avec la philo, mais j'ai du mal à me concentrer. Elle porte des collants bleu roi, une jupe rose, un pull vert et un foulard jaune. Ça pique les yeux.

Elle pousse du pied des vêtements qui tombent en tas sur le sol puis tapote le lit à côté d'elle.

– Allez viens. Je vais d'abord nettoyer ton aura.
– Amie, pas aujourd'hui, s'il te plaît !
– Je ne peux pas réfléchir dans ce désordre.

Elle ne se moque pas du tout de moi. Sa chambre pourrait servir de décor à ma série postapocalyptique préférée, mais elle ne voit que mes énergies brouillées.

Je m'affale sur le lit et la laisse marmonner en promenant au-dessus de mon corps un cristal de quartz limpide. Puis elle se lève et va le déposer sur le rebord de la fenêtre, dans un bol d'eau.

— Je le nettoierai plus tard. Mets ça.

Elle a sorti de sa table de nuit une chaîne argentée, à laquelle est accrochée un cabochon opalescent.

— C'est une pierre de lune. Elle protège contre les mauvaises ondes.

Je la passe autour de mon cou, dubitative. Ce n'est pas un petit pendentif qu'il me faut, mais une montagne de pierres de lune.

— Aujourd'hui, j'aimerais que tu te concentres sur les belles choses que tu portes en toi. C'est le vrai sens du « je pense, donc je suis » de Descartes. Tu penses… Elle appuie son index sur sa tempe… donc tu es. Mais tu es ce que tu penses ! Fais donc très attention à ce que tu penses de toi.

Je n'ai toujours pas compris comment ils ont pu penser qu'Amie m'aiderait en philo. Elle a cinq de moyenne, et encore, à mon avis, c'est parce que le prof n'ose pas lui mettre moins vus sa bonne volonté et son enthousiasme pendant les cours.

— Amie… Descartes n'a jamais voulu dire ça.

— Ah bon ? … Eh bien il aurait dû. Ce que j'aurais aimé en parler avec lui ! Dis, tu crois que les garçons seraient d'accord pour essayer de le contacter lors d'une séance de spiritisme ? Ce serait une discussion passionnante.

— Peut-être, Amie. Mais je ne pense pas que ce soit recevable au bac.

— Ce n'est pas le plus important. Philosopher, ça veut dire « penser la vie ». Le bac n'est pas la vie, tout au plus une étape.

Amie m'a l'air encore plus mal partie que moi pour franchir cette étape. Mais j'ai beau essayer de me raisonner, je n'arrive pas à m'en soucier plus qu'elle. Si le néant qui me hante parvient à m'absorber, que j'ai ou pas mon bac ne fera aucune différence. Le visage d'Octave titille ma conscience. Je dois travailler, même si je n'y crois pas. Lui faire confiance pour déterminer ce qui est important maintenant, parce que je suis trop paumée pour prendre de bonnes décisions.

Mais ma volonté s'affaisse. Octave n'est pas là, et Amie s'est lovée contre moi et joue avec une mèche de mes cheveux. Elle a attrapé mon magazine et me fait la lecture. C'est bien plus intéressant que la philosophie. En fait, cet univers postapocalyptique est la seule chose agréable à mes yeux en ce moment. J'ai hâte qu'Amie finisse de lire pour qu'elle me laisse repartir.

Je me passe souvent de dîner, pour éviter le repas « en famille » où j'occupe une place que ma mère s'impatiente de me retirer. Je m'enfouis dans mon lit, et mes écouteurs sur les oreilles, suis les aventures de survivants. Ils ont vu leur monde s'effondrer, à cause d'une contagion zombie. Je n'aime pas particulièrement les zombies. Ce qui m'intéresse, c'est la façon dont chacun se révèle ou se disloque dans ce contexte.

Rien n'est plus envahissant que le désespoir. Il colle à la peau comme une combinaison de plongée et assombrit la lumière aussi efficacement que des lunettes de soleil. Je ne sais plus comment m'en débarrasser. Par lassitude, je vais maintenant au-devant de lui. Si je m'y habitue, peut-être perdra-t-il en puissance. Je suis dans une période de test.

– Cette fois, tu as tenu beaucoup plus longtemps.

Debout à côté de moi, Vincent tient mes cheveux. Je viens de vomir mon petit déjeuner dans les toilettes, et lui est satisfait de mes progrès. C'est la seconde fois que j'assiste avec lui aux soins d'un corps. Son père m'a fait passer un rude entretien avant de m'y autoriser. Sa voix est étrange. Très calme et posée, elle paraît neutre au premier abord. Et au bout de quelques minutes, on se rend compte que sans en avoir l'air, elle nous a enveloppés et apaisés. Sa voix ne guide ni n'impose, elle contient une sagesse qui donne envie de la suivre. Vincent croit que d'accompagner tant de gens dans la mort, et leur famille dans les premiers pas du deuil, lui a ouvert une porte sur l'au-delà.

Les séances de purification de mon aura ne donnent rien. Et j'ai menacé de quitter Octave s'il essayait encore de m'obliger à courir. Courir ne me sert pas d'exutoire, courir consume mes dernières forces et me fait sentir à quel point la déprime affaiblit mon corps. Alors j'ai décidé d'écouter Vincent. Au lieu de fuir mes angoisses, je vais à leur rencontre. Je me frotte au néant qui nous attrapera tous.

Je découvre en moi une étrange attirance pour l'inquiétant, le morbide, une appétence qui me paraît avoir toujours été là mais ne se révèle que maintenant. La beauté de cette lumière noire est dérangeante, mais son pouvoir de séduction est indéniable. Je tâtonne à des années-lumière de la lumière solaire d'Octave.

— Comment te sens-tu, Victoria ?

Le père de Vincent nous a rejoints dans la cuisine, où nous buvons une limonade en silence. Inutile de compter sur Vincent pour papoter, et mon monologue intérieur est trop bavard pour que j'aie besoin de combler les vides d'une discussion.

— Mieux, merci monsieur. Je suis désolée.

Il ouvre le frigo, en sort une bouteille d'eau glacée.

— Désolée pour quoi ?

— Pour avoir encore été malade.

La première fois, je suis sortie vomir dès qu'il a dévoilé le corps. Aujourd'hui, je me suis enfuie quand il a remué le trocart qui aspire le sang.

Il boit un grand verre sans s'arrêter, le rince, le dépose sur l'égouttoir de l'évier, range la bouteille au frigo. Ses gestes sont mesurés, soigneux. Il témoigne le même soin aux défunts, sans basculer un instant dans une compassion déplacée. Dans cette juste distance qui reconnaît l'altérité et tente de la perturber le moins possible malgré les circonstances, j'ai ressenti un respect tel qu'il m'a paru avoir une épaisseur palpable. Le père de Vincent reprend la parole.

– Je ne pense pas que tu aies à être désolée. As-tu besoin d'essayer encore ?

Sa voix ne guide ni ne conseille, elle s'autorise seulement à être là, présente. J'aurais envie de passer plus de temps avec lui, mais j'ai vu assez de morts.

– Non, j'ai trouvé ce que je cherchais, je crois, monsieur.

Pour la première fois depuis que je le connais un peu mieux, ma réponse paraît le surprendre.

– Oh… Et puis-je te demander ce dont il s'agit ?

Pourquoi Vincent est-il si rétif avec les mots alors que son père s'exprime de façon si délicate ?

– Le respect, monsieur.

Il s'appuie contre l'évier, croise ses bras devant lui et se tapote les lèvres de l'index en fixant le vide. Cela dure quelques secondes, peut-être une ou deux minutes – en tout cas c'est plus de réflexion qu'aucun adulte n'a jamais accordé à une seule de mes réponses. Il se redresse, me sourit.

– Tu as tiré une valeur essentielle de ce que j'accomplis. Je te remercie pour ce compliment, Victoria. Ah… voilà mon épouse.

Son visage s'illumine, son sourire rajeunit. Il va ouvrir la porte en grand. Sa femme apparaît sur le seuil, les bras chargés de sacs dont son mari s'empresse de la débarrasser.

– Merci mon chéri.

Ils s'embrassent, se regardent une seconde à peine mais avec une attention réelle. Je suis convaincue que ce regard sert à s'assurer que l'autre va bien, que rien de douloureux ou de désagréable ne lui est arrivé en son absence. Il me vient tout à coup à l'esprit que le regard diagnostic d'Octave ressemble à ça, que peut-être même il l'a appris ici. Elle se tourne vers nous, nous aussi avons droit à un regard affectueux et un sourire sincère.

— Bonjour les enfants. Victoria, j'espérais que tu serais encore là, je vous ai pris une brioche pour le goûter.

— Merci madame.

— Allons, Victoria, pas de madame, je te connais depuis que tu es enfant. Appelle-moi Lucie. Tu veux rester à dîner ?

L'affection que me témoigne la mère de Vincent me met mal à l'aise, mais il me fait signe de ne pas m'inquiéter, que cela n'a rien à voir avec moi. Elle est comme ça avec tout le monde, c'est une femme affectueuse de nature. Et elle adore quand les amis de Vincent viennent chez eux. Ce qui est plutôt rare, les parents étant un peu nerveux à l'idée de laisser leurs enfants jouer chez le « croque-mort ».

J'accepte l'invitation à dîner. Moins je suis chez moi, mieux c'est. Chez Octave, je sens bien que la patience de Dorothée est mise à rude épreuve par ma présence trop fréquente à son goût.

Je préviens ma mère que je ne serai pas là ce soir, elle ne répond pas.

Elle ne répond plus.

Alors que chacun tend ses forces vers la dernière ligne droite, le monde qui m'entoure est de plus en plus irréel – et insipide. Cette effervescence m'arrange, je suis fatiguée des conspirations de mes amis pour me soutenir. Leur présence et leur attention m'obligent à trop d'efforts et j'ai de moins en moins d'énergie. Je n'arrive pas à m'intéresser aux épreuves du bac qui approchent, une simple discussion me paraît éprouvante, parce que je dois parler, écouter, sourire. Faire semblant me fatigue de plus en plus vite. Je m'enfonce dans une bulle où je dois me concentrer pour inspirer et expirer. Ce qui existe au-delà de mes yeux fermés se dilue dans un ailleurs lointain.

Voir Octave est ce qui m'accable le plus ; il scrute mes yeux, mon corps, mes mots. La simulation doit être parfaite pour qu'il ne mesure pas ma déchéance. Alors j'espace nos rendez-vous. Finalement, c'est chez moi que je me sens le moins mal. Ma mère ne me voit plus que du coin de l'œil, avec elle je n'ai pas à feindre la moindre émotion, pas besoin de m'inventer de pseudo-envies. Elle me laisse me dissoudre dans une totale indifférence.

– Victoria ?

Mon beau-père chuchote, il ne me parle plus que de cette façon, même quand ma mère est loin. Quand elle est dans la pièce d'à côté, il devient carrément inaudible.

— Quoi ?

Mon ton est rogue, il hésite, prend son courage à deux mains.

— Tu avances bien dans tes révisions ? Tu es prête pour le bac ?

Je pourrais lui dire à quel point je m'en fous, mais j'ai pitié de lui. Un jour, cet homme a voulu m'adopter.

— Oui, t'inquiète.

Le repas est fini, la télé du salon éteinte. Ma mère essuie la vaisselle, elle a repoussé mon aide. « Inutile », a-t-elle répondu. Je ne pense pas que le mot s'applique à la corvée, plutôt à moi. Je lui suis inutile.

Je monte dans ma chambre. Mon téléphone m'attend sur le bureau – ma délivrance. J'ai passé ma journée à accomplir ce que chacun attendait de moi. Nous sommes vendredi soir, deux longs jours de liberté m'attendent. Je ne veux voir personne ce week-end. Cette paix est troublée par un SMS d'Octave.

« On se retrouve à la rivière ? »

Octave ne lâche rien. Ni ma distance ni mes absences ne le font dévier d'un iota. Je supporte de plus en plus mal l'inquiétude dans ses yeux. Elle est devenue omniprésente.

« Pas ce soir. Je suis fatiguée. »

« Vic, tu es toujours fatiguée en ce moment. »

Et alors, je n'ai pas le droit ?

« Tu veux que je vienne dormir avec toi ? »

Non, je ne veux pas qu'il vienne dormir avec moi. J'ai un autre rendez-vous. Je me dérobe. Une idée germe, capable de me procurer deux jours de tranquillité.

« Non. Je me sens patraque. Je crois que je couve quelque chose. »

Octave doit passer des tests sportifs la semaine prochaine, il ne peut pas se permettre de tomber malade.

« Tu as de la fièvre ? »

Mince, j'ai réveillé le papa poule qui sommeille en lui.

« Non. Des frissons et la nausée. Je vais me coucher. »

Un soupçon de gastro-entérite devrait le faire fuir.

« Soigne-toi. Et dors. Je t'appelle demain matin. »

Je ne réponds pas. Cette idée de tomber malade me paraît tout à coup géniale. J'ouvre la fenêtre en grand, enlève mes chaussettes et mon pull. J'imagine déjà la volupté de longues journées au lit, dans un état semi comateux. Plus de cours, plus de comédie à jouer. Me laisser couler complètement. Tout lâcher. Sombrer sans plus lutter. Le rêve.

« Vic ? »

Octave est encore là. Je le vois adossé à ses oreillers, scrutant le plafond, désemparé mais armé de la terrible patience de ceux qui connaissent parfaitement les repères essentiels de leur vie. Ceux qui savent que le soleil brillera demain et qui traversent la nuit à l'abri de leurs rêves. Il faut vivre la totale disparition de ses envies, de la moindre envie, pour savoir que leur absence éteint toutes les lumières – même celle du soleil.

« Oui ? »

« Je t'aime. »

Je sais qu'il m'aime. C'est à la fois ma planche de salut et mon fardeau. Mes doigts rechignent à taper quelque chose qui le rassurerait. Mais malgré le brouillard qui embrume mes pensées, j'ai conscience de tout ce qu'il me donne. De sa sincérité qui me sauve, même malgré moi. Je ne veux pas être celle qui prend tout sans rien lui donner. Je ne veux pas être sa première grosse blessure, le premier drame de sa vie. Alors je me pousse un peu.

« Je t'aime aussi. Bonne nuit, Octave. »

Je suis prête pour mon rendez-vous. Je frissonne vraiment, maintenant. De froid, parce que j'ai repoussé ma couette malgré la fenêtre ouverte, bien décidée à essayer de tomber malade. Mais aussi de soulagement.

Je peux lâcher prise et m'immerger dans un autre univers que le mien. Il me suffit de prendre mon téléphone et de démarrer ma série. Je pourrais donner plein d'arguments pour justifier ma passion pour *The Walking Dead*. Mais je garderai pour moi la seule réponse authentique. Au milieu du chaos des zombies, j'ai rencontré Daryl. Je ne sais pas s'il représente mon idéal d'homme, comme une version subversive du prince charmant, ou s'il est mon nouvel objectif imaginaire, maintenant que mon père et la reine Victoria m'ont été enlevés. Je m'en fous. Avec lui, je suis bien. Je voudrais m'asseoir à ses côtés, et sans un mot, me reposer dans son aura (Amie m'influence malgré moi).

J'en suis au point de regarder l'intégralité de la série pour la troisième fois. Je poursuis et redoute avec chaque fois la même ferveur l'ultime saison 11. Je comprends Daryl, et j'ai la sensation qu'il me comprendrait aussi. Au début, il est le vilain petit canard. Celui qui a erré dans les eaux troubles et informes, incapable de trouver sa voie dans le monde normal. Mais l'apocalypse zombie a fait exploser les normes. Il n'est plus question de réussir sa vie, mais de réussir à survivre. Et là, enfin, il se découvre un certain savoir-faire quand l'homme civilisé se perd. Il n'est plus crucifié par l'échec, il peut donner sa vraie mesure. Le vilain petit canard devient cygne, mais un cygne noir. Finalement, l'apocalypse est peut-être la meilleure chance d'exister pour les inadaptés de ce monde.

    Ma nuit n'est pas blanche. Elle est sombre, hurlante et désespérée. Invincible, aussi. Je baigne dans un monde à la même longueur d'onde que mon âme. Je voudrais traverser l'écran et errer aux côtés de Daryl dans ce monde redevenu sauvage. J'en oublie le froid qui envahit mon corps. Je m'endors à l'aube, d'un sommeil hébété mais doux. L'espace de quelques mauvaises heures volées à ma vie, je cauchemarde. Zombies et survivants s'emmêlent autour de moi. Daryl est à mes côtés. Je suis bien.

J'ai gagné sur toute la ligne. J'ai une fièvre carabinée, je tousse à m'en décrocher les poumons, et tout le monde se tient à une distance respectueuse de mes microbes. Ma solitude a rarement joui d'autant de place pour s'épanouir.

Sa mère a formellement interdit à Octave de m'approcher avant que je ne sois guérie. Dorothée est tellement heureuse de mon absence aux côtés de son fils que je la pense à deux doigts de m'envoyer une carte pour me souhaiter un tardif rétablissement. Amie se désole de l'affaissement de mes énergies et me transmet les cours chaque soir. Ils s'empilent dans ma boîte mail. Luc monte des repas légers dans ma chambre – préparés par ma mère. Elle n'a jamais été prise en défaut pour faire ce qu'elle doit, mais n'a jamais dépassé la limite de ce devoir. Vincent m'envoie des photos pour ne pas avoir à me dire avec des mots qu'il est là. Cette forme d'échange est très reposante.

Octave réclame un peu plus. Il m'appelle trois fois par jour. Le midi, j'entends dans mon téléphone le brouhaha de la cantine, Amie et Vincent incrustent des remarques dans notre conversation. À la fin de l'après-midi, il reste sans parler. Je garde le téléphone collé à mon oreille pour écouter son souffle pendant qu'il court. C'est l'appel que je préfère. J'aime son silence qui respire près de moi sans rien me demander. Le soir, il m'appelle depuis son lit et son corps me manque. Pas le sexe, mais sa tendresse, sa chaleur contre moi, son regard qui me couve et ses mains qui m'ancrent à lui. Nous sommes le soir.

– Je viens te voir demain.

Une longue quinte de toux me semble être une réponse suffisante. Il n'est pas d'accord.

– J'aurai passé tous mes tests, tant pis si je tombe malade.

Il est plus têtu que moi, j'abdique.

– D'accord.

J'adore ma voix tout éraillée. On dirait la voix d'une autre. Peut-être que je sortirai de cette bronchite comme d'une mue, complètement autre. Je garde mes pensées pour moi. Je crois qu'Octave me répondrait qu'il ne veut pas d'une autre, que c'est moi qu'il aime.

– Tu me manques, j'ajoute sans le vouloir.

Aussi surprise que je sois dans mon effondrement, je réalise que c'est la vérité, il me manque.

– Toi aussi. C'est pour ça que je viens demain.

– Ta mère va me tuer.

– Il faudra qu'elle me tue avant.

Je ne bataille pas, moi aussi j'ai envie de le voir. Envie, c'est un mot que je n'ai pas ressenti depuis longtemps. C'est grâce à Daryl.

Peu motivée pour regarder à nouveau la série après l'avoir finie pour la troisième fois, je suis sortie de la fiction pour une incursion dans la réalité. J'y suis allée très prudemment, un pas à la fois. La réalité est trop souvent décevante, et je ne suis pas en état de supporter une nouvelle déconvenue. Mais chaque découverte me rassure. L'acteur ne fait pas honte à son alter ego. Depuis plusieurs jours, quand la fièvre et la fatigue relâchent leur emprise, je hante les réseaux sociaux et le web pour me nourrir de cette vie par procuration. À tel point que j'ai parfois la sensation de me transformer en vampire. Lentement, je sens une source d'énergie sourdre en moi.

Je scrute Instagram. Découvre peu à peu ce que l'acteur de Daryl veut bien y partager. Je réalise que cette image parfaite à mes yeux n'est que cela, justement, une image. La facette publique qu'il construit, le personnage derrière le personnage de Daryl, une mise en abîme. Et alors ? Je ne veux pas le rencontrer. Je cherche juste l'inspiration dans le reflet de vie qu'il me propose. Une raison de croire : ce bonheur existe, il est possible, il en deviendrait presque évident.

Daryl me donne envie de me remettre debout, de reprendre ma route pausée trop longtemps. Je n'ai toujours aucune idée de la direction à prendre. Mais peut-être qu'une fois sur mes pieds, mon regard portera plus loin qu'à genoux. Je découvrirai peut-être une piste.

Avoir envie de me relever, c'est déjà précieux.

— Il est un peu barré ton Daryl quand même, non ?

Nous sommes collés l'un à l'autre sous la couette, sur le point de dormir. Pour la première fois depuis une semaine, j'ai pris mon repas en bas, entre ma mère et Luc, Octave à côté de moi. J'ai annoncé que je ne voulais plus manger de viande ni de poisson. Ma mère s'est contentée de pousser vers moi le plat de ratatouille sans se détourner de la télé, coupant net Luc et Octave qui soulignaient que ce n'était peut-être pas une excellente idée, faible comme j'étais. Puis nous sommes montés, Octave et moi.

J'ai changé mes draps tout à l'heure, pour me débarrasser des miasmes de la fièvre. Ils me paraissent maintenant trop frais, trop nets, comme si j'avais détruit mon nid. Alors je me serre des pieds à la tête contre Octave pour restaurer mon cocon. Je tousse trop pour faire l'amour, mais j'aime retrouver sa peau, son odeur, le lit de ses bras. Lui semble heureux d'être près de moi. Il a consulté les résultats sportifs, il se déroule toujours un match ou une compétition qui l'intéresse quelque part, ou un article qui parle d'un match ou d'une compétition. Le sujet paraît inépuisable. D'habitude, je le laisse baigner dedans en dérivant dans mes pensées, tant qu'il me câline d'une main distraite. Mais ce soir j'erre sur les réseaux sociaux moi aussi, je ne suis pas prête à décrocher de ma bulle idéale. Il a posé son téléphone et regarde par-dessus mon épaule, son menton appuyé sur ma tête. L'univers de Daryl est peuplé de créatures fantastiques, de squelettes, de mises en abime de son portrait. Cette ambiance étrange, décalée, me plaît. S'approprier le bizarre et l'inquiétant, jouer avec, me séduit plus que la recherche d'une beauté classique. J'angoisse à la vision de mon squelette affleurant sous la chair quand je regarde mon miroir, mais cette angoisse peut être détournée en jeu. Provoquer le néant et lui faire un pied de nez est peut-être plus efficace que de chercher à le fuir.

— Oui, il est perché. Mais c'est peut-être lui qui a raison.

— Raison pour quoi ?

Je ne sais pas comment lui expliquer. Je trouve dans ce nouvel univers les repères que j'avais perdus. Dans un registre excentrique, d'accord, mais finalement plus solide que les chimères paternelles qui m'ont menée en bateau toute ma vie. Et puis dans cette « relation », je me sens en sécurité. Elle est à sens unique. Daryl n'a pas le pouvoir de me blesser.

— C'est important de comprendre pourquoi ou comment ? Ça me fait du bien. Est-ce que ça peut être suffisant pour toi ?

Octave s'embarque pour un de ces sondages de mes yeux dont il a l'habitude.

— Oui, ça peut. Je ne comprends pas, mais si ça te fait du bien, ça me suffit.

Lumière éteinte, je suis moins sereine. Si je m'immerge dans l'étrange et la nuit, Octave continuera-t-il à me tenir la main ? Ou serons-nous comme le soleil et la lune, condamnés à nous tourner autour sans plus pouvoir nous croiser ?

Pourtant, ces ténèbres m'appellent. Elles me donnent pour la première fois un sentiment d'appartenance. J'en découvre une nouvelle facette, fantasque, légère, qui refuse de se prendre au sérieux. Elle arrache l'obscurité à la sphère du drame et du tragique. Le démon échappe à l'interdit, devient fascinant. Le démon que chacun porte en soi, cette conscience aiguë que le monstre est tapi en chacun de nous, même les plus purs. Au lieu de le cacher, pourquoi ne pas l'assumer et le laisser se montrer ? Une phrase d'une interview de Marylin Manson me trotte dans la tête : « J'ai décidé de devenir ce dont j'avais peur. » Je sens que quelque chose se transforme au fond de moi. Peut-être suis-je bien en train de muer, finalement.

Nous avons usé des jours, enfermés dans une pièce, penchés sur une table souvent bancale, les doigts crispés sur un stylo. J'ai tenté de noircir mes copies avec la même frénésie que mes voisins. De rassurer par ma mine sérieuse Octave, Amie, Vincent, qui me jetaient des coups d'œil vigilants à tour de rôle, à croire qu'ils se passaient un relais.

J'ai fait couler l'encre de mon mieux. Mais à aucun moment je n'ai trouvé de sens à ces efforts qui emplissaient au fil des heures la salle d'une odeur écœurante de transpiration, d'angoisse et de stress.

J'ai joué le jeu. Sans conviction, d'accord. Mais j'étais là, écrivant, tentant d'accomplir les calculs et exercices que l'on me soumettait, comme un tigre désabusé sautant au travers d'un cerceau enflammé.

Je ne pense pas que mes efforts méritent les applaudissements de mes correcteurs. J'espère seulement que leur indulgence m'évitera de me brûler les ailes.

Le lendemain après-midi, je m'extirpe de la maison. Quand je passe devant la brasserie, le père d'Octave installé en terrasse me fait signe. Je m'approche, bravant l'avertissement dans le regard de ma mère.

– Bonjour Christian. Vous avez à nouveau droit à votre café ici ?

– Oui, ma punition s'est allégée. Mais – il me fait un clin d'œil – Sabine me bat tellement froid que j'ai des engelures. Et toi, tu vas mieux ? On ne te voit pas beaucoup à la maison.

– Doucement. Je reprends des forces.

– Très bien. Prends soin de toi, Victoria.

Il le dit avec un tel souci de moi que les larmes me montent aux yeux et que je m'esquive. Je m'éloigne quand il me rappelle et me parle haut et fort à travers la terrasse.

– Victoria ! Rappelle-toi que tu es la bienvenue à la maison et que c'est toujours un plaisir de te voir.

Une partie de ses mots est pour moi. L'autre moitié s'adresse à ma mère. Ils s'affrontent du regard, Christian ne dévie pas d'un pouce. Je me demande s'il trouve cette force dans la terre qu'il travaille. Je reprends mon chemin, Amie m'attend.

Quand je la rejoins dans sa chambre vaguement rangée pour l'occasion, elle regarde la boîte que je lui tends d'un air dubitatif.

— Noir, tu es sûre ?

Je confirme d'un hochement de tête. Oui, je veux des cheveux noirs à la place de ce châtain terne et trop neutre.

Elle étudie longuement mon aura.

— D'accord.

On passe deux heures dans la salle de bains, j'en ressors épuisée et la nuque raide. Frustrée aussi, car Amie refuse de me laisser me regarder dans le miroir. Elle plonge dans son armoire, jette des vêtements par-dessus son épaule au hasard de ses découvertes. Ils ont tous deux points communs : ils sont noirs et je ne l'ai jamais vue les porter. Amie est chaque jour ce qu'elle est aujourd'hui, la palette d'un peintre ayant perdu toute mesure. Robe rouge, ceinture marron, foulard jaune et collants bleus ce samedi. Je n'arrive pas à m'habituer malgré les années.

— O.K., Dracula. Ces vêtements viennent de ma mère. Tu sais bien que je ne peux pas les porter, ils absorberaient toute mon énergie. Alors ils sont pour toi.

Sa mère est morte quand Amie avait dix ans. Je n'arrive pas à me rappeler son visage ni sa voix. Amie dit qu'elle non plus, mais qu'elle ressent sa présence si fort qu'elle ne lui manque pas tant que ça. Est-ce sa mort qui a fait basculer Amie dans le mysticisme ? Je ne m'en souviens pas non plus. Il me semble qu'Amie a toujours été un peu entre deux mondes.

— Amie, ta maman… je ne peux pas… Que va dire ton père ? Non, je ne peux pas.

— Si, ils te sont destinés. C'est pour ça qu'ils sont là depuis si longtemps, que je les lave et les soigne pour qu'ils restent vivants. Ils t'attendaient. Déshabille-toi.

Intimidée, je laisse Amie me convaincre de mettre ma pudeur de côté. J'enlève mon jean et mon tee-shirt. Je me sens naïve et vulnérable dans mes sous-vêtements en coton blanc.

— Dis donc, je sais qu'Octave aime la lumière, mais tu ne vas pas un peu trop loin dans la pureté ?

Je bredouille.

— Euh… Il n'a rien dit. Je ne sais pas. Je n'y ai jamais fait attention, je les achète au supermarché, comme ma mère.

Amie se pince le nez entre le pouce et l'index.

— Victoria, il est temps de devenir toi-même.

Elle me tend une blouse noire aux longues manches de dentelle et une jupe soyeuse qui s'évase en corolle autour de mes chevilles. Après une hésitation, je les enfile, et même si elles sont un peu trop grandes, elles m'appartiennent plus que l'uniforme conformiste que je viens de quitter. Amie me tend les vêtements les uns après les autres, on dirait qu'elle joue à la poupée. Je me prends au jeu, multiplie les combinaisons pour prendre possession de ma nouvelle armure. J'aime tout. Amie finit par les rassembler dans un grand sac qu'elle me tend.

— Voilà, ils sont à toi. Il faut juste que tu fasses un peu de couture pour les ajuster, tu es plus petite et plus mince que ma mère. Mais ça, tu sais faire.

Je la serre dans mes bras et l'embrasse fort, à court de mots à la hauteur de son cadeau.

— File. Ce soir je veux connaître la vraie Victoria.

Je m'esquive en vitesse, déjà impatiente de sentir les épingles entre mes lèvres et d'entendre ronronner ma machine à coudre. Je fais un détour rapide au supermarché. Il n'y a pas beaucoup de choix, mais les sous-vêtements en coton peuvent aussi être noirs, en attendant autre chose.

Dans la rue, à chaque personne que je croise, je sens mon embarras grimper. Cette tenue, jean et tee-shirt, que je voyais comme un uniforme anonyme, me donne maintenant l'impression d'un déguisement ridicule. Ce n'est pas moi, ça n'a jamais été moi.

Je rentre vite. Il ne me reste que quelques heures pour me transformer. Ce soir Vincent a organisé une petite fête chez lui. Nous serons une dizaine, pas plus. C'est bien assez. Le prétexte officiel est de fêter la fin du bac et de tromper l'attente des résultats. Mais il s'agit aussi de mon anniversaire, raison pour laquelle Amie a voulu initier aujourd'hui la transformation que je veux. Un symbole primordial à ses yeux. La date de ma naissance sera la date de ma renaissance, cela ne peut que satisfaire l'alignement des planètes et m'assurer leur soutien.

Je couds longtemps, mes doigts poussent le tissu sous l'aiguille. Puis je me douche et découvre enfin ma nouvelle tête en essuyant la buée du miroir. Le contraste est saisissant entre ma peau pâlie d'insomnies et mes cheveux noirs. Quand ils sont séchés, lissés, relevés en un gros chignon d'où s'échappent des boucles parfaitement rondes, leur brillance accentue encore l'effet. Je n'ai pas l'habitude de me maquiller. Mes mains tremblent et je dois effacer et recommencer plusieurs fois avant d'obtenir l'effet que je cherche. Des yeux immenses, charbonneux, qui hantent mon visage.

Passer la lingerie noire me fait frémir. Elle porte un parfum d'interdit, de tabou. Peut-on devenir femme par le simple truchement de quelques centimètres carrés de tissu ?

Est-ce un pas trop grand, trop rapide pour moi ? Ou bien est-ce que j'attends depuis trop longtemps déjà ? Je m'habille et me découvre en entier dans le miroir de ma chambre. Certains détails manquent encore, mais pour une première fois, je suis satisfaite. Émue. J'esquisse un geste maladroit de la main vers mon reflet.

– Bonjour, Victoria.

Mon reflet me répond. Lui aussi est content de ce qu'il est devenu.

Je sors le petit paquet qu'Amie a glissé dans le sac à mon départ, avec comme instruction de ne l'ouvrir qu'au dernier moment. Une chaînette d'argent glisse au creux de ma main, porteuse d'un cabochon noir. Une petite carte l'accompagne.

« *Ma Vic chérie,*

Enlève la pierre de Lune, vous êtes antagonistes. Le noir te va mieux. C'est la couleur de la conscience, elle protège et rassure, deux forces dont tu as grand besoin. Rappelle-toi une chose : le noir absorbe la lumière, mais la garde en son sein. Tu es une réserve de lumière.

Je te présente la tourmaline noire. Elle recentre l'esprit, l'empêche de basculer dans la folie. Le met à l'abri dans un cocon protecteur qui refoule les influences négatives extérieures. Elle te protègera du mal que voudraient te faire certaines personnes, volontairement ou non.

Elle sera ton bouclier.

Amie »

Je la glisse à mon cou avec gratitude, et la dernière faille de mon armure se referme. Je me sens plus proche de moi-même que jamais auparavant. Octave aimera-t-il ce que je suis, maintenant que je montre au grand jour les pensées dont il ne faisait que deviner l'existence ?

Vincent m'ouvre la porte, il est le premier à me voir.

– Wouaaa… Morticia Adams ! Je te kiffe comme ça. Oublie ton cinglé qui transpire comme une bête la moitié du temps, tu es faite pour moi.

Je l'embrasse sur la joue avec un sourire alors qu'Amie arrive en glapissant. Octave me tourne le dos, occupé à remplir des verres. Je l'ai prévenu d'une surprise, sans lui donner de détails, j'ai les mains moites. J'ai beau savoir que je me ressemble enfin, mes premiers pas sont vacillants, j'ai besoin de son soutien. Et lui me fait languir. Je m'en veux de cette dépendance.

Il se retourne enfin, relève la tête si lentement. Ses yeux s'arrondissent, il rougit et se retourne d'un bloc. D'accord. Puisqu'il m'évite encore, alors c'est moi qui vais à lui. Je salue les autres au passage sans m'arrêter. Quand j'arrive dans son dos, il pose un verre sur la table.

– Vodka noire pour toi, ce soir.
– Octave, regarde-moi.
– Laisse-moi du temps, s'il te plaît.
– Tu n'aimes pas ?

Cette apparence me reflète tellement intimement que ce que je lui demande en fait, c'est « Tu ne m'aimes pas ? ».

— Bien sûr que si.

— Alors pourquoi tu me tournes le dos ?

— Tu m'intimides. Tu es tellement… différente. C'est comme si j'avais un coup de foudre pour une autre et que j'oubliais celle que tu étais avant. J'ai l'impression de te tromper.

Son attachement à ma silhouette anonyme et empruntée me touche. Mais j'ai besoin qu'il me laisse grandir.

— Embrasse-moi.

Il se retourne et me prend enfin dans ses bras. Octave se détend dans ce baiser si semblable aux milliers de baisers que nous avons échangés. J'ai retourné ma peau pour apparaître telle que je suis à l'intérieur. Mais notre « Nous » n'a pas changé.

Le reste de la soirée m'échappe. La vodka noire est plus forte que la bière que je bois d'habitude. Mais je m'enivre surtout de bien-être. Je ne deviens pas soudain expansive, le noir n'est pas une baguette magique. Mais ma timidité qui se cache fait place à une réserve dans laquelle je me sens solide. J'aime mes vêtements. Les boucles noires que j'aperçois parfois du coin de l'œil quand je secoue la tête en riant. La fierté dans l'œil d'Amie qui me couve comme si j'étais sa plus belle œuvre. Le trouble dans les yeux d'Octave.

Les parents de Vincent se sont retirés à l'étage pour nous laisser le salon libre d'adultes. Mais Vincent m'attrape soudain par la main et me traîne jusqu'à leur chambre. Il annonce notre arrivée en braillant.

— Papa, maman, j'ai une surprise !

Je suis confondue d'être projetée dans leur intimité. Assis dans leur lit, dans un halo de lumière douce, ils lisent tous les deux dans une position si semblable que l'on dirait des jumeaux. Le mimétisme est peut-être la conséquence des mariages heureux. Ils ne s'effarouchent pas de notre intrusion.

— Regardez le nouveau look de Victoria !

Il brandit mon bras comme un trophée. Lucie pose son livre et ouvre la bouche toute ronde.

— Oh, mais que tu es jolie, Victoria ! Une vraie jeune femme. Qu'en penses-tu, Charles ? demande-t-elle à son mari en le poussant du coude.

Je rougis de plaisir, intimidée par le père de Vincent qui me scrute par-dessus ses lunettes.

— Très jolie, en effet. Cela te va à ravir.

Je remercie en bafouillant, embarrassée par cette admiration unanime et inhabituelle, et recule pour sortir de la chambre au plus vite. Quand on redescend, le salon est plongé dans le noir, et des cris nous accueillent. Une lueur venue de la cuisine se dessine peu à peu. Elle s'approche, se transforme en flamboiement dans les bras d'Amie, illuminant son sourire. Je souffle mes bougies en enfonçant mes ongles dans mes paumes pour m'empêcher de pleurer.

Ces dernières heures sont irréelles, le bonheur qu'elles contiennent ne m'appartient pas. Il a dû se tromper de route, il va finir par s'en rendre compte et faire demi-tour. Même si j'oublie la lumière de ces instants, l'avalanche de cadeaux qui me tombe dessus se chargera de me la rappeler. Un attirail complet de maquillage noir de la part d'Amie. Un livre de la Pléiade de la part de Vincent et ses parents, les poèmes d'Aragon, des bricoles clins d'œil des copains. Octave m'a dit « Plus tard ».

Quand on part de chez Vincent, la nuit oscille au point de bascule entre obscurité et renaissance. Octave ne m'emmène pas chez lui. Il me guide vers la rivière, vers notre chêne. Nous marchons en silence pour laisser l'effervescence de la soirée se détacher de nous, et notre bulle se referme doucement.

Le chuchotement de l'eau accompagne nos derniers pas. Octave s'assoit, le dos appuyé sur le vieux tronc, et m'attire entre ses jambes. Il dépose son pull sur mes épaules. Joue avec mes doigts. Il est concentré.

— Vic, on est à une période bizarre.
— Comment ça, bizarre ?
— Plein de choses se terminent. Le lycée. L'enfance. La vie de famille. Nous tous ensemble.

Est-ce que notre histoire appartient à ce présent sur le point de se transformer en passé ? Pour une fois mon cerveau reste figé. Je ne sais pas s'il est capable de fonctionner si Octave ne s'y niche pas.

— C'est bizarre aussi parce qu'on ne sait pas trop ce qui va commencer après. Il rit un peu nerveusement et je me statufie encore plus. Enfin, en théorie, on sait. Mais en réalité, on ne saura que quand on aura commencé à le vivre.
— Bordel, Octave, où tu veux en venir ? Tu me fais peur.
— Tu n'as aucune raison d'avoir peur, Vic. Tu n'as jamais eu aucune raison d'avoir peur avec moi.

Il dit vrai et je m'apaise. Il sort son téléphone, allume la lampe. Se retourne pour écarter les herbes au pied de l'arbre.

— Tu te rappelles ?

Je me penche pour regarder ce que je connais par cœur. Je ne me donne même pas la peine de répondre. Bien sûr que je me rappelle. Nos initiales enveloppées d'un cœur. Les entailles dans l'écorce remontent à plusieurs années, à nos derniers pas d'enfants.

Il fouille dans sa poche, cette fois, c'est lui qui semble nerveux.

— Tout est en train de changer, mais une chose reste immuable. Toi et moi.

Il ouvre enfin sa main, révèle un fin anneau qui brille sourdement à la lumière de la lune.

— Ce n'est pas une demande en mariage, Vic. C'est le renouvellement de notre pacte. Parce qu'on va partir d'ici et qu'on ne pourra plus venir voir notre arbre chaque fois qu'on voudra. Alors c'est notre pacte de voyage. Tu es d'accord ?

Je hoche la tête. Il glisse l'anneau à mon majeur droit. Un arbre de vie orne maintenant ma main. Notre chêne, notre pacte.

Plus tard dans sa chambre, quand il découvre mes sous-vêtements noirs, il gémit comme si je l'achevais, comme s'il se rendait et m'abandonnait les dernières parcelles de lui qu'il ne m'avait pas encore livrées. Un instant, cela me donne une sensation de puissance presque effrayante. Je n'avais jamais éprouvé ce vertige du pouvoir.

Je tiens des fragments de bonheur entre mes mains.

Le hasard n'existe pas et Amie m'a rendue sensible aux signes. Ce matin, je trouve dans ma boîte aux lettres le cadeau que je me suis offert pour mon anniversaire : un sweat à capuche noir siglé du logo de la boîte de production de l'acteur qui interprète Daryl. Les initiales s'inscrivent dans le crâne qui orne maintenant le côté gauche de ma poitrine, le côté du cœur. Je l'enfile tout de suite et ferme les yeux. Je me sens protégée, comme si l'énergie de Daryl m'enveloppait, partageait avec moi sa force, la volonté qui lui a permis de survivre au milieu des zombies.

Je ramasse mes clés et sors. Amie traverse la rue, sur le point de me rejoindre. Elle est habillée en orange des pieds à la tête. Il paraît que cette couleur pleine d'énergie favorise la bonne humeur. Je ne sais pas encore si mon pull est un porte bonheur ou une armure. Mais c'est le jour parfait pour le découvrir.

– Vic, tu es de plus en plus belle. Tu le réalises ?

Non, pas vraiment, pas en ces termes-là en tout cas. Mais si je réfléchis, mon reflet et moi n'avons jamais été aussi heureux ensemble. Enfant, je me fichais de mon apparence.

Je ne scrutais la glace que pour découvrir pourquoi ma mère fronçait les sourcils dès qu'elle me regardait un peu trop longtemps. Adolescente, je l'ai fuie, pour éviter la solitude de mon regard, ce visage qui me semblait étranger. J'ai la pesanteur des enfants mal aimés, de ceux qui n'ont pas pu déployer leurs ailes. Je n'atteindrai jamais la légèreté que le bonheur naturel et l'insouciance de son enfance ont offert à Octave. C'est rare de le voir rire à gorge déployée. Mais il sourit, beaucoup. Un sourire franc, joyeux, chaleureux. Serai-je plus drôle, en sécurité dans ma nuit ? Aujourd'hui, je m'apprivoise, j'apprends à me connaître.

Vincent et Octave nous attendent à mi-chemin. L'atmosphère est fébrile, mais joyeuse, pour eux. L'angoisse creuse un gouffre de plus en plus profond dans mon ventre. Un tourbillon dont le point d'ancrage serait mon nombril. Nous avançons de front tous les quatre. Octave me tient la main. Amie a glissé un bras sous mon coude, l'autre sous celui de Vincent. À chaque pas, je me sens plus faible.

Je reconnais ce vide qui m'aspire. La tension de l'orage qui s'approche. La lumière qui devient métallique, comme absorbée par l'air. Un mauvais pressentiment.

Je veux revenir en arrière. Mettre des œillères pour concentrer mon énergie sur ce qui compte vraiment, redéfinir mes priorités. Ne pas rencontrer mon père, ne pas achever ma mue. Tout ça, pourquoi ne l'ai-je pas réalisé plus tard, après ce *maintenant* qui arrive et que j'aurais pu faire exister autrement, si j'avais travaillé.

Nous avons voulu vivre ce moment tous les quatre. Enfin, eux surtout. Pas devant un écran, mais là, devant les grilles du lycée. Les listes s'affichent, les cris éclatent. Amie hausse les épaules, détachée, presque indifférente. Le bac n'est pas pour elle une étape sur sa route, la clé pour s'ouvrir un avenir. Elle est de toute façon décidée à reprendre la librairie de son père. Vincent brandit les poings, victorieux. Octave sourit, un sourire anxieux, qui m'attend pour se réjouir.

Je retrouve une sensation familière, qui ne m'a laissé que quelques jours de répit. Juste assez pour me donner le goût d'autre chose avant de me l'enlever.

Le goût de l'échec.

J'ai échoué, encore. Ce bac que 93,8% des lycéens réussissent, je n'ai pas été capable de l'obtenir. Mon père me l'a dit. Ma mère me l'a dit. Je suis une erreur.

J'en veux à Luc. Si mon beau-père n'avait pas eu cette idée absurde de m'adopter qui a mis le feu aux poudres, j'aurais continué ma vie de lycéenne sans histoires. C'est d'autant plus absurde qu'il n'en a jamais reparlé, comme s'il s'était rendu compte de la catastrophe qu'il avait frôlée.

J'en veux à Christian. Le père d'Octave m'a emmenée voir mon père au pire moment. Comme s'il avait appuyé sur l'accélérateur pour que je m'écrase plus vite contre le mur qui m'attendait.

Je m'en veux à moi-même d'avoir laissé tous ces adultes, Luc, Christian, mon père, ma mère, me détourner de la seule chose qui aurait dû compter pour moi : moi.

Nous sommes chez Vincent, et Octave ne quitte pas mon chevet. Il arbore une tête de veillée funèbre et je culpabilise de gâcher son bonheur. Je ne suis pas à sa hauteur. Pourtant, il ne se contente pas de tenir ma main. Je le sens réfléchir de toutes ses forces pour trouver une solution. Mais nous sommes au pied d'un paquebot prêt à appareiller, il a son passeport – pas moi. Je n'en peux plus de sa sollicitude.

Je m'échappe dans la salle de bains. Je voudrais me taper la tête contre les murs. Je voudrais être n'importe qui, sauf moi. Quelqu'un toque. Je ne réponds pas. Je ne veux pas de la compassion d'Octave, je ne la mérite pas. Ni des élucubrations d'Amie. Ni de la patience bienveillante de Vincent. La porte s'ouvre, Lucie entre. La mère de Vincent me prend dans ses bras. Son parfum fleuri m'enveloppe.

— Allons, Victoria, ne sois pas si sévère avec toi. Nous avons tous droit à l'erreur.

— Mais c'est moi, l'erreur, Lucie. J'ai utilisé tous mes droits à l'erreur en naissant, je ne devrais plus en commettre.

— Qui t'a dit de telles horreurs ?

— Ma mère. Mon père.

Elle resserre son étreinte.

— Ils se trompent.

— Mais ils sont tout ce que j'ai. Alors peu importe, s'ils se trompent. Ils ont raison.

Je m'écarte, m'efforce de contenir mes sanglots. Mon Dieu, je suis tellement pathétique !

— Victoria, tu es jeune, intelligente. Tu as trébuché et ce n'est sûrement pas juste après tout ce qui s'est passé. Mais tu n'es pas seule. Tu as des amis, un amoureux qui ne vit que pour toi. Et nous, les parents de tes amis. Nous allons t'aider, tu vas te relever et reprendre ta route.

Je lui dis oui. Je ne la crois pas, mais je dis oui. C'est une façon de la remercier pour sa gentillesse et de la faire partir plus vite. Je dois arrêter de pleurer, essuyer mon maquillage massacré. Dans la poche de mon sweat, mes mains s'agrippent l'une à l'autre pour refermer mon armure.

L'inquiétude dans le regard d'Octave quand je regagne le salon est insupportable. J'aime le voir léger, riant, débordant d'énergie. Il l'est rarement avec moi. Je transvase en lui mes angoisses, mes questions existentielles, mes doutes. Je le plombe. Quand je regarde les visages qui me cernent, je réalise que c'est l'effet que je fais à tout le monde : je suis un poids qui tord les sourires jusqu'à ce qu'ils deviennent tellement lourds qu'ils se décrochent. Ma tristesse et mes échecs sont contagieux. Je suis le noyer aux racines toxiques.

— Que vas-tu faire, Victoria ?

Dorothée tortille nerveusement sa serviette et se mord la lèvre, la panoplie complète.

— Maman ! proteste Octave.

— Dottie, ce n'est pas à nous de poser cette question à Victoria, murmure Christian, mal à l'aise.

Dorothée en lâche sa fourchette.

— Ah bon ? C'est pourtant bien chez nous qu'elle est ! À notre table, à côté de notre fils.

— Parce que c'est sa place, gronde Christian.

Octave est sur le point d'exploser. Ses parents commencent à se disputer, je ne veux pas que sa famille se déchire à cause de moi. Ce sont de bons parents, ils ne méritent pas mon chaos, et Octave encore moins. Je sais ce que l'on attend de moi.

— S'il vous plaît... Je peux répondre ?

Les trois se figent et me fixent.

— Je vais redoubler, pour repasser mon bac. Je me tourne vers Octave. Et dans un an, je te rejoins.

Dorothée se détend légèrement, je parviens même à lui sourire. Christian se gratte la tête.

– Ma foi… Je ne vois pas d'autre solution raisonnable.

– Bien sûr que si, il y a d'autres solutions, s'insurge Octave. On part ensemble, et tu repasses ton bac là-bas, avec moi.

– Non, Octave, ce sera trop compliqué. Ici, je peux travailler à côté, continuer à économiser pour mes études. Tu reviendras quand tu pourras le week-end.

Frustré, il donne un coup de pied dans la table.

– Je ne vais pas partir sans toi.

– Si. Et je te rejoindrai vite.

Je me lève, pose ma serviette sur la nappe. Dorothée me regarde plus gentiment, maintenant, soulagée. Elle ne me déteste pas. Elle craint simplement que j'entraîne Octave dans ma tourmente alors qu'il a tout pour se construire une belle vie.

– Je vous laisse. Je dois voir ma mère.

Octave me raccompagne jusqu'au portail du jardin. Je ne veux pas qu'il aille plus loin. Il a l'air malheureux, je n'en peux plus de porter cette culpabilité. J'ai foutu tous nos beaux projets d'avenir par terre. Je rentre en longeant la rivière. Ma mère va-t-elle me mettre à la porte ? Quel va être le prix à payer pour mon échec ?

Quand je croise notre chêne, je voudrais avoir une hache pour abattre ses fausses promesses. Le bonheur est comme la forme des pommettes ou le creux au milieu du menton, il est héréditaire. Mes parents ne me l'ont pas transmis.

— Tu n'avais pas le droit.

Assise dans la cuisine, ma mère me tourne le dos et gronde à peine plus haut qu'un chuchotement.

— Je suis désolée.

— De quoi ?

— D'avoir raté mon bac.

— Pourquoi ? Pourquoi es-tu désolée d'avoir raté ton bac ?

Le ton monte, me paralyse. Ma mère est d'une telle froideur que je peux compter sur les doigts d'une main les fois où je l'ai vue s'énerver.

— Parce que… parce que j'étais censée l'avoir. Parce que je vais devoir…

Je m'interromps. Devoir quoi ? Et elle, que va-t-elle devoir faire ? S'occuper de moi un an de plus, alors qu'elle se croyait enfin débarrassée ? Ce n'est pas acquis. Ma place chez elle n'est pas acquise.

— Devoir quoi ?

C'est difficile de parler avec son dos.

— Devoir rester ici un an de plus, si tu le veux bien.

— Décidément, Victoria, tu ne comprends jamais rien.

Je reste sidérée. Elle m'a rarement parlé de façon aussi directe et personnelle. En fait, elle m'a rarement parlé tout court.

– Tu veux que je m'en aille ?

Elle se lève brusquement, envoie valdinguer sa chaise contre le placard. Cette violence me terrifie. Elle ne lui ressemble pas. Pas plus que le visage furieux qu'elle tourne vers moi et que je ne reconnais pas. Ma mère pleure.

– Oui, je veux que tu t'en ailles, mais pas comme ça ! Tu devais réussir ! Tu lui donnes raison, dix-huit ans après, tu lui donnes raison d'être parti. Tu devais être ma revanche, la preuve qu'on avait réussi malgré lui. Mais là... S'il savait, il serait tellement satisfait d'avoir fait le bon choix !

C'est pour ça qu'elle m'a gardée quand il voulait me faire disparaître ? Je suis une revanche ? Pas sa fille, pas même son enfant mal aimé, mais une vengeance ? Et tellement décevante que m'abandonner était le bon choix ?

– Il est parti parce qu'il me pensait trop bête pour lui. J'ai fait ma part, j'ai réussi, même si c'est dans cette ville qu'il méprisait. J'ai essuyé tellement de verres que je suis devenue patronne. Plus personne aujourd'hui n'oserait me pincer les fesses. On me respecte. Et toi... Tu gâches tout.

Je veux qu'elle se taise. Aujourd'hui et tout le temps. Qu'elle ne me parle plus jamais, car ses mots me détruisent encore plus que ses silences. Elle ramasse la chaise, la remet à sa place.

– Tu vas rester ici, Victoria. Tu vas redoubler. L'année prochaine, tu auras ton bac brillamment. Et tu partiras, mais pour faire des études. Plus de petit copain. Il va partir et réussir, ne compte pas trop sur sa fidélité. Pas de fêtes avec tes amis. Tu vas apprendre à travailler, Victoria, travailler *vraiment*.

Elle me fixe, dure, froide. J'ai perdu toute résistance, mon armure est en lambeaux.

— Tu as bien fait de choisir le noir comme nouvelle apparence. Tu portes le deuil de la belle vie et des plaisirs légers. Couche-toi tôt, Victoria. Tu commences demain matin à six heures à la brasserie.

Elle sort de la cuisine, à nouveau elle-même, implacable. Je vacille et je ne sais pas quand cela s'arrêtera.

L'été est là, mais je ne sens pas son parfum, ni sa chaleur. J'ai froid, j'ai tout le temps froid, sauf dans les bras d'Octave. Je compte les jours qui nous restent. C'est peu, vu que je travaille six jours par semaine à la brasserie, de 6 heures du matin à 6 heures du soir. Ces 3 x 6 me font sourire. 666, la marque du Démon. Mais qu'ai-je à craindre de lui ? Si Dieu existe, il est le seul à exiger des sacrifices pour tester la foi. Le seul à croire que la souffrance peut être une preuve d'amour, Abraham et son fils en ont sont un exemple parmi des dizaines. Je préfère le pacte du Diable, il me paraît plus humain.

Si Octave n'arrive pas bientôt, je vais m'assoupir. Je dormirai peut-être si profondément que je basculerai sans me réveiller dans la rivière qui chantonne derrière moi. Je me noierai et deviendrai son Ophélie. Ce sera intense, tragique et terriblement romantique. Triste aussi, mais moins pathétique que ce marasme sans fond qui nous englue.

Il arrive alors que mes paupières se sont alourdies de sommeil, que je lâche enfin prise. Il court, bien sûr. Son tee-shirt blanc, sa peau bronzée, sont tellement à l'opposé de mon noir et de ma pâleur que nos contrastes en deviennent grotesques. Quand je suis trop fatiguée, sa lumière me fait mal aux yeux.

— Désolé d'être en retard, Vic.
— Pas grave.

Il s'agenouille à côté de moi, se penche pour m'embrasser. Trop vite, trop insouciant, trop plein d'allant. J'ai besoin de lenteur pour avoir le temps de me saisir des émotions, de la sensation de ses lèvres sur les miennes. Je savoure chaque baiser, sachant qu'il ne nous en reste qu'une quantité limitée. Dans quarante-six jours, le corps d'Octave m'échappera et je glisserai peu à peu vers le bord de son esprit jusqu'à en tomber.

— Tu veux te baigner ?

Ce garçon est fou. Même en été, la rivière est froide.

— Non.
— Tu veux faire quoi ?

Dormir, mais je ne peux pas lui dire.

— Je ne sais pas.

Il s'impatiente. Cela lui arrive de plus en plus souvent.

— Dis-moi, on fait ce que tu veux.
— Je ne sais pas, Octave.

On se jauge du regard, chacun essayant de se mettre à la place de l'autre. Lui est en vacances. Des vacances bien méritées avec le bac en poche. Il déborde d'énergie, savoure ces journées d'été qui rompent avec la monotonie du reste de l'année. Veut profiter au mieux de ce temps qui nous reste avant que l'espace nous sépare. Il est tourné vers l'avenir, vers sa construction, il veut *faire* des choses pour éviter que ce débordement de vie ne le fasse imploser. Il court encore plus que d'habitude. Il reste à mes côtés mais se tend aussi vers son départ, cette aventure qui lui ouvre les bras.

Moi, j'apprends à travailler *vraiment* sous la houlette sans pitié de ma mère. J'ai mal au dos, aux jambes, aux bras. Je n'en peux plus de cet été qui se venge de mon printemps dissolu. Je veux le repos, l'immobilité, l'oubli. Un silence si profond qu'il aspirerait dans son vide l'année à venir. Je voudrais me réveiller dans un an.

La souffrance est de mon côté. Octave s'incline, s'assoit près de moi et me prend dans ses bras. J'ai gagné. Je ne veux rien faire, je veux juste sa tendresse, sa présence. L'odeur de sa transpiration me fait monter les larmes aux yeux, je les cache dans son tee-shirt. Tant de lui va me manquer après son départ.

– Vic, tu peux négocier quelques jours de repos avec ta mère ?

– Je ne pense pas.

– Essaie quand même.

– Pourquoi ?

– Déjà parce que tu en as besoin. Tu y as droit.

– Je ne pense pas qu'elle soit du même avis.

– Je m'en fous. Je vais avoir les clés de mon studio. On pourrait y aller tous les deux. Découvrir la ville ensemble. Être loin d'ici, juste nous deux.

Je ne veux pas aller là-bas. Penser à cet ailleurs où il apprendra à vivre sans moi.

– Ce n'est même pas la peine d'essayer. Elle ne sera jamais d'accord.

Il se crispe.

– Alors je vais lui demander moi-même.

Octave ne sait pas que je suis une revanche qui a échoué. Je ne lui ai pas dit, je ne l'ai dit à personne. Il ne sait pas que mon noir a changé de couleur, que c'est maintenant le noir de l'humilité et de la contrition qui plie devant l'autorité maternelle.

Plus les jours passent, plus j'aime ma noirceur, sa palette diversifiée. Mat, brillant, léger, profond, dur ou tendre, elle n'est jamais la même. Le noir du coton n'est pas celui de la soie. Associer ses tonalités, ses textures, ses luminosités demande beaucoup de soin. Ce souci du détail à la limite de la préciosité m'absorbe de plus en plus. Mon maquillage, ma coiffure, mes vêtements, mes bijoux occupent le peu de temps libre que j'ai. Je ne veux pas être *belle*. Je veux maîtriser parfaitement le moindre détail de mon apparence. C'est devenu une recherche artistique, presque métaphysique. C'est aussi mon armure. Le jaune est gai, le rose tendre, le bleu énergétique, le rouge passionné, le vert apaisant. Mais le noir est silencieux, secret, il ne traduit aucune humeur, il est dénué d'émotion. Je me cache derrière son élégance. Ma carapace de noir est impénétrable. Elle préserve tous mes secrets.

Octave me repousse pour lire mon visage. Mes silences où fleurissent les digressions de mon esprit l'exaspèrent cet été.

— Vic, tu as entendu ? Je vais aller lui demander moi-même.

— Non.

Je finis de me redresser.

— Alors tu le feras ?

— Non.

— Mais pourquoi, bordel ? Pourquoi tu ne veux même pas essayer ?

Parce que je ne veux pas risquer d'ouvrir à nouveau le silence de ma mère.

— Elle ne voudra pas.

— Putain, Vic, j'en ai marre !

Je sais qu'il en a marre. Que cet été est une longue agonie de Nous. Qu'à force de craindre de m'accrocher à lui et de le freiner, je le repousse. Je lui fais du mal. Mais je lui inflige un mal qu'il mérite. Un mal qui le libérera de moi quand le temps sera venu.

— Je sais, Octave. J'en suis désolée. Je fais ce que je peux.

— Alors fais davantage ! Résiste un peu.

Ma colère flambe brutalement. Que sait-il de la résistance, l'enfant chéri, le fils modèle ? Que sait-il des combats que je mène depuis que je suis née ? Je n'étais qu'un nourrisson qui pleurait pour recevoir un peu de tendresse et que ma mère laissait pleurer dans mon berceau après s'être assuré que « tout allait bien » ! Pour ne pas me rendre capricieuse, c'est elle qui me l'a raconté. Que sait-il de mes luttes contre la solitude, lui qui m'a appris le langage des yeux pendant des semaines avant de pouvoir prendre ma main ? Qui savait qu'un baiser est le prolongement naturel de la tendresse alors que je n'ai aucun souvenir d'avoir été embrassée avant lui ? Que connait-il de mes peurs alors qu'il va prendre son envol pour réussir sa vie et que je vais rester là, près de ma mère, l'imiter, et apprendre à respirer sans lui ?

Que sait-il de moi ?

— Comment oses-tu ?

Nous sommes tous les deux face à face, et aujourd'hui sa colère nourrit la mienne.

— J'ose parce que je t'aime, Vic. Je veux que tu te battes.

Mon poing part tout seul, le cueille au ventre. Qu'il encaisse, s'il veut que je me batte. Il se plie en deux, se relève aussi vite, attrape mes poignets.

– Pas contre moi, Vic. Avec moi. Pour toi, pour nous.

Ses mots d'amour glissent sur moi. Il a fait remonter ma rage à la surface. Je me débats, le griffe, le mords, lui donne des coups de pied, arrache son tee-shirt. Nous finissons imbriqués contre le tronc de notre chêne. Je ne peux pas appeler ça faire l'amour, mais faire la colère n'existe pas.

Mon style « gothique » fait de plus en plus jaser en ville. Il a bien fallu qu'on mette un nom sur mon noir, une étiquette sur ma différence. Au début, cette façon de s'approprier mon cheminement intime m'a révulsée.

Même cette transformation si personnelle, il fallait qu'on se l'accapare. J'ai eu la sensation d'être dépouillée, encore une fois.

Alors je me suis documentée. J'ai effectué des recherches sur ce mouvement gothique, je voulais le connaître mieux que personne pour pouvoir rétorquer : « Non, je ne suis pas gothique, je suis Victoria », arguments à l'appui.

Mais je crois que ces bavards ont raison, je suis gothique. Leur obsession des étiquettes m'a donné une patrie, je ne suis plus seule. « Gothique » est le fil conducteur qui me permet d'aller droit à un univers qui me touche. Un mot-clé qui aimante des sensibilités qui effleurent la mienne. Nous ne sommes pas superposables, mais nous parlons la même langue.

Mon noir s'enrichit d'une nouvelle inflexion. Il est le noir primordial. Sans noir, pas de lumière et donc pas de vie. Cette non-couleur, exclue du cercle chromatique, devient la trame sur laquelle tout ce qui existe peut se tisser. Elle est comme la matière noire de l'univers, qui ressent la gravité sans interagir avec elle.

Mon bouclier magique se renforce. La violence que le monde projette sur moi, je la lui renvoie à la face. Ma noirceur devient intégrale, jusqu'au vernis sur mes ongles, jusqu'à ce qui est caché sous mes vêtements. Quand je regarde mon histoire, les informations de 20 heures qui restent notre échappatoire familiale quotidienne, je trouve tellement de raisons de détester les hommes. Ils sont odieux, injustes, cruels, abjects. Mais je veux croire qu'ils contiennent autre chose, je refuse de laisser ma haine s'ajouter au désastre.

Le niveau d'exigence que j'ai atteint quant à mon apparence fait partie de ma résistance. Rien n'est trop raffiné, trop parfait, ma machine à coudre chauffe presque tous les jours. Je suis à l'opposé de la bestialité animale et sauvage attribuée à tort au Diable et à ses démons.

Je m'éloigne davantage de ma mère, si c'était possible. Je n'ai jamais été aussi docile. J'obéis aveuglément à tous ses ordres, je ne la laisserai pas m'entraîner dans sa colère. En lui obéissant, je la désarme. Je ne me soumets pas : je deviens plus forte qu'elle en *choisissant* de ployer sous son joug.

Mais mon apparence la provoque, nuit à ce qui est le plus précieux à ses yeux : sa réputation. Je ne désespère pas qu'elle change. Qu'elle réalise que la seule vraie revanche à prendre sur mon père serait de nous aimer. D'être heureuses. C'est la seule réussite qui ait de la valeur à mes yeux, mais cela ne représente rien pour elle, elle s'en fiche royalement.

D'une certaine manière, je me libère : je ne donne plus à personne le droit de me juger, je ne veux plus être l'erreur de mon père et de ma mère. Je veux être Victoria, « sans dieu ni maître ». Je veux être Daryl. Même l'idée de ma mort m'effraie moins. À force de m'y frotter, je m'y habitue. J'accepte l'ordre des choses. La Faucheuse m'emportera comme tous les autres, mais elle aussi je la désarme : en l'acceptant, je lui ôte le pouvoir de me terroriser. Tous les hommes tremblent de peur. Ils la refoulent et la cachent au lieu de l'affronter.

Cette omniprésence dérange Octave. Il est trop lumineux, trop tourné vers la vie, trop plein d'une énergie qui le pousse à construire pour comprendre. Il me dit que la vie n'est pas censée être une veillée funèbre. Il ne saisit pas le côté jubilatoire et libérateur de se frotter au néant. Ma complicité avec Vincent sur ce point l'agace. Mais quand la fin viendra le cueillir, que restera-t-il de sa lumière ?

Il m'a demandé de ne plus mettre de rouge à lèvres noir quand on se voit. Il n'aime pas embrasser du noir, même si c'est de l'anti-trace. Il trouve cela trop théâtral, trop ostentatoire. À son avis, si je suis tellement convaincue d'être dans le vrai, je n'ai pas besoin de l'afficher de façon aussi provocante. Peut-être a-t-il raison. Peut-être qu'avec le temps, je serai plus sûre de moi, et donc plus mesurée dans mon apparence. D'un autre côté, si la vie n'a aucun sens, autant la jouer à fond, faire imploser ses normes, infuser de la passion dans un quotidien trop morne. Je ne sais pas et je m'en fiche. En attendant, je lui accorde cette concession.

– On peut changer de musique ?

Depuis plusieurs jours, j'écoute en boucle le dernier album de Marylin Manson. Pas un vrai gothique, mais ses paroles font écho en moi. Rien que le titre de l'album, *Chaos*, en dit beaucoup. Octave insiste.

– Vic, j'en peux plus, là.

Je lui montre un des clips. Je sens qu'il fait un effort pour regarder jusqu'au bout. Il n'aime pas. Il n'aime pas ma musique. Il n'aime pas le gothique. Son émerveillement des premiers jours pour ma transformation s'émousse.

— Tu veux que je mette Walt Disney ?

— Pas besoin d'être condescendante. Un juste milieu, ce serait pas mal. J'en ai marre de m'entendre dire à longueur de temps que tout n'est qu'illusion, que la mort emportera tout et que l'homme est une marionnette.

Il se lève, ouvre la fenêtre, s'assoit sur le rebord.

— C'est peut-être vrai, tout ça. Mais j'ai dix-huit ans, je suis en pleine forme et j'ai envie de dévorer la vie. C'est tout ce que j'ai.

J'éteins la musique, me relève et commence à rassembler mes affaires.

— Tu fais quoi, Vic ?

— Je m'en vais, comme ça tu pourras vivre ta vie comme tu le souhaites, puisque c'est tout ce que tu as.

Il me rejoint, agrippe mon sac.

— Arrête, Vic. Ce n'est pas ce que j'ai voulu dire et tu le sais très bien. Tu fais partie de la vie que je veux vivre. Tu en as toujours fait partie.

— De moins en moins, n'est-ce pas ?

— C'est faux.

— C'est vrai, mais tu n'oses pas le dire. Peut-être que tu n'oses même pas le ressentir. Tu avances, et je ne suis plus à côté de toi.

— Tu racontes n'importe quoi ! Ça n'a rien à voir avec toi ou avec nous. Je bosse, moi aussi, en août, je dois tout organiser avant. Et j'en ai marre que le peu de temps que l'on arrive à passer ensemble soit bouffé par les angoisses, la mort… J'en peux plus de tout ce noir !

— Je suis désolée de perturber ta vie si parfaite et joyeusement colorée.

— Tu vois, tu recommences ! Ça m'agace, tu n'imagines même pas !

Nous ne nous sommes jamais disputés aussi longuement, aussi durement. Et après, il voudrait que je croie en sa lumière ? Tout est voué à finir, à pourrir. Même nous. Je l'agace. Je le perds déjà. Ma colère retombe. Je ne réalise pas encore l'immensité du gouffre qui va s'ouvrir dans ma vie quand Octave en sera sorti. Est-ce que je ferai comme Ophélie ? Est-ce que je peux trouver un moyen de survivre à ça, en plus de tout le reste ?

— Arrête ce regard, Vic. Je fais de mon mieux. J'essaie de trouver une façon de vivre cette année loin de toi, mais tu me repousses déjà avant même que je sois parti.

— Je ne te repousse pas.

— Si. Chaque fois que tu me fais sentir à quel point ma vie soi-disant parfaite te paraît superficielle. Chaque fois que tu ternis les beaux moments par des rappels à une réalité de merde. Je ne veux pas devenir désespéré et cynique.

— C'est facile pour toi, de croire que tout va presque bien dans un monde presque parfait.

— Non, ce n'est pas facile. Arrête de me prendre de haut, comme si j'étais un gars naïf qui ne connaît rien à la vie, ou pire, un lâche qui refuse de regarder la réalité en face.

Ça fait trois fois qu'il me dit d'arrêter, je crois que c'est le mot-clé de notre discussion. Mais je ne sais pas ce qui doit s'arrêter. Notre dispute ? Notre histoire ? Il prend mes mains, les pose sur sa poitrine.

— Je t'aime, Vic. Tu te rappelles de ça ?

Des larmes m'échappent alors que je me voudrais forte.

— Tu es sûr que c'est toujours vrai, Octave ? Tu n'aimes plus ce que je pense, tu n'aimes plus ce à quoi je ressemble. Même le regard que je pose sur toi, tu ne l'aimes plus. Alors qu'est-ce que tu aimes ?

Il ne trouve pas les mots, affiche juste cet air malheureux.

— Toi. Je t'aime toi, Vic.

— Je n'en suis plus sûre. Parce que tout ce que tu n'aimes plus, c'est moi.

— Tu te trompes.

— Peut-être.

J'enlève mes mains de sa poitrine, ramasse mon sac. Il ne dit rien cette fois, me laisse partir, preuve que mes doutes sont justes.

Il m'est arrivé de m'ennuyer avec Octave. Pas parce qu'il est ennuyeux, mais parce qu'il appartient au paysage qui m'enferme depuis si longtemps. Aussi, parce qu'il a trouvé sa place de façon si naturelle ; son chemin n'est pas une recherche, c'est une évidence. Par moments, j'ai cru vouloir autre chose. Du drame, de la tension, quelque chose qui donnerait du relief à notre histoire. Une communion moins facile, moins spontanée, un amour soumis à des épreuves, des doutes. J'aurais voulu échanger une part de sérénité contre une part d'intensité. Une histoire plus romantique, une quête d'absolu.

Aujourd'hui qu'Octave n'est plus une certitude dans ma vie, j'en viens même à m'interroger sur la nature de ce qui nous lie, puisque c'est si fragile.

Octave dit m'aimer. Mais pour aimer, il faut se connaître, s'admirer mutuellement. À cet instant, tout me paraît absurde. Je pourrais renier tout mon cheminement des dernières semaines. Le noir qui me couvre me semble soudain grotesque. La seule façon de paraître tel que l'on est, c'est nu, entièrement nu. Que peut-il aimer, quand moi-même je suis incapable de dire qui je suis, quand mes convictions vacillent à la première secousse ? Que peut-il admirer chez moi qui lui donne envie d'être à mes côtés, de me voir m'épanouir ?

Si je ne sais pas qui je suis, est-ce que j'existe ? Je suis inutile pour mon père, encombrante pour ma mère, trop sombre pour Octave.

Qui faut-il être pour avoir droit à un amour inconditionnel ?

Un manque intense me saisit. Un manque ridicule et pathétique. Je voudrais que Daryl se penche sur mon épaule, me rassure et me protège.

Je m'enfonce dans les champs, de plus en plus loin des routes. Comment faire pour trouver mon Daryl et survivre à l'Apocalypse ? Est-ce qu'il existe quelque part un Daryl pour moi ? Où se cache-t-il ? Je peux abandonner mes séries, sortir de chez moi. Arpenter l'immensité des prés à perte de vue, des bois renfoncés et secrets, mais comment savoir quelle direction prendre pour le trouver ? Le monde est trop grand, trop vaste, je pourrais ne jamais le croiser. Et comment me rendre visible pour qu'il me repère, s'il me cherche aussi ? S'il attend sans le savoir ?

La nuit tombe. Je suis dans mon élément. Je m'allonge dans un champ moissonné, fixe les étoiles. En existe-t-il une, parmi ces milliards, une seule, même minuscule, qui veille sur moi ?

L'univers me paraît glacé, dénué de toute conscience, si inflexible.

Mon téléphone vibre.

« Je t'aime, Vic. Quoi que tu en penses. »

Sa déclaration est comme une fausse note dans le macabre de mes pensées.

« Cette tristesse sans fin, c'est vraiment ce que tu veux, Vic ? Tu la préfères à moi ? À nous ? »

« Ce n'est pas un choix. Je ne la préfère pas. »

« Alors pourquoi ? »

« Parce que tu ne fais pas le poids. »

Je regrette mes mots dès que je les envoie. Leur brutalité inutile, leur méchanceté envers celui qui les mérite le moins. Il est trop tard pour les reprendre. Je l'imagine sonné comme si je l'avais frappé. J'en pleure de rage contre moi-même.

« Je suis désolée, Octave, je ne voulais pas dire ça. Pardonne-moi, je t'en prie. »

Un long silence me répond. Puis enfin.

« Ça ira, Vic. C'est difficile de t'aimer en ce moment, parce que tu ne me laisses pas faire. Mais je vais essayer de croire pour deux jusqu'à ce que tu retrouves la foi. Bonne nuit. »

Idées noires. Broyer du noir. Mouton noir. Série noire. Liste noire. Roman noir. Le noir est aussi le trou qui avale tout ce qui passe à proximité de lui. Le néant.

À une certaine distance, les dangers et les souffrances peuvent être fascinants, parfois même séduisants. Quand ils collent à la peau, ils sont simplement terribles. Roulée en boule sur le lit d'Amie, je refuse de relever la tête et de la regarder. La réponse est contenue dans son silence. Elle s'assoit à côté de moi, pose sa main sur ma hanche. Je me recroqueville davantage.

— Vic, la vie est *toujours* une bonne nouvelle.

— Non. Pas celle-ci. Celle-ci ne peut pas exister. Je me redresse brusquement et crie. Ça ne peut pas être vrai !

Elle agite le bâtonnet de plastique, inconsciente de l'avalanche de haine et de colère qui va me tomber dessus.

— J'en ai pourtant la preuve dans la main...

Je me laisse tomber contre le mur et éclate d'un mauvais rire. Depuis quelques mois, j'ai l'impression d'avoir basculé dans une dimension parallèle où seul le pire peut m'arriver dans chaque situation. Mon père qui m'a oubliée. Mon échec au bac. Mon histoire avec Octave qui s'étiole… comme si le destin se payait ma tête. « Ah, tu te croyais malheureuse ? Mais tu n'as aucune idée de ma puissance de destruction. Je vais te montrer. » Il m'a convaincue, je ne vois pas ce qui pourrait être pire que de tomber enceinte *maintenant*. Un préservatif défectueux, c'est le prochain chapitre de ma vie ?

Va-t-il pousser l'ironie jusqu'à faire fuir Octave dès qu'il l'apprendra ? Le comble de la fatalité. Je fonds en larmes. Cette épreuve dépasse mes forces. L'annoncer à Octave. L'annoncer à ma mère. Et après ? Je fais défiler les dernières semaines, à la recherche de la fois où… Il n'y a pas eu de préservatif défectueux, il y a eu un oubli, le seul de notre histoire. Lorsque notre dispute s'est terminée en faire la colère contre notre arbre. Je compte. Six semaines. A-t-on encore légalement le choix ? Que peut-on espérer pour un bébé né de la colère ? Ma mère et celle d'Octave vont s'unir pour me tuer, et cette idée est presque un soulagement. Plus de décision à prendre, plus de combat à mener, plus de blessure à guérir, plus d'avenir à définir ou subir. Ce programme me convient parfaitement, qu'on m'achève.

— Vic ? Il faut que tu ailles voir Octave. Tout se passera bien dès que vous serez tous les deux.

Amie ignore notre dispute, et que nous ne nous sommes pas parlé ni vus depuis trois jours.

— Comment tu peux dire ça, Amie ? Ça ne va pas bien se passer. C'est une catastrophe, pour nous deux.

— Quand vous êtes tous les deux, il ne peut pas y avoir de catastrophe, Vic.

— Ben si, justement, la preuve. Et ce « nous deux » n'est peut-être pas si solide que ça.

Amie bondit sur ses pieds.

— Victoria, je t'interdis de dire ça ! Octave et toi, vous êtes comme la main droite et la main gauche, le soleil et la lune… indissociables !

— Et en cas d'éclipse, Amie ?

« On peut se retrouver à la rivière ? »

Je me ronge les peaux du pouce en attendant sa réponse. Je voudrais qu'il dise non, qu'il ne peut pas, qu'il tarde, mais bien sûr…

« Ouiiiiiiiiii !!! »

Si tu savais ce qui t'attend, Octave, tu ne serais pas si enthousiaste. J'avance avec tant de mauvaise volonté qu'il arrive avant moi. Il parcourt les quelques mètres qui nous séparent dès qu'il me voit approcher et me soulève dans ses bras en me faisant tournoyer.

– On ne se dispute plus, Vic. Plus jamais.

Il me repose au sol, prend mon visage entre ses mains.

– Tu m'as manqué.

Sa tendresse me fait mal. Ce que je dois lui annoncer va nous blesser tous les deux. Je pose mon front sur sa poitrine. Peut-être que si je suis attentive, j'entendrai son cœur se briser. Ou ses rêves. Quel bruit fait un rêve quand il se brise ?

– Tu te rappelles quand on s'est disputés en juillet ?

– On s'est beaucoup disputés, cet été, je n'ai pas trop envie de ressasser tout ça.

– La fois où je t'ai donné un coup de poing et où on a…

Je désigne vaguement le chêne sans lever la tête de son tee-shirt. Un sourire dans sa voix.

— Ah, O.K… Ça oui, je veux bien qu'on parle de nos réconciliations.

— Octave, je suis enceinte.

Je chéris le silence qui suit. Ce sont les derniers instants de « l'avant ». Quand tout est encore possible parce que rien n'a été dit. Dans cet intervalle, je peux encore croire qu'Amie a raison et que tout va « bien se passer », puisque l'on est tous les deux.

Mais le silence d'Octave se prolonge et je finis par relever la tête.

— Dis quelque chose.

Il pose un doigt sur mes lèvres pour me faire taire, prend ma main et m'entraîne vers le chêne. Il s'assoit contre le tronc, m'attire entre ses jambes.

— Octave…

Il secoue la tête de gauche à droite. Il n'est pas prêt. Octave est têtu, même s'il le montre rarement. S'il a décidé qu'il n'était pas prêt à parler, il ne dira pas un mot. Je ne peux qu'attendre. Je me love dans ses bras, il resserre son étreinte. Les minutes s'écoulent. Je crois qu'il regarde le ciel. Je ne peux rien faire tant qu'il ne parle pas. L'épuisement me gagne. Mes yeux se ferment. Octave ne dit pas un mot.

— Je t'aime et je veux ce bébé.

Je ne sais pas depuis combien de temps je dors. Sûrement un bon moment, car le jour s'achève et mon corps est tout endolori. Octave s'est décidé à parler.

— Quoi ?

Il a réfléchi, j'en ai été incapable. Il n'y a que du brouillard dans ma tête. Il répète les mêmes mots, sur le même ton. Je reste hébétée. Comment peut-il être aussi sûr de lui ?

— Et toi, Vic ?

— Je ne sais pas. C'est trop tôt. Tes études. Mon bac… Il n'y a pas de bon choix.

Il frotte sa semelle sur la terre, des cailloux roulent en crissant.

— Non, il n'y a pas de bon choix. Mais on peut faire celui qui nous fera le moins mal.

— Octave, je ne me sens pas la force d'avoir ce bébé ici, toute seule, en attendant que tu aies ton diplôme et que tu reviennes, ou qu'on s'en aille ailleurs.

— Je ne te demanderais jamais un truc pareil. Quoiqu'on fasse, on le fait ensemble. Tu veux quoi ?

— Je veux ne pas être enceinte.

– Ce n'est pas possible, Vic.

Il essuie mes larmes avec son pouce et la tristesse de son sourire me poignarde.

– Je peux faire tout ce que tu veux, Vic, mais pas revenir en arrière.

– Ma mère va me tuer. Ta mère va me tuer.

– Je suis aussi responsable que toi. Mais on s'en fout de nos mères, c'est de nous qu'il s'agit.

Je m'assois en face de lui pour ne pas me tordre le cou en cherchant son visage. Pourtant, je ne le regarde pas quand je parle.

– Mon père voulait me faire passer. Ma mère a refusé.

Octave ne dit rien, il attend. Mais je n'ai aucune idée de la leçon à tirer de mon passé.

– Tu as dit que tu voulais ce bébé ?

– Oui. Je peux le redire. Je veux ce bébé.

– Pourquoi ?

– Parce qu'il est là. Parce que c'est toi et moi.

– Mais tes études ?

– Parce que tu crois que je vais te dire : allez, Vic, on s'en débarrasse, on en fera un autre plus tard, et partir en te laissant seule ici ?

– …

Je l'ai imaginé, je me suis détournée de cette vision avec un cri d'horreur.

– Donc, je reste, quoi qu'il arrive. Alors… pourquoi nous infliger cette horreur ?

– Je pourrais reprendre les cours un peu plus tard. Travailler à la maison. Dans ton studio même, pourquoi pas ? Pendant ma… convalescence ?

Octave appuie sa tête contre le tronc, ferme les yeux.

— Oui. On pourrait faire ça.
— Mais ?

Il se lève, marche en rond entre l'arbre et moi.

— Mais ça me fait mal, rien que de le dire. Parce que… nous deux, ce n'est pas une histoire de quelques jours, Vic. On est ensemble depuis… depuis toute la vie ! C'est un bébé surprise, ça c'est sûr. Et vachement précoce, d'accord. Mais nous deux, c'est de l'amour, du vrai. Alors ça fait de lui un bébé de l'amour. Le détruire… ça me paraît sacrilège. Je ne veux pas de cette tombe dans notre histoire.

— Octave, il y a trois jours, on s'est disputés tellement fort que je me suis demandé si ce n'était pas fini entre nous. J'ai pensé que je t'agaçais si fort… qu'une fois là-bas, tu allais rencontrer d'autres filles, élargir ton univers, et en trouver une autre. Plus facile. Facile à vivre et à aimer.

— Vic… Je t'ai embrassée sur la joue en CE2. Après, tu ne m'as plus adressé la parole pendant trois ans parce qu'Amie et toi, vous aviez décidé que les garçons, c'était nul. Au collège, la première fois que tu as bien voulu me parler, c'était pour me dire que j'avais l'air un peu moins con que les autres. Je l'ai pris comme un compliment. J'ai dû attendre un an pour pouvoir te tenir la main. Six mois de plus pour avoir le droit de t'embrasser, et encore quatre ans pour faire l'amour. Alors si j'avais aimé les filles simples, ça fait longtemps que je serais allé voir ailleurs. Ce n'est pas que j'aime que tu sois difficile. Colérique. Torturée. Malheureuse. Gothique ou je sais pas quoi. C'est juste que je t'aime toi, même quand tu m'agaces.

Il se rassoit, frotte ses mains sur son jean.

— Mais si toi tu as des doutes, il faut le dire maintenant.
— Je ne m'imagine pas vivre sans toi.
— Ce n'est pas une réponse, Vic.

— Bien sûr que j'ai des doutes ! Un bébé, à dix-huit ans, sans diplôme et sans travail ! Je serais folle de ne pas douter.

— Je ne parle pas du bébé, mais de moi. Est-ce que tu crois que si tu pouvais « élargir ton univers » comme tu dis, tu rencontrerais quelqu'un d'autre avec qui tu serais plus heureuse ?

Je hoche la tête de gauche à droite.

—As-tu la conviction absolue que c'est avec moi que tu veux construire ta vie ?

Hochement de tête de haut en bas.

— Alors… Si nous avons tous les deux la conviction que c'est pour la vie, même si on ne sait pas ce qui arrivera… Si aujourd'hui on y croit dur comme fer… Quelle histoire veut-on écrire ensemble ?

— Je ne sais pas.

Il me prend dans ses bras et me berce pendant que je pleure. Je n'ai pas d'autre réponse. Je ne veux pas prendre cette responsabilité. Parce qu'en plus, j'ai menti, n'est-ce pas ? Quand nous avons eu notre grosse dispute, étendue dans un champ sous les étoiles, j'ai rêvé découvrir mon Daryl. Un autre qu'Octave. Est-ce que c'était la peur de le perdre ? Est-ce qu'il lui arrive de rêver d'en rencontrer une autre ?

— On va aller dormir, d'accord ? On ne peut pas prendre une telle décision en une journée. Chez moi ?

— Oui.

Je pense fuir ma mère pendant les vingt prochaines années.

– Comment oses-tu ?

Ma mère hurle. Le gonflement des veines de son cou et la couleur de son visage sont aussi impressionnants que l'éclat de sa voix. Octave et moi – enfin, je crois que c'était nous deux, lui surtout, avons décidé de garder le bébé. Donc, ma mère hurle. Mon beau-père baisse la tête. Une heure plus tôt, c'était la mère d'Octave qui hurlait et son père qui baissait la tête. Je m'habitue. J'attends que cela passe. Je suis un peu ailleurs.

Octave a dû argumenter sérieusement avec ses parents, il s'est même énervé en tapant du poing sur la table quand ils ont proposé de faire passer le bébé. J'ai découvert la haine dans les yeux de Dorothée. Je pense que ça aussi, je vais devoir m'y habituer. Dans les yeux de Christian, j'ai plutôt vu du chagrin – ça m'a fait de la peine pour lui –, et de la pitié – j'en veux bien un peu.

Ma mère s'avance, la main levée, et je pense recevoir la première gifle de ma vie – une gifle monumentale – mais Octave fait barrage sans un mot, sans un geste. Juste son corps qui avance pour s'interposer entre ma mère et moi. C'est à son tour de découvrir la haine dans les yeux d'une belle-mère.

Belle-mère. Un rire nerveux m'échappe, la main de ma mère retombe.

— Eh bien, cette fois, je ne vois pas ce que tu pourrais inventer de pire pour me décevoir.

Là, comme ça, je n'ai pas d'idée. Mais patience, le destin a plus d'un tour dans son sac.

Le silence s'impose. Dans cette maison, pas de discussion sur le thème « gardera – gardera pas ». Ma mère est pragmatique, ambitieuse, guidée par le devoir… et soumise à Dieu. Elle met rarement les pieds à l'église, mais Sa présence est constante dans sa tête. Un Dieu sévère et exigeant bien sûr, le sens du pardon du Nouveau Testament a échappé à Sabine. C'est dire la signification de son refus de me baptiser alors qu'elle est si croyante. Elle sort une bouteille, bois cul sec un fond de whisky, grimace. L'horreur absolue de l'avalanche qui gronde autour de nous et ses conséquences me fascine.

— Et toi, tu vas dire que tu as des études à faire, c'est ça ?

Octave dit non prudemment alors que ma mère se sert un second whisky avec un rire amer.

— Tu vas renoncer à la réussite pour changer des couches ? Tu risques de le regretter.

Le ton cynique de ma mère invite à la circonspection – au minimum.

— Peut-être. Mais je suis certain de regretter l'inverse.

— Quel progrès, Victoria ! Encore trois générations et on arrivera à faire les choses dans l'ordre : diplôme, travail, amour, mariage, bébé. Et réussite, bien sûr.

Nous ne répondons pas, il n'y a rien à répondre.

— Tes parents doivent détester ma fille.

– Ça leur passera.

– Hum... pas sûr. Elle est douée pour se faire détester.

– Pour se faire aimer aussi.

Elle se tourne vers moi.

– Il t'a coupé la langue ou quoi ?

Je hausse les épaules, regarde ailleurs. Comment auraient réagi des parents comme ceux de Vincent ? J'essaie de l'imaginer, mais je n'y arrive pas. Je n'ai pas les références. Vincent me manque. Je voudrais qu'il soit rentré de vacances, qu'on aille camper tous les quatre en faisant griller des chamallows.

– Que comptez-vous faire, Monsieur « J'ai-réponse-à-tout » ?

Octave me regarde, mais je suis toujours incapable de prononcer le moindre mot. Je l'ai su à l'instant où j'étais couchée sur le lit d'Amie : cette épreuve dépasse mes forces. Je ne fais qu'attendre la fin de cette discussion pour enfin aller dormir.

– Je vais travailler avec mon père.

– Et Victoria avec sa mère, j'imagine ?

– En fait...

On le regarde toutes les deux, cette fois, moi aussi je m'attendais à un simple oui. Mais Octave poursuit courageusement après un blanc.

– En fait, je crois que ce serait mieux que Vic repasse son bac comme prévu.

Je le fixe, abasourdie. Il me parle d'un monde qui n'existe plus.

– Avec le bac, ce sera plus facile de reprendre des études. Plus tard, quand on pourra. Peut-être chacun notre tour... Mais ça nous laisse une chance.

— De réussir ? interroge ma mère, sarcastique.

— De faire un métier qu'on aime, corrige Octave doucement.

Je ne le jurerais pas, mais je crois lire une nuance de respect dans le regard que ma mère pose sur Octave.

Au milieu du capharnaüm qu'est ma vie, je trouve dans le désespoir un refuge accueillant. Ses bras m'attendent toujours grands ouverts, prêts à m'enlacer. L'espoir n'a pas une telle constance, il est bien trop fragile pour ce monde. Mes poèmes gagnent en intensité douloureuse ce qu'ils perdent en lumière. Amie se révolte contre ce qu'elle appelle mon abandon.

– Tout a un sens. Écoute ça :
« *Sache que tout connaît sa loi, son but, sa route ;*
Que de l'astre au ciron, l'immensité s'écoute ».
Et ça encore :
« *Non, tout est une voix et un parfum ;*
Tout dit dans l'infini quelque chose à quelqu'un ;
Une pensée emplit le tumulte superbe.
Dieu n'a pas fait un bruit sans y mêler le verbe. »

Je me penche sur le livre qu'elle tient, elle le secoue pour me cacher le titre mais c'est trop tard. *Les contemplations*, de Victor Hugo. Je veux bien écouter.

– C'est lequel ?
– On s'en fiche.
– Amie, lequel ?

— *Ce que dit la bouche d'ombre.*

— Tu vois ? La vérité sort de l'ombre.

Elle jette le livre, se précipite vers moi et pose sa joue sur mon ventre.

— N'écoute pas ta mère. Le monde est beau et lumineux. Tu y trouveras la joie et l'amour. Et ta mère aussi, quand elle te tiendra dans ses bras.

Je la repousse et ramène un coussin devant moi. Je déteste quand elle fait ça, quand n'importe qui fait ça, même Octave. Ça le rend trop réel.

— Trouve-moi le sens de ce qui m'arrive et je t'écouterai peut-être.

Amie se rassoit sur ses talons.

— Mais c'est une évidence, Vic. Octave et toi alliez prendre des chemins séparés alors que vous êtes des âmes sœurs. Ce bébé a renoué votre lien.

Ce bébé a détruit les rêves d'Octave et réduit à néant mes chances d'échapper à mon histoire.

— Si nous sommes des âmes sœurs, Amie, notre lien aurait pu résister à un an d'éloignement.

— Pas dans ces conditions. La lumière d'Octave est ce qui te permet de résister à l'ombre qui veut t'engloutir.

— Alors il s'est sacrifié pour entrer dans mon ombre.

Je me lève et remets mes chaussures. Les élucubrations ésotériques d'Amie m'insupportent de plus en plus. Elles heurtent mon pessimisme et ce goût amer de gâchis qui me colle à la peau.

— Je dois filer. Tu ne travailles pas aujourd'hui ?

Amie a commencé l'automne pleine de bonnes intentions. On l'a vue s'affairer chaque jour dans la librairie. Elle a organisé des lectures pour les enfants tous les mercredis, et convaincu ma mère d'accueillir un café littéraire dans la brasserie une fois par mois. Ma mère a accepté, à condition que tous les participants prennent au moins une consommation et qu'Amie lui laisse une commission sur les ventes de livres faites ce soir-là. Elle est dure en affaires, ce qui n'étonnera personne.

Mais Amie a du mal à tenir sur la durée. Elle s'essouffle vite, est sujette à des accès de langueur qui la paralysent parfois des jours entiers. Elle détient le record d'absentéisme de toutes les classes que nous avons traversées. Il n'y a pas si longtemps, son père m'a avoué que la surprise n'était pas qu'elle ait raté son bac, mais qu'elle soit parvenue jusqu'en terminale. « Pas comme toi, Vic. Je sais que tu l'auras cette année, tu le mérites. » Je l'ai remercié et je suis partie.

Si l'on reçoit ce que l'on mérite, alors mon karma est vraiment pourri, j'ai dû être une sacrée ordure dans une vie antérieure.

Je traîne mes pas jusque chez Vincent. J'aime bien aller chez lui. Il se fout du bébé dont il ne m'a jamais parlé. Sauf une fois, pour me dire qu'il lui était reconnaissant : grâce à lui, Octave et moi sommes encore là, alors que nous étions si pressés de nous éloigner. Lui a commencé son apprentissage et s'absente pour suivre sa formation de thanatopraxie. Quand je viens le voir, sa mère Lucie me prépare toujours un jus d'orange pressé qu'elle me sert avec une poignée d'amandes. Elle m'a dit de venir plus souvent, même quand Vincent n'est pas là, mais je n'y arrive pas. Son attention me met mal à l'aise, je n'ai pas l'habitude.

Je monte voir Vincent, mon jus et mes amandes à la main.

– Hello Morticia.

Je ne sais pas si j'ai encore droit à ce surnom. Mon maquillage est léger, mes ongles nus. Je manque de motivation pour tout, même pour moi. Surtout pour moi.

— Hello croque-mort. Ça va ?

— Tout baigne.

Il tapote le lit à côté de lui, je m'installe pour prendre en cours de route le film qu'il regarde. Quand il se termine, je me lève.

— À plus.

— Quand tu veux.

J'aime le silence de Vincent, il est reposant. Pour lui, être présent suffit. La plupart du temps, je n'ai aucune idée de ce qu'il pense. Je sais que je suis bien près de lui, ça me suffit.

Je reprends ma route, celle qui me mène à Octave. Les haltes que j'ai faites chez Amie et Vincent m'ont permis d'échapper à ma mère en attendant qu'il finisse sa journée de travail. Nous errons de sa chambre à la mienne, changeant d'air quand l'atmosphère devient irrespirable. La haine de sa mère s'est muée en une rancune amère et désespérée. La déception de la mienne en une moue cynique. Même quand il pleut, je préfère être dehors.

Il m'attend dans le jardin, une bouteille d'eau à la main et son pantalon plein de terre. Avec le sourire.

Comment peut-il sourire, alors qu'il passe ses journées penché sur les crocus de son père au lieu de faire les études qu'il avait choisies ? Quand nous ne savons pas où nous allons pouvoir installer un berceau, entre sa vieille guitare et mon poster de *The Walking Dead* ? Sa joie n'a aucun sens, mais je crois qu'Octave appartient à une espèce à part, capable de trouver le bonheur dans n'importe quelles circonstances. Le bonheur est quelque chose qui existe en lui, indépendamment du monde extérieur. Mais ce soir, il rayonne particulièrement.

– J'ai une surprise pour toi.

Je déteste les surprises, ça me paraît cohérent avec ma vie. Je prends sa bouteille et bois une gorgée. Marcher dans le froid de novembre m'a donné soif.

– Nous allons bientôt avoir un « chez nous ». Un vrai.

Je referme la bouteille, sceptique. Qu'a-t-il inventé, pendant que je bossais mes maths et m'ennuyais en bio ?

– Viens.

Il m'entraîne vers les profondeurs du terrain, un côté où je ne vais jamais puisque je n'ai rien à faire autour des safranières.

– Là-bas, il y a un bâtiment que mon père n'utilise plus. Il nous le donne. Ce n'est pas Versailles, et il y a pas mal de boulot pour le rendre habitable. Mais il va m'aider, et ce sera chez nous.

À l'entendre, il nous a dégotté la petite maison dans la prairie. La réalité est un peu différente, mais ça ne le tracasse pas plus que ça. S'il dit qu'il peut le faire, je le crois. Simplement, ici ou ailleurs, je m'en fiche un peu, du moment que ce n'est plus chez nos mères. Quoique la maison de la sienne soit vraiment très proche.

– C'est pour démarrer, Vic. Je suis sur place pour travailler. Je peux m'occuper du bébé pendant que tu es en cours. Il pose sa main sur mon ventre et je me crispe. Ma mère peut aider. Mais ce sera chez nous.

Avec Octave, tout est toujours simple, alors que pour moi, tout est toujours compliqué. Il est un poisson se laissant porter par le courant de la rivière, j'arrache chaque pas à la forêt de ronces où je me débats. Il est persuadé qu'à la naissance du bébé, la colère de Dorothée va fondre comme un glaçon au soleil et qu'elle sera une grand-mère gâteuse. Il a probablement raison, et tant mieux pour l'enfant. Mais j'ai idée que la tendresse de Dorothée ne s'étendra pas jusqu'à moi. Je suis la sorcière qui a jeté un mauvais sort à son fils.

Il m'entraîne à l'intérieur pour me faire visiter, reste coincé par mon silence sur le seuil d'une éventuelle chambre.

– Ça te plaît ? ose-t-il.

Il a besoin d'être rassuré, que je lui confirme qu'il fait tout ce qu'il faut, qu'il est toujours le fils modèle et le petit ami exemplaire. Je ne peux pas lui apporter cette sécurité. Aujourd'hui, à cet instant précis, la fragilité de ses dix-huit ans ne m'attendrit pas, je n'arrive pas à percevoir du courage derrière son sourire vulnérable. J'ai l'impression absurde de jouer au papa et à la maman alors que nous sommes bien trop grands pour ça, et bien trop jeunes pour le devenir réellement. Et pourtant je suis là, face à Octave qui me présente fièrement ce qu'il veut être notre maison, et dans mon ventre grandit un bébé. J'ai encore plus peur que lui. Il a accepté et fait de son mieux. J'envie sa capacité d'adaptation. Je suis encore dans la phase de déni. Peut-être même encore sous le choc. Cette grossesse, ce bébé à venir, ça ne peut pas être vrai, nous nous sommes trompés de chapitre.

Je sors et m'assois sur une grosse pierre. Octave me rejoint. Il n'a pas les mots pour m'aider et il le sait. Mais il est là, prêt à me tenir la main si je le laisse faire. Ce n'est pas nouveau, Octave a toujours été à mes côtés, fidèle comme un chien, sans mots capables de m'aider. Nous sommes des gamins, je pense, en arrachant un brin d'herbe pour occuper mes doigts. Pourtant, il me fait du bien. Quand il me tient dans ses bras, la largeur de ses épaules, ses muscles sculptés par le sport et le travail de la terre, la fièvre qui nous emporte tous les deux me font oublier son innocence. Je le sens alors fort, solide, puissant. Je touche du doigt l'homme qu'il deviendra. Mais cela prendra du temps, et du temps nous n'en avons pas. Je prends la main d'Octave et le traîne dans l'atelier-serre censé devenir notre maison, un choix que je refuse de valider ou de rejeter, je ne veux pas de cette responsabilité. Je le pousse contre le mur et me hausse sur la pointe des pieds pour l'embrasser. Je me fiche de ces murs. Je veux noyer notre incompétence dans l'illusion de sa force physique.

Il hésite, devine que je suis poussée par la peur, la colère, loin du désir, puis répond à mon baiser. Je veux plus. Je veux l'amnésie. Je prends les mains d'Octave et les glisse sous mes vêtements. Il résiste.

— Tu es sûre qu'on peut… avec le bébé…

Encore, cette inexpérience qui me terrifie. Des gamins qui jouent aux grands. Je le fais taire d'un nouveau baiser, tire plus fort sur ses bras pour qu'il me soulève. Là, accrochée à son cou, alors qu'il supporte tout mon poids, j'arrive à oublier la peur le temps d'un orgasme. Il gémit le nez dans mon épaule. Je ne bouge pas jusqu'à sentir trembler ses muscles tétanisés à force de me porter. Alors je dénoue mes jambes pour libérer ses hanches, repose les pieds par terre. Ma longue jupe ondoie étrangement pour retomber en plis sages sur mes bottines, tel un baiser de rideau à la fin d'un spectacle.

Octave relève mon menton, tente de croiser mon regard. Je l'évite, interpose ma montre entre nos visages.

— Il est 18 heures.

Je pars. Ma mère a posé une autre condition au café littéraire d'Amie. Ces soirs-là, je tiens seule la brasserie. Peut-être est-ce ma présence qui permet à Amie de continuer, alors qu'elle laisse déjà tomber les lectures du mercredi une fois sur deux ? Bientôt, elles disparaîtront toutes, comme le reste. Tout est voué à disparaître, même ce qui n'est pas encore né.

Tout le monde a espéré que le bébé serait pressé de naître. Comment peut-on espérer qu'une catastrophe se précipite, cela reste un mystère. À mon avis, ce bébé se fiche pas mal que les travaux de notre future maison soient finis, la peinture à peine sèche, et que son arrivée précoce me laisse plus de temps pour récupérer et appréhender ma nouvelle vie avant les épreuves du bac. Il en a seulement marre que je l'ignore.

Nous sommes le 8 mars, il détruit ma vie le jour des Droits de la Femme. Cet enfant est un chef-d'œuvre d'humour noir.

Au moment clé de l'accouchement, au lieu d'entendre les « Poussez » vitupérés par la sage-femme, je croule sous les images du passé. Une fracture se fait alors que l'enfant sort de mon corps. Ce n'est pas son visage que je vois quand on le dépose dans mes bras, mais un cercle vicieux. Je ressens ce que ma mère a pu ressentir : un accident devient tout à coup un enfant qu'on nous colle dans les bras.

Quelques minutes plus tôt, l'occupation de mon ventre par l'enfant me donnait la certitude d'être plus mûre qu'Octave. J'étais la mère, la porteuse de vie. Lui ne faisait que tenir un rôle, il enfilait un costume dont il pouvait se défaire quand il se sentait dépassé ou qu'il en avait marre, aussi facilement qu'on descend une fermeture Éclair. Puis l'enfant sort de mon corps et j'attends vainement l'élan d'instinct maternel qui m'a été promis, cette vague d'amour qui doit effacer toutes mes questions et me guider. Mais mon corps vide reste inerte, aucune pulsion ne vient le remplir pour me montrer le chemin.

À côté de moi, Octave ouvre les bras pour recevoir son enfant, et je vois l'élan que j'attendais le transformer. Par un phénomène étrange, le bonheur qui illumine son visage (mais comment peut-il éprouver un sentiment pareil dans un moment si sanglant et insensé ?) sculpte ses traits et vieillit sa peau, transforme sa lumière. Octave n'est plus le gamin qui joue, il est père. Aussi facilement et immédiatement que le regard échangé entre lui et l'enfant. Leur premier contact les révèle l'un à l'autre, et tout est dit. L'espace d'un instant, j'envie cette évidence, puis même ce vague sentiment de jalousie me déserte, et nos rôles s'inversent. Octave devient le père, le veilleur de vie. Moi, une mauvaise actrice qui oublie son rôle dès qu'on m'ôte les dernières traces de mon accessoire principal.

Je livre mon corps aux mains médicales qui le soignent et ferme les yeux pour dérober à Octave ma morne indifférence. J'ai envie de dormir.

L'enfant est né, l'enfant a été emmené pour que je me repose. Je suis aspirée par le sommeil et résiste tant que je peux, mais mon corps épuisé perd la bataille longtemps avant que mon esprit ne lâche prise. Cette nuit-là, la première nuit de ma vie de mère, je fais un cauchemar.

Dans la solitude de mon corps devenu creux, j'ai soudain l'impression d'être une machine. Une machine qui a fabriqué un être humain, un simple moule inséré dans une longue chaîne de générations. Engoncée dans les draps entortillés, je me projette sombrant dans les jours, les semaines, les mois, les années à venir, emprisonnée dans une copie de la vie de ma mère. Dans ce quotidien sans âme concentré sur l'utile. Je vois les piles de linge sale, de factures, de tâches, de devoirs grandissant toujours, se multipliant jusqu'à me dépasser, m'engloutir. Je vois toute mon énergie absorbée par tout ce j'aurai à faire, moi qui ne sais même pas qui je suis.

Dressée face à un miroir, ce n'est plus mon visage que je vois, mais celui de ma mère. Je suis devenue elle, et peut-être que je n'ai jamais aussi bien compris qui est vraiment cette femme. Mais je sais que je ne veux à aucun prix devenir comme elle. Une longue agonie de plusieurs décennies. Je me retourne pour échapper au reflet, à mon futur, m'emmêlant encore plus dans les draps. Je me trouve face à l'enfant devenu grand, devenu moi-même, qui déteste sa mère parce qu'elle n'a jamais su l'aimer. Je ne veux pas devenir une mère détestée, je ne veux pas que l'enfant en grandissant déteste sa mère.

J'ouvre brutalement les yeux, le corps pris dans les draps qui forment une camisole. Je ne veux pas être mère. Mon ventre, mes seins gonflés me rappellent que c'est trop tard. Les rôles ont été distribués, l'enfant conçu, la vie donnée. Et alors que mon ventre m'intime de nourrir cet enfant, de le protéger, de l'aimer, mon esprit aspire à s'enfuir. L'enfant n'est plus en moi, ce cordon est coupé, je peux prendre mes distances, m'éloigner, m'évader, il n'a plus *besoin* de moi.

D'autres sauraient le nourrir, l'élever, le faire devenir adulte. J'ai fait ma part, fabriqué l'enfant. Il a été la priorité de mon propre corps pendant huit mois. Maintenant, je suis libre. Détachée de lui. Je peux choisir de ne pas devenir cette mère ratée mise en abîme.

Je reste les yeux ouverts à fixer la noirceur de mon cœur. Je lève les mains jusqu'à mes joues, ausculte mes traits pour m'assurer que c'est bien mon visage, le mien, que l'accouchement n'a pas déposé le masque de ma mère par-dessus. Je sens les pommettes aiguës, le creux au milieu du menton, les traits de mon père. Je porte les deux en moi. Leur ADN, leurs traits, leurs caractères. Je peux être les deux. Si je refuse d'être ma mère, je peux choisir d'être mon père.

Il avait l'air heureux. Je l'ai haï pour ça, et alors ? Lui est heureux. Mon débarquement n'a été qu'un caillou jeté dans un étang, quelques ronds dans l'eau avant de disparaître. Moi aussi je peux être ce parent qui s'en va sans se retourner. Celle que l'on oublie, mais aussi celle qui oublie.

Une échappatoire. Une autre chance. Du temps pour découvrir qui je veux être et empêcher qu'on me transforme en ce que je ne veux pas devenir.

Je ferme les yeux, détestant mes pensées, la vague d'espoir qu'elles font naître, le second souffle qu'elles me donnent, mais je ne peux les effacer. Partir est une possibilité. Le savoir est une bouffée d'oxygène autant qu'une torture.

Partir. Je ressasse cette idée, refusant de tendre la main pour attraper le verre d'eau qui chasserait le goût acide qui ronge le fond de ma bouche depuis que je suis réveillée. Rester et souffrir – ou partir et faire souffrir ? Ma souffrance commencerait immédiatement, et durerait des années. Alors que l'enfant ne comprendrait pas avant longtemps, connaîtrait des années d'innocence et d'insouciance. Je pourrais partir et voir plus tard, un jour, peut-être, si je veux revenir. L'enfant ne s'envolera pas. Ou pas très loin. Je pourrais le retrouver si j'en ai envie.

Octave serre ma main tellement fort, je suis incapable de dire quelle peur il veut endiguer, la sienne ou la mienne. Je vois se dessiner la trame du destin à l'instant où je prends conscience de la poigne qui tord mon ventre. Alors même que je me complaisais à ressentir la fracture, et que je m'autorisais à rêver de fuite, l'enfant a faufilé un tentacule jusqu'à moi pour m'agripper le cœur.

Le médecin sort de la chambre. L'enfant est en couveuse, bardé de tuyaux. Que lui ai-je transmis de mon mal-être pour qu'il refuse de respirer ? Même ça, fabriquer un enfant en bonne santé, j'ai échoué.

— Tout va bien se passer, Vic.

C'est une affirmation et une question. Je me tourne sur le côté, Octave vient s'allonger contre mon dos. Est-ce qu'il me serre contre lui, ou est-ce qu'il se blottit contre moi ? J'ai l'intuition que c'est les deux à la fois. Que cela devrait pouvoir être les deux. Mais je ne pense qu'à m'échapper. L'enfant a réussi à m'attacher malgré le vide que je ressens.

Le destin va tuer l'enfant.

C'est ce qu'il fait depuis toujours dans ma vie, anéantir tout ce qui compte, effondrer le peu de murs que j'essaie de construire. Cette grossesse, après tout ce qu'elle a détruit d'avenir, avortera d'un bébé mort, pour qu'il ne reste vraiment rien.

— Vic, je veux qu'on choisisse son prénom.

Tout mon corps se cabre à cette idée. Il me tanne depuis des semaines avec ça, j'ai chaque fois repoussé le sujet, refusé d'écouter les noms qu'il me proposait. Ce qui n'est pas nommé n'existe pas. Ce n'est pas maintenant que la mort ricane au-dessus du berceau que je vais accepter.

— Pas maintenant.

— Si, justement, maintenant. Pour l'aider à arriver. C'est comme lui souhaiter la bienvenue, un rite de passage. L'aider à respirer.

— Pas maintenant, Octave.

— Vic…

— Laisse-moi, s'il te plaît.

Il part, revient bouleversé d'impuissance. Cherche ses mots pour me dire la vie si fragile, les alarmes qui ont déchiré l'angoisse silencieuse quand le cœur de l'enfant s'est arrêté. Il s'est remis à battre, mais semble hésiter à chaque pulsation. Octave n'a pas pu le toucher. Quel que soit son amour, il ne peut rien contre les ongles bleus, les lèvres cyanosées. Il n'a pu que supplier une force supérieure de permettre aux médecins de sauver l'enfant. Je connais cette force, je sais ce qu'elle trame dans nos avenirs : l'horreur. Les médecins le savent aussi. Celui qui est venu dans notre chambre avait déjà le regard endeuillé, et tous les respirateurs du monde ne changeront rien aux plans du destin.

Il me faut du temps pour convaincre Octave de partir. Il ne sait rien de la fracture et de mon corps vide qu'aucun élan ne remplit. Il ne sait rien de mes cauchemars, de cette terreur d'être transformée en ma mère.

Ma mère n'est pas venue. Les parents d'Octave sont passés, chargés de cadeaux pour l'enfant. Dorothée m'a tendu des fleurs. Le bonheur éclatant d'Octave et la venue de l'enfant ont adouci son amertume. Peut-être est-elle prête à me pardonner, une sorte de pacte de mère à mère ? Mais alors, c'est à une autre qu'elle veut pardonner, pas à moi.

Je ne supporte plus ces murs bleutés aux cadres enfantins. Aucun nouveau-né ne peut les voir, ils s'adressent donc à moi. Est-ce qu'à partir d'aujourd'hui, je suis censée aimer les éléphants roses debout sur un ballon et les clowns qui jonglent avec des souris ? La chambre m'oppresse, le sol tangue quand je me lève pour évader mes regards par la fenêtre. Un rayon de soleil m'éblouit, je m'accroupis dans sa chaleur, enroulée dans une couverture, et m'immerge dans mon téléphone. Tout mon oxygène tient dans ce petit rectangle. Dès qu'on me laisse seule, je m'y réfugie. Je ne crois pas avoir dormi depuis mon cauchemar.

Les infirmières m'auscultent et froncent les sourcils. Elles m'ont envoyé une assistante sociale, intérieurement cela m'a fait mourir de rire. Ce sont les études que je devais entreprendre. L'enfant est la raison pour laquelle je ne suis pas en route pour être à sa place : il est donc logique qu'elle entre dans ma vie en même temps que l'enfant. À elle non plus, je n'ai rien dit de la fracture et des cauchemars. Pourtant, j'aurais pu sans risque : ma mère n'a jamais été inquiétée de me mal-aimer.

Je repousse mes pensées à la périphérie de mon champ de vision, me concentre sur mon écran, erre sur Instagram. Mille vies s'étalent sous mes yeux, elles sont soudain comme autant de routes que je pourrais emprunter pour échapper à la mienne. Des routes qui me mèneraient loin d'ici, de mon passé, de mon futur. Il m'arrive de laisser des commentaires sur Instagram. Rarement, j'évolue plutôt en silence, comme un fantôme, mais cela arrive. C'est le cas aujourd'hui. Un selfie m'arrête. Un homme, sa peau blanche quand tout le reste n'est que variations de noir et reflets argentés. Son regard me fascine. Sûr de lui, mystérieux sans perdre sa franchise. Il dégage une force que je lui envie. Je le lui dis. Il répond aussitôt. « Merci Darling ». Tout devient blanc, ne reste que ce mot qui prend toute la place.

« Darling ».

Je me lève, vacillante, cherche mon souffle. On m'appelle Victoria, Vic pour faire plus court. Je n'ai aucun surnom pour m'envelopper de douceur, de tendresse. Aucun petit mot tendre pour dire ce que je représente pour la personne qui m'appelle.

Ce « Darling » appose deux ailes au creux de mes omoplates, leur caresse effleure ma peau à chaque geste. Des ailes aux plumes duveteuses et gonflées d'air pour me porter et m'élever. Darling n'en finit plus de ruisseler à mes oreilles, m'enrobant de douceur.

Darling pourrait devenir mon nom, tellement plus lumineux que Victoria. Mon nom à moi toute seule, pas une ombre éclipsée par une reine mondialement connue – dont tout le monde se moque aujourd'hui. Je pourrais être une autre, cette Darling armée d'ailes pour affronter la vie et échapper au destin.

Partie 2

Elle est partie.

Octave frotte les quelques lignes que Victoria lui a laissées. S'il use le papier, il révélera peut-être un message en filigrane. Un massage qui parlerait de coup de folie, et de retour.

— Partie où ? demande Sabine en se penchant sur le berceau.

Octave n'en a aucune idée, les lignes ne le disent pas.

— Ailleurs. Loin d'ici, je crois.

L'information creuse doucement le visage de Sabine. Octave la suit, à la recherche d'un indice qu'il pourrait utiliser pour savoir comment réagir. La surprise, d'abord, l'incompréhension. Puis la peine. Après, cela devient plus dur. La déception, la colère, l'amertume.

— Tel père, telle fille, bon sang ne saurait mentir. Et bien sûr, c'est encore moi qui vais devoir assumer à leur place.

Leur fille reste intouchable, les fils remplacent les caresses d'Octave, et les borborygmes des machines ses baisers. Mais elle se bat. Son cœur ne s'arrête plus, il trouve son rythme. Octave connaît ce sentiment de régénération que le corps accueille quand il parvient à dépasser sa faiblesse, le point de côté, l'acidité des muscles. Ce second souffle mène à la ligne d'arrivée, à la victoire. La conviction remplace l'espoir. Leur fille va vivre, les tuyaux vont disparaître un à un, devenus inutiles. Octave doit être à ses côtés pour la soutenir. Un réflexe secoue sa torpeur, il pose la main sur le berceau de plexiglas pour s'assurer qu'il ne rêve pas. Défie Sabine du regard. Doit-il l'appeler sa belle-mère, désormais ?

— Je suis là, moi.

Sabine a une moue dédaigneuse, il réalise qu'elle a toujours porté ce masque de mépris à peine voilé.

— Pour ce que ça va changer… Tu n'y connais rien.

— Je vais apprendre…

C'est peut-être alors davantage une question qu'une affirmation, mais Octave ressent qu'il est à sa place en prononçant ces mots. Cela lui donne du courage, il répète avec plus de force.

— Je vais apprendre.

Puis, comme un avertissement spontané :

— C'est ma fille.

Ils se défient du regard, Sabine attrape son sac et hausse les épaules.

— Si tu le dis… Tu sais où me trouver.

Elle part en laissant Octave seul avec cette enfant minuscule qu'il a revendiquée. Il estime qu'il s'en est plutôt bien sorti. Il est toujours là, près de sa fille. Il tient toujours dans une main la lettre d'abandon.

« *Je n'y arriverai pas. Je n'en suis pas capable.*
Je suis désolée.
Victoria. »

L'autre main est posée sur le berceau. Il l'a dit tout haut, deux fois : il est son père. Même si Sabine est partie, elle ne lui a pas fermé la porte au nez. « Tu sais où me trouver » est probablement l'équivalent sabinien du « Si tu as besoin d'aide, je suis là » du commun des mortels.

Quand il appelle ses parents pour leur dire que Victoria est partie, Octave craint d'entendre « On te l'avait bien dit » concrétiser les doutes que ses parents ont laissé affleurer au fil des mois. Mais ils ne disent que leur chagrin pour lui et le « Nous sommes là, nous allons t'aider » du commun des mortels. Cela lui fait du bien. Il se penche sur le berceau, sa fille a les yeux ouverts. Ils se regardent.

— Tu n'es pas seule. Tu as moi. Et quatre grands-parents. Ce n'est pas rien… On va se débrouiller en attendant qu'elle revienne.

Il sourit pour masquer ses pleurs. Elle ferme un poing. Il faufile la main dans le cercle ouvert de la couveuse pour la poser sur son ventre. Elle ferme les yeux et se rendort. Octave pense qu'il a le droit de paniquer par moments, tant qu'elle se sent en sécurité. Il va devoir apprendre à garder ses larmes, ses inquiétudes et ses colères pour ses cauchemars.

Elle dort. Octave part à la recherche d'une infirmière, d'un médecin, de quiconque à qui il pourra expliquer que la maman est partie, et qu'il a besoin d'aide pour tout apprendre.

Ce jour-là, Octave gagne en maturité ce qu'il perd en légèreté.

– Quel est le prénom de l'enfant ?

Octave manque se retourner pour chercher Victoria, reste saisi par cette immense responsabilité qui lui tombe dessus et dont il découvre l'étendue à chaque pas. Il a vu les dégâts que peut causer un prénom.

Quel message, quel destin veut-il donner à leur enfant ? Il aurait besoin de temps pour réfléchir, chercher la symbolique et l'histoire attachées aux prénoms qui lui plaisaient et que Victoria n'a jamais voulu entendre. Maintenant, ils s'embrouillent dans son esprit. Il a besoin de l'avis de Victoria. Qu'elle dise oui, non, n'importe quoi, mais qu'ils se trompent ensemble.

Au lieu de penser à ce qu'il désire, il essaie de deviner ce qu'elle aurait voulu. Finalement, c'est assez facile, tout lui vient facilement quand c'est pour Victoria. Dans sa série de zombies, il n'y a qu'une naissance qui ressemble à celle de leur enfant. Une petite fille qui entre dans le monde alors que celui-ci s'écroule. Une petite fille qui perd sa mère à la naissance (même si pour eux, cela *doit* être momentané) et qui ne peut compter que sur son père pour survivre. Qui devient, justement parce qu'elle est aussi vulnérable, le symbole d'un avenir que les survivants doivent être capables de faire exister pour qu'elle puisse vivre.

Octave sort les mains de ses poches et les pose sur le bureau. Puis il énonce calmement.

— Judith.

Ainsi Octave accomplit-il son premier acte officiel de père. S'il a réussi cette première épreuve, peut-être sera-t-il capable de surmonter les autres, pourvu qu'elles se présentent une par une.

Octave ne sait pas trop ce qu'il est censé devenir, maintenant, comme s'il avait perdu son « je » quand Victoria est partie. Peut-être était-il trop emmêlé dans leur « Nous ».

Victoria était hantée par une question : qui suis-je ?

Octave en expérimente une variante.

Qui suis-je quand Victoria n'est pas là ?

Judith respire toute seule. Elle sort de l'hôpital, devient un bébé comme les autres, sur lequel Octave doit veiller nuit et jour. Une lumière, si lumière il est, a besoin d'une source d'énergie pour briller. Puisque cela ne peut plus être Victoria, ce sera Judith.

Après le départ de Victoria, Octave doit se battre contre beaucoup de choses.

Contre la souffrance et le manque qui lui roidissent le cœur. Contre la frustration d'avoir été abandonné sur quelques lignes, sans même un face à face pour se débarrasser de tous les arguments qui tournoient dans son esprit. Contre la terreur à l'idée d'être seul responsable d'un petit être qu'il vient tout juste de rencontrer. Contre l'impuissance qui le hante face à sa solitude. Contre la fatigue après des nuits de veille et des journées d'attente dépourvues de sommeil.

Contre les « Je te l'avais bien dit » qui jaillissent finalement de sa mère. Contre Sabine qui veut accaparer l'enfant sous prétexte qu'il n'est pas capable de s'en occuper.

Il apprend. Chaque jour, il apprend à nourrir, laver, bercer. Il apprend à défendre son droit d'être père, même s'il est jeune, même s'il se débrouille à peine. Il apprend à poser des questions sans laisser remettre en question ce statut de père, qui est apparemment si fragile, si sujet à discussion. À écouter les autres, il aurait fallu qu'il demande la permission. Il tient bon parce qu'il n'a pas le choix. En partant, Victoria lui a ôté le droit de demander une pause. Ils auraient dû être le joker l'un de l'autre, il ne lui reste que le jeu qu'il a en mains.

Octave s'immerge dans cette nouvelle réalité avec une volonté qui frôle l'obstination. C'est sa façon de s'arcbouter contre sa peine. Dès que la tension retombe, quand Judith dort, il ne lui reste qu'un immense sentiment de perte. Victoria est partie, et ces trois mots lui fendent le cœur. Au-dessus du berceau silencieux, c'est l'amoureux délaissé qui a besoin de pleurer.

Il ne suffit pas qu'il soit là, encore doit-il payer les pots cassés. Travailler auprès de son père, dans la safranière qui l'a vu naître. Son père n'a pas le cœur gai, à cette reprise du métier qu'il a espérée puis à laquelle il a renoncé. Les responsabilités d'Octave courbent sa tête loin de ses rêves. Mais il admire l'homme que son fils a choisi d'être. Les premiers mois de sa vie, Judith passe ses journées accrochée contre le ventre de son père, ou dans un couffin posé à l'ombre d'un pommier.

Sans s'en rendre compte, au fil des jours, Octave oublie cette histoire de père. Quand Judith lui sourit pour la première fois, il est devenu papa. Le même jour, il reçoit une carte postale.

En reconnaissant l'écriture sur l'enveloppe, Octave la déchire presque tant son impatience est grande. Mais la carte postale qu'il tient dans la main est vierge de tout message. Pas un seul mot. Il la retourne. C'est la photo d'une sculpture. *La Douleur*, d'Auguste Préault, cimetière du Père-Lachaise, indique le verso.

Le cachet de la Poste se résume à une série de chiffres. Le seul indice est le lieu où se situe l'œuvre. Victoria est donc peut-être à Paris, en train de visiter le Père-Lachaise. Cette douleur est-elle la sienne ? Ou celle que son départ a fait naître, comme l'ombre d'une excuse ?

Octave ignore comment interpréter cette allégorie. Mais la silhouette recroquevillée sur ses larmes, cachant ses traits dans des drapés, enfermée dans ce trou d'où elle peine à émerger, lui donne envie de serrer Vic dans ses bras, de la bercer en lui disant que tout ira bien.

Cette carte lui broie les tripes. Elle signifie que Victoria souffre. Qu'elle a mal, qu'elle a honte. Mais cette idée le crucifie, parce qu'il ne peut rien faire, absolument rien.

Il essaie, pourtant. Confiant Judith à ses grands-mères sous prétexte de prendre un peu de repos, il embarque

Vincent et Amie. À Paris, ils passent trois jours à écumer le cimetière du Père-Lachaise et le quartier alentour en montrant la photo de Victoria partout. Mais Paris compte plus de deux millions d'habitants – 2 175 601 précisément, Vincent a regardé sur la route. Qui se souviendrait d'une passante malheureuse ?

Il rentre épuisé, peine à récupérer sa fille. S'il a besoin de repos, c'est bien que les mamies avaient raison, que c'est trop pour lui, qu'il doit les laisser faire. Il se contente du minimum. Il préfère tenir Judith éloignée de l'idée que Sabine et Dorothée se font de Victoria.

Il veut préserver son image dans le cœur de Judith, pour quand Victoria reviendra. Sûr qu'elle reviendra, cette carte en est la preuve. Une preuve dont il avait besoin pour étayer son attente.

Après avoir disparu sans laisser d'adresse, en coupant son téléphone, en laissant mourir son compte Instagram, Victoria a rompu un silence de plus de quatre mois.

Octave accroche la carte dans leur chambre, au-dessus du lit où Victoria n'a jamais dormi, et qui pourtant est le leur. Cette carte dit leur lien au-delà de l'absence, crée un espoir de retour. Elle permet à Octave de se projeter au-delà de son manque et de son chagrin pour imaginer un temps où tous les morceaux épars qui le composent seront à nouveau rassemblés.

— Je t'ai apporté ça pour compléter ta collection. Oh quel amour, donne-la-moi !

Octave laisse Amie lui prendre Judith des bras et regarde fixement l'écharpe qu'elle a déposé dans ses mains.

— Quelle collection ?

— Ta collection d'affaires de Victoria. Je peux l'emmener dehors ?

Octave ne quitte pas des yeux le bout de tissu. Amie disparaît dans le jardin avec sa fille, il relève lentement la tête. Où que ses yeux se posent, un objet lui rappelle Victoria. Ses livres. Des sous-bocks en carton qu'elle rapportait de la brasserie dès qu'ils en recevaient de nouveaux. Un mobile en métal qui tintinnabule avec un son cristallin au moindre courant d'air. Son poster de *The Walking Dead* qu'il a escamoté dans le dos de Sabine. Il va dans leur chambre. Un mur de photos d'elle, d'eux deux, d'eux quatre avec Amie et Vincent, au-dessus de la commode. Ses habits dans l'armoire, ceux qu'il a trouvés, mélangés aux siens, et d'autres qu'il rapporte de chez elle, de temps en temps. Dans la chambre d'enfant, sa couverture préférée, dans laquelle il berce Judith quand elle se réveille la nuit, ses portraits encore, à côté du berceau, quelques babioles déposées au hasard des étagères.

Il réalise que Sabine et lui ont passé un pacte silencieux. Chaque fois qu'elle s'occupe de Judith, en maugréant « qu'elle a déjà donné », elle lui glisse quand il vient la récupérer un objet ayant appartenu à Victoria. Comme si ce don lui assurait de revoir la petite. Il rapporte tout ce qu'il récolte lui ayant appartenu ou qui lui rappelle Victoria. Comme un écureuil faisant des provisions pour passer l'hiver. Il est en train de transformer leur maisonnette en mémorial.

Sous le choc, il jette l'écharpe sur le lit, sort pour respirer un air dépourvu de passé. Amie brandit Judith au-dessus de sa tête en inspirant profondément, puis la ramène contre sa poitrine en expirant longuement. Cela a l'avantage de le distraire.

– Mais tu fais quoi ?

– Je lui fais prendre un bain de lumière. Je partage avec elle l'importance du souffle vital.

Octave n'émet aucune objection.

– D'accord.

– Est-ce qu'elle devient grincheuse par moments ?

Octave caresse les cheveux délicats, père et fille échangent un sourire. Judith a l'air ravie du manège d'Amie.

– Non, pourquoi ?

– Tu me diras quand ça arrivera.

– Je ne vois pas pourquoi elle deviendrait grincheuse, c'est un ange.

– Ça arrivera, crois-moi.

Octave sourit sans répondre. Amie compulse tous les livres qu'elle trouve sur les bébés et le développement des enfants, elle a créé un rayon spécial dans la librairie sous l'œil perplexe de son père. Il espère qu'un babyboom inattendu dans le village lui permette de les vendre. Après chaque lecture, Amie fourmille de conseils pour Octave, qui les reçoit avec bonhommie. Il ne lui dit plus quand la pratique contredit ses théories, sinon cela la bouleverse. Elle traverse trop souvent des épisodes de « langueur », comme disait Victoria. Octave ne s'y risque plus, il sait comme Amie est perdue elle aussi depuis le départ de sa seule amie.

Il récupère sa fille qui s'ensommeille. Vincent les rejoint au moment où le soleil caresse le haut des arbres. Il tend une bouteille de vin à Octave et salue Judith avec sérieux. Vincent peine à appréhender le concept de bébé. Cela ne lui parle pas du tout.

— Bon, avec elle, nous sommes quatre. L'équilibre est préservé.

Octave préfère aller ouvrir la bouteille de vin que répondre. Une mini-moitié de Victoria sans Victoria, ça n'a rien d'équilibré. Quand ses amis partent après dîner, que Judith s'est endormie dans son berceau, il se retrouve seul face à l'écharpe. Il plonge le nez dedans, y trouve exactement ce qu'il pensait trouver pour se faire mal : le parfum de Victoria. Il s'autorise enfin à pleurer.

Puis il enfourne l'écharpe au fond de la commode et va prendre Judith. Il la ramène avec lui, la couche sur sa poitrine, s'enveloppe avec elle dans la couette. L'insomnie lui écarquille longtemps les yeux, mais il se concentre sur le souffle tranquille de sa fille, et la tendresse finit par gagner le duel.

— Alors maintenant, je vais y avoir droit tous les lundis ?

Octave considère l'enveloppe dans sa main. Cela fait exactement une semaine qu'il a reçu la première. Est-ce que cette fois, il aura droit à une phrase, même une seule ? Ou bien devra-t-il encore se contenter d'interprétations qu'il extirpera de son cerveau à force de le torturer ? Il est impatient d'ouvrir pour savoir, mais pas pressé d'être déçu. Il appuie l'enveloppe contre le grille-pain et s'occupe de Judith. Quand il la couche enfin, il maudit la lettre. Elle a sournoisement envahi son esprit et chaque seconde de la soirée lui a paru interminable.

Il n'y a pas un mot. Octave est seul avec les corps qui se contorsionnent, enchevêtrés avec des cadavres. La légende imprimée au verso ne contient que le nom de l'artiste, le lieu de conservation. *Le Radeau de la Méduse* de Géricault, sérieux ? Ce n'est pas un indice pour la retrouver, à moins qu'elle soit subitement devenue gardienne de musée au Louvre. La colère d'Octave enfle.

— C'est quoi ce putain de jeu ? Tu es devenue vicieuse ou quoi ?

S'il décode correctement le message, elle lutte pour survivre. Et maintenant qu'il le sait, il fait quoi de cette information ? Il se pend avec son écharpe ? Son impuissance le rend dingue. Que peut-il faire, à part accrocher cette fichue carte abominable à côté de la première ?

Octave est tellement furieux qu'il sort et crie un grand coup, tant pis ou tant mieux s'il n'y a que la lune pour l'entendre. Ça lui fait du bien, il recommence.

– Ça va pas, mon garçon ?

Christian se tient au bout du champ, les mains dans les poches. Octave se décide aussitôt.

– Un trop-plein à évacuer. Tu peux rester avec Judith, pour le cas où elle se réveille ? J'ai besoin de prendre l'air.

– Bien sûr mon gars. Va, je veille.

Octave court pour diluer son énergie. Sa course peut prendre n'importe quelle tonalité – la colère, la fuite, le relâchement -, à la fin, le résultat est le même. Il se débarrasse de l'émotion qu'il a placée sur le départ et n'en garde que des muscles essorés, une tête courant d'air où aucune idée ne parvient à s'incruster bien longtemps.

Dans les quelques heures de récupération qui suivront, il éprouvera le repos d'une relative indifférence. Il a voulu vivre comme ça, autour du sport. Il pouvait s'émerveiller des heures durant des subtilités du corps humain. Aujourd'hui, il n'en parle plus. Il se contente de pratiquer quand il peut, avec un plaisir nostalgique. Les résultats qu'il obtient encore, malgré le peu d'efforts qu'il y consacre, renforcent ses convictions en même temps que sa mélancolie. La passion dont il a voulu faire son métier n'est plus qu'un passe-temps arraché au quotidien, une bouée de sauvetage.

Octave chasse ses regrets. Il court jusqu'à ce que les muscles de ses mollets se tétanisent. Cette nuit, il parviendra à dormir.

Octave ne peut plus aimer Victoria à ses côtés. Alors il décide d'aimer le monde qui contient Victoria. Il s'agit de survivre, mais aussi de ne pas gaspiller à souffrir plus de temps que l'absolu nécessaire. De sauver la lumière.

Cela fait plusieurs jours qu'avec son père, ils scrutent les champs. Ils passent des heures debout, à observer les longues planches soigneusement binées et désherbées. Bientôt, leurs corps seront soumis à un rude travail. Ils s'y préparent.

C'est pour aujourd'hui, Octave le sait. Il boit son café dehors, malgré la fraîcheur de l'aube qui lui pique la peau. Les fleurs de crocus sortent de terre en même temps que le soleil se lève, gainées d'une peau blanche comme de la soie. Christian le rejoint et dépose des paniers à leurs pieds. Quand Judith se réveille, Octave la nourrit puis la couvre chaudement. Tous les trois, ils regardent les fleurs déchirer doucement leur cocon avant de s'épanouir avec le soleil. C'est une belle journée pour travailler.

Quand la rosée s'est évaporée, les deux hommes commencent. Judith va, bercée sur le dos de son père qui s'agenouille, cueille les fleurs écloses, se relève pour avancer de quelques pas et recommence. Octave avance vite, son père lui a transmis ce geste dès l'enfance. Il peut récolter jusqu'à deux mille fleurs en une heure. Mais il s'applique, malgré cette vitesse si efficace, à admirer les délicates poésies qu'il enlève à la terre. Les pétales au mauve très doux se tissent de fines lignes plus soutenues. Au cœur de la corolle, les étamines déploient leur or, chargées de pollen. Enfin, le trio de stigmates contorsionnés, couleur brique, si délicat et si précieux : le safran. L'or rouge.

Les paniers s'emplissent au bout du champ, Judith dort depuis longtemps quand Octave se redresse et s'étire. Il se sent repu, satisfait du labeur accompli, de cette récolte si imprévisible, fruit de longs mois de travail invisible. Mais son père Christian grimace discrètement, son dos s'est depuis longtemps usé au binage et à la cueillette. Si Octave n'avait pas soudain décidé de reprendre la safranière pour élever Judith, il aurait laissé les parcelles s'éteindre peu à peu jusqu'à atteindre le repos. Pourtant, depuis six mois qu'elle est partie, jamais Christian n'a eu un mot de reproche envers Victoria.

— Donne-moi ma petite-fille, que je profite d'elle au lieu de travailler comme un esclave.

Octave la détache de son dos et la lui tend sans discuter.

— Tu vois avec maman pour son déjeuner ? Je vais m'occuper des paniers.

— Excellent marché. Tu nous rejoins pour manger, mon grand ?

— Non, j'ai des choses à faire. Je passerai la prendre après sa sieste.

Il sait que sa mère sera ravie de s'occuper de la petite, et d'échapper à l'émondage des fleurs. Elle aussi comptait bien se mettre en retrait, mais sa déception sur ce point est moins discrète que celle de son père, et sa rancune tenace à l'encontre de Victoria.

Octave regarde son père s'éloigner, en pensant qu'il ne l'a pas ménagé en le faisant grand-père si vite, mais que le rôle lui va comme un gant. Il possède la sagesse silencieuse des anciens.

Octave s'accorde une courte pause. C'est lundi. Cela fait plusieurs heures que le facteur est passé. Il a longuement hésité sur le moment où il irait chercher son courrier. Cette journée est presque parfaite. Veut-il la bousiller avec une carte postale muette suant le désespoir ?

Il emporte les paniers au frais, hésite encore. Ses pieds décident pour lui, le mènent à la vieille boîte aux lettres dont la petite porte grince. L'enveloppe hebdomadaire est bien là. Il l'ouvre avant de réfléchir. Malgré ses réticences, il a besoin de réponses après les horreurs des semaines précédentes. Le verso reste obstinément vierge. Le recto est une belle estampe japonaise. *La grande vague* de Kanagawa Hokusai. Rassuré par la sérénité relative de l'image, Octave s'assoit sur le talus, reconnaissant envers Victoria de lui épargner un nouveau drame.

À y regarder de plus près, il s'est peut-être un peu avancé. Aspiré par le creux de la vague et par la perfection de sa courbe jusqu'à la dentelle d'écume, il n'a pas tout de suite vu à quel point ce mur d'eau est immense et impressionnant, plus haut encore que le mont enneigé qu'il enveloppe quasiment. Puis il remarque les trois minuscules barques remplies de pêcheurs. Face au monstre, elles devraient trembler, mais Octave ne parvient pas à s'inquiéter pour elles. Rien ne suggère qu'elles vont chavirer, une étrange connivence s'établit entre elles et la mer. Octave se détend, se laisse porter par l'intensité du bleu, par la rondeur des lignes.

Cet océan déchaîné, à la douce puissance, s'harmonise parfaitement avec la journée d'Octave. Aujourd'hui, Victoria ne le torture pas. Elle attire son attention sur la beauté du monde. Sur les tourments de sa nature qui font tanguer les hommes sans toujours les jeter par-dessus bord. Peut-être va-t-elle un peu mieux ; Octave a besoin de l'interpréter ainsi.

— Encore en train de glander, fainéant.

Sans se retourner, Octave lève une main, son ami tope dedans.

— Salut, Vince.

— Salut. Paraît que tu as quelques fleurs à éplucher.

— Émonder, Vincent.

— On s'en fout, c'est pareil. On est tous assis autour d'une table avec une pince lilliputienne pour récupérer des bretzels orange qui te rendront riche.

Amie les rejoint alors qu'ils sont installés au frais dans la salle d'émondage. Les paniers ont été vidés sur la table. Ils prennent une fleur, coupent délicatement les stigmates qui tombent dans un bol, et jettent le reste. Ce drap funèbre qui recouvre peu à peu le sol d'un voile mauve est la seule chose qu'Octave n'aime pas dans la culture du safran. Il lui apparaît comme un immense gâchis. Mais malgré ses recherches, il n'a pas trouvé d'utilisation possible pour l'éviter.

— Amie, ça va ?

Vincent s'inquiète d'Amie qui se désole au-dessus de son tas de fleurs. C'était bien la peine d'attendre l'évaporation de la rosée si elle les arrose de larmes.

— Moui.

— Ben non, ça va pas. Qu'est-ce que tu as ?

Octave donne un coup de pied à Vincent sous la table. Quand Amie vacille, elle lui évoque ces gros cartons avec le dessin d'un verre et l'inscription « Fragile – Manipuler avec précautions » sur toutes ses faces.

– Ça paraît évident, non ?

Les deux garçons se regardent. S'agissant d'Amie, cela peut avoir un rapport avec le cycle de la lune, le martyre du saint du jour, le livre qu'elle vient de finir, une méditation ratée, un client insatisfait, un miroir brisé, un mauvais alignement de planètes… Les émotions d'Amie peuvent être liées à une multitude d'univers, dont certains absolument pas concrets échappent à la compréhension d'Octave et Vincent.

Elle les fixe, outrée.

– Victoria n'est pas là ! Nous sommes tous réunis autour de cette table, comme chaque année à l'automne, et elle n'est pas là. Elle me manque ! Elle, elle aurait tout de suite su que j'étais triste parce qu'elle n'est pas là. Vous, vous comprenez jamais rien.

Ils se regardent, interdits. Le prénom de Victoria n'est pas tabou, mais ils l'utilisent avec parcimonie, comme le piment. Un abus, une maladresse, et la gorge flamboie, les yeux brûlent et pleurent. Ils parlent de Victoria comme si elle était sur le point d'entrer dans la pièce, jamais du manque d'elle.

Vincent pose sa pince sur la table, regarde ailleurs en se grattant le cou. Cette situation requiert beaucoup plus de diplomatie qu'il n'en possède, il a la lucidité de se tenir coi.

Octave pince des stigmates en réfléchissant. Ce sont ses cartes postales, leurs silences sont ses lettres d'amour. Il leur a montré la première pour les embarquer à Paris, mais leur a épargné le *Radeau de la Méduse*. Il a aussi gardé pour lui sa colère face au *Verrou* de Fragonard la semaine suivante. « Tu veux me dire quoi, cette fois ? Que c'est ma faute si tu t'es enfuie, que j'aurais dû t'en empêcher, verrouiller la porte, te retenir ? Comment j'aurais pu, tu es partie comme une voleuse, une voleuse de vie. »

Il a aussi mis le secret sur la *Pensée* de Rodin, cette tête emprisonnée dans un bloc de marbre, une vie emmurée dans la souffrance. Aux antipodes de la sérénité du légendaire *Penseur*. Comme elle ?

Le contenu des enveloppes est déjà si minimaliste, si en plus il doit le partager... Mais Amie sanglote sur ses fleurs, et Victoria protégeait toujours Amie. Il se lève, récupère la carte cachée dans le tas de courrier, la dépose devant Amie.

— Je l'ai reçue ce matin.

Les yeux d'Amie s'arrondissent de joie.

— Oh que c'est beau ! Regarde cet équilibre parfait, l'énergie qui se dégage de cette vague... Elle va bien, merci mon Dieu, elle va bien !

Amie installe la carte en équilibre précaire sur le monceau de fleurs, se remet au travail avec célérité en lui jetant un œil ravi de temps à autre.

— Elle est toujours à Paris, tu crois ? murmure Vincent.

— Aucune idée. Le cachet de la poste ne donne aucune info, et cette estampe est conservée à New-York, Londres et Paris. De toute façon, je ne suis même pas sûr que le lieu de conservation de l'œuvre veuille dire quelque chose. Paris semble seulement le plus probable.

— Et toujours pas un mot ?

— Non.

Ils enlèvent les stigmates d'une dizaine de fleurs.

— T'aurais pas une bière ? demande finalement Vincent.

Octave pose sa pince et se lève pour aller chercher des canettes.

– Mais pourquoi tu hurles ? gémit Octave.

Couchée sur ses genoux, Judith, rouge de colère, les larmes jaillissant de ses yeux au rythme de ses cris, bat frénétiquement des jambes. Hébété de fatigue, Octave la laisse crier dans ses bras, la main enfoncée dans la bouche, sans plus chercher à la calmer. Elle s'arrache presque le poing de rage.

– Tu as hérité des colères de ta mère. Quand tu seras grande, tu me balanceras dans la rivière, toi aussi.

Il soupire et bascule sa tête contre le dossier du fauteuil. Il est même trop fatigué pour s'énerver. La cueillette et l'émondage le jour, les soirées grognons et les nuits hachées par les réveils de sa fille le vident de toute substance. Il sursaute quand il découvre sa mère penchée sur son épaule.

– On doit l'entendre mugir jusqu'en Alaska.

Sans barguiner, elle enfonce un doigt dans la bouche de Judith.

– Mais qu'est-ce que tu fais ? s'agace Octave.

Dorothée soupire, impatiente.

– Ta fille fait ses dents, tu n'avais pas compris ?

Elle trempe son index dans un pot en verre et badigeonne derechef les gencives de Judith avec sa mixture.

L'enfant se calme peu à peu, mordille le doigt salvateur comme si elle avait viré cannibale.

Dorothée ferme le pot, le laisse sur l'accoudoir.

— Voilà, comme ça, on va tous pouvoir dormir.

Elle s'en va. Sonné, Octave regarde sa fille avec un mélange de rancune et de culpabilité.

— Tu pouvais pas me le dire ?

Judith lui jette un oeil furibond. S'il n'a pas compris avec tout ce qu'elle a hurlé, alors c'est qu'il est irrécupérable. Octave hausse un sourcil.

— Je sens que je vais rigoler, quand tu vas commencer à parler. On dort ?

*****

Le lendemain il pleut, et c'est une bonne nouvelle pour Octave. La pluie suspend la cueillette. Il est crevé, l'émondage sans les copains est pénible quand il n'est pas en forme. Alors il va prendre l'air, changer de paysage. Il est en train de se balader entre les rayons du supermarché pour distraire sa fille quand une voix l'interpelle.

— Octave, c'est toi ?

Il se retourne, se retrouve nez à nez avec Juliette.

— Oh, et c'est ta fille, quel amour !

Judith lui fait de merveilleux sourires, alors qu'il n'a droit qu'à des grimaces depuis son réveil. Est-ce pour le punir de son incompétence dentaire ? Il lui a pourtant mis le collier d'ambre préparé par Amie en vue de l'instant fatidique et le petit pot magique ne quitte plus sa poche. Que veut-elle de plus ? Les babillages de Juliette, apparemment. Elles finissent par se rappeler sa présence et Juliette s'adresse à lui.

— Si tu veux, on pourrait prendre un verre, samedi soir.

Octave en reste bouche bée puis esquive prudemment.

— Pourquoi pas. Ce samedi ou un autre, on verra…

— Tu as mon numéro. Appelle quand tu veux.

Une dernière caresse sur la joue du bébé et elle s'éclipse avec un sourire. Octave quitte le magasin les mains vides, rentre à la maison en pilotage automatique. Juliette lui a fait du charme, il en est sûr. Un verre entre copains, mon œil. Elle lui a proposé un vrai rendez-vous.

Il réalise que toute la ville sait que Victoria s'est enfuie et qu'il s'occupe seul de leur fille. Il a fait des courses des centaines de fois — avec le petit monstre, il manque toujours quelque chose — et jamais il n'avait jamais été abordé. Le premier pas de Juliette est le signe qu'aux yeux de certains, et surtout de certaines, l'absence de Victoria est acquise, et le temps du deuil achevé : il est considéré comme un homme célibataire. Juliette a toujours été une rapide, elle s'est manifesté la première, mais il y en aura d'autres.

Il va directement chez ses parents, colle Judith dans les bras de sa mère.

— Tu peux me la garder ? Je vais courir.

Il passe chez lui se changer, et jaillit sous la pluie, affamé de kilomètres. Il n'est *pas* célibataire. Il aime Victoria, qui l'aime aussi. Elle s'est absentée pour un temps, une sorte de convalescence, mais elle va revenir. Sortir avec une autre ? La séduire, la prendre dans ses bras, l'embrasser ? Est-ce qu'ils sont devenus fous ? Ils ne savent pas pour les cartes postales, le pacte du chêne, la bague. Ils ne savent pas qu'Octave attend.

Il accélère, va chercher la fatigue. Six mois que Victoria est partie. Depuis, il se contente de jongler entre paternité et travail. Il vit comme un moine au milieu de ses champs, entouré de fleurs, de biberons et de cartes postales. Des reflets de peau dansent devant lui. Le sourire de Juliette, ses hanches quand elle s'éloigne. Octave court plus vite.

*****

— Elle va revenir ?

La mère de Victoria passe un coup d'éponge sur le bar et dépose un second verre d'eau devant Octave.

— Aucune idée.

— Sabine, est-ce qu'une fois, une seule fois, vous pourriez être *gentille* avec moi ?

Elle considère le jeune homme suppliant devant elle. Son visage luit de transpiration, ses cernes virent au violet. Il dégouline de pluie sur son carrelage.

— Tu veux que je sois gentille avec toi ? Pour de bon ?

— Oui.

— Alors arrête de l'attendre comme un chien abandonné attend son maître. Elle est partie, et d'après mon expérience et le sang qui coule dans ses veines, elle ne reviendra pas. Malgré son histoire, ou peut-être à cause d'elle. Tire un trait sur Victoria, et occupe-toi de toi.

Octave fait tourner le verre vide entre ses mains. Ça l'agace, elle le prend et le pose à l'envers dans le panier du lave-vaisselle.

— Vous appelez ça être gentille ?

— Je te pousse à reprendre ta vie au lieu de gaspiller des mois ou des années à l'attendre. La gentillesse n'est pas forcément un truc rose et sucré. Tu me diras merci plus tard. Allez, ouste, j'ai du travail. Amène-moi Judith demain.

— Venez la chercher. J'ai du travail, moi aussi.

Sabine s'éloigne vers une table de clients sans répondre, Octave s'en va.

En rentrant, il s'arrête à la boîte aux lettres. La carte de ce lundi est le *Portrait de Dora Maar* par Picasso. Ce visage tout mélangé assemble en une seule vue face et profil. Octave en déduit que Victoria ne sait toujours pas où elle en est. Le cubisme comme une expression de son chaos intérieur.

— Je ne vais pas pouvoir t'aider, Vic. Moi aussi je suis en vrac aujourd'hui. Mais si tu revenais, on irait drôlement mieux, tous les deux.

Écœuré et déboussolé, il se contente d'accrocher la carte au-dessus du lit à côté des précédentes et d'aller se doucher.

La douzaine de cartes postales le narguent. Elles ressemblent aux bâtonnets tracés par un prisonnier pour décompter la durée de sa peine.

La récolte du safran se termine bientôt. Encore un ou deux jours, et ce sera fini. C'est une bonne année. Octave observe son père et envie sa maîtrise parfaite des subtilités du processus de séchage. Combien d'années d'expérience, avant qu'il soit suffisamment sûr de lui pour agir avec cette sérénité, sans regarder par-dessus son épaule à la recherche de l'approbation paternelle ?

Le rythme de travail est plus tranquille, les fleurs moins nombreuses, ils s'occupent depuis déjà plusieurs jours des retardataires. Octave laisse Christian finir seul et s'arrête à la boîte aux lettres.

Il a essayé de repousser cette visite jusqu'à la nuit, pour garder ses journées à l'abri des émotions de Victoria. Mais cela ne fait qu'entraver davantage ses pensées. Maintenant, il va chercher sa lettre du lundi chaque début d'après-midi, comme on arrache un pansement avant de désinfecter la plaie.

La nouvelle carte postale est un vrai coup bas. Elle met Octave dans une colère noire. *Eve après le péché* par Delaplanche. Victoria voulait probablement exprimer qu'elle avait conscience d'avoir commis une faute et qu'elle portait cette culpabilité. Mais Octave ne voit que ces hanches nues, la crudité des fesses exposées, le marbre trop charnel qui le fouettent. Son cœur bat la chamade, son sang bouillonne. Il ressent une brutale envie de peau et de sexe. Cette carte l'excite, le révolte, il ne peut plus rester sans rien faire, sinon il va devenir dingue.

Il mobilise la troupe de ses amis, organise la riposte. Il doit échapper à sa vie de moine. Le soir même, ils sont toute une bande installée autour d'une table. Il paie une tournée, au prétexte de fêter la fin de la récolte. La main de Juliette se pose trop souvent sur son bras, elle apparaît sur une des photos qu'il poste sur Instagram, comme on jette une bouteille à la mer. Ils s'en vont les uns après les autres. La main de Juliette est toujours posée sur son bras. Ils sortent les derniers.

— J'habite juste à côté.

Il la regarde sous l'éclairage glauque d'un réverbère du parking.

— Je ne suis pas célibataire.

Elle acquiesce, prend son bras et l'entraîne dans la rue, loin de sa voiture.

— D'accord. Mais l'hiver est long. Autant le passer agréablement.

Octave cède, monte les escaliers à sa suite. Il s'obstine à clarifier la situation, au risque de voir l'opportunité lui échapper. C'est peut-être même ce qu'il espère.

— Tu n'auras rien d'autre que cette nuit.

— Ça me suffit. Elle hausse les épaules avec un sourire moqueur en lui enlevant son blouson. Un vieux fantasme à satisfaire…

Elle n'a pas la bonne odeur, ses seins n'ont pas la bonne forme, ses soupirs sonnent faux. Mais elle est là.

Octave, si lumineux, se lève taciturne. À peine rentré, il a effacé son post, espérant que la bouteille jetée à la mer s'est fracassée contre les rochers. Il s'est douché. Mais la nuit avec Juliette reste indélébile, elle lui colle à la peau, poisseuse. Quoiqu'il advienne, elle est inscrite dans sa vie, dans son histoire avec Victoria. Il s'est définitivement privé de la possibilité d'être cet amant inébranlable et romantique qui peut attendre sa dulcinée sans fin. Il a renoncé à leur quête d'absolu pour une histoire de cul.

C'est la première fois qu'Octave se déçoit vraiment, c'est peut-être pour ça qu'il a autant de mal à l'encaisser.

– Tu transformes un truc banal en drame.

Morose, Octave observe sombrement Vincent alors qu'il effectue le soin d'un mort. Il secoue le bras du corps pour en évacuer le sang. La pompe l'aspire avec un bruit étrange.

– Justement. J'ai introduit du banal dans notre histoire. Et Victoria et moi, c'est tout sauf banal.

Vincent lève les yeux au ciel et change de bras.

– Et elle, elle est partie. Écoute… Elle a eu besoin de prendre ses distances pour trouver comment être là. Ben toi, tu as fait un pas de côté pour tenir la distance jusqu'à son retour.

Très fier de sa trouvaille, Vincent se penche avec un sourire. Ce n'est pas si souvent qu'il s'en sort avec les mots, il faudra qu'il pense à la noter avant de l'oublier.

– Donc, tu me donnes ta bénédiction pour la tromper ?

Vincent jette son scalpel sur le plateau d'instruments.

– Tu ne la trompes pas, elle n'est pas là, Octave ! Elle est partie, sans te dire quand, ni même si elle reviendra. Elle t'a planté là sans un mot et tu te contentes depuis des mois de cartes postales muettes. Sans parler de Judith. Bordel, Octave, mais quand est-ce que tu vas te foutre en rogne ?

Octave tombe des nues.

– Tu es en colère, toi ?

– Bien sûr. Je suis même furax. Tu as vu la vie à la con que tu mènes ?

Octave se rebiffe.

– Je ne vois pas en quoi m'occuper de ma fille est une vie à la con.

– Mais non, couillon, puisque tu l'aimes ! N'empêche que t'es là, seul avec elle, à cueillir des fleurs et à vivre une grande histoire d'amour avec des cartes postales muettes. Et Amie, tu as vu dans quel état elle est ?

– Vic n'est pas responsable d'Amie.

Vincent commence à injecter le mélange de formol, et la peau blafarde du pauvre homme reprend une teinte rosâtre.

– Peut-être, c'est pas sûr. L'amitié rend responsable l'un de l'autre. Elle n'avait pas le droit de disparaître. De partir si elle en avait besoin, oui, mais pas comme ça.

Existe-t-il un bon moyen de partir ? se demande Octave. Il laisse son ami quand celui-ci entreprend d'habiller le corps. Il est trop lourd de pensées contradictoires pour courir. Il marche, et ses pas le mènent instinctivement vers Amie. Son père secoue la tête avec lassitude. Amie est fermée au monde, aujourd'hui. Octave n'a plus d'excuse. Il rentre et prend sa fille dans ses bras, en espérant qu'elle ne sentira pas l'empreinte de l'étrangère sur lui.

La carte postale du lendemain le foudroie. On n'est pas lundi ! Elle n'a rien à faire dans le courrier du mercredi. La légende du verso indique *L'Absinthe*, de Degas : le musée d'Orsay semble une source d'inspiration inépuisable pour Victoria. Octave reçoit comme une gifle cette image d'une femme dévastée qui boit seule. C'en est bien une. Il n'y a toujours pas un seul mot, mais l'enveloppe contient également un message limpide. La bague de Victoria ornée de l'arbre de vie, écrasée pour tenir à plat.

Elle a vu sa photo avant qu'il ne l'efface : voilà sa réponse à la main de Juliette posée sur le bras d'Octave. Il se laisse tomber au pied de la boîte aux lettres. Puis réalise qu'il n'est pas si effondré que ça. La brutalité de la réaction ressemble tellement à Victoria que tout à coup, c'est un peu comme si elle était là pour le balancer dans la rivière. Il a enfin la preuve qu'elle suit son compte. Aussi silencieuse que ses cartes, d'accord, mais elle garde un œil dessus, elle n'est pas partie si loin que ça. Il peut lui répondre. Après des mois d'impuissance, le dialogue est enfin rétabli.

Judith endormie dans ses bras, Octave retrouve le chemin de la rivière. Victoria peut tordre toutes les bagues de pacotille qu'elle veut, elle ne peut pas abattre leur chêne. Il poste la photo de leurs initiales enlacées dans l'écorce avec ce simple commentaire : « Rendez-vous à la rivière. »

La carte, ou plutôt les cartes du lundi – Victoria semble soudain d'humeur à innover-, ramènent un peu de calme après ce qui ressemblait à une dispute. *La tristesse du roi* de Matisse. Le titre de l'œuvre, et cette silhouette d'un homme qui bascule en luttant pour ne pas tomber lui font l'effet d'une caresse. Pour la première fois, Victoria parle de lui au lieu de ne s'occuper que de sa douleur à elle. Cela émeut bêtement Octave, il songe qu'il est bien facile à attendrir. L'autre carte est un mystère. *La gare Saint Lazare* de Monet laisse Octave perplexe. Est-elle sur le point de prendre le train pour rentrer à la maison ? Doit-il retourner à Paris et se planter au bout du quai pour attendre on ne sait quelle arrivée ? Le message est aussi embrumé que la toile envahie par les vapeurs des locomotives.

Il passe la semaine à sursauter au moindre bruit, à se retourner pour regarder par-dessus son épaule, à l'affût. Elle peut apparaître à tout instant, au bout d'un champ quand il bine, à la brasserie où il dépose Judith, devant la porte alors qu'il applaudit sa fille qui se met à quatre pattes.

Le lundi suivant, il se sent comme une marionnette dont on a coupé les fils. Le *Polyptique* de Soulages vient du musée de Rodez. Victoria a bien pris le train, mais pas pour rentrer : pour voyager.

Intrigué par la monochromie de la toile, il procède à quelques recherches. Le créateur de l'Outre-noir est un peintre sur mesure pour Victoria. Octave espère qu'elle retiendra la même chose que lui de ses lectures : le noir prend vie par la lumière. Comme eux quand ils sont réunis.

Il inaugure une nouvelle ligne de cartes postales au-dessus de leur lit.

Octave s'enlise. Son père se retire de plus en plus de la safranière, mais le travail ne le gêne pas, cela l'occupe. Aimer, c'est « être avec », casser cette solitude effroyable qui n'a aucun sens. Mais lui s'obstine à aimer Victoria qui n'est pas là. Il erre sans savoir quelle direction choisir. Le bonheur était inscrit dans ses gènes, spontané, évident, il n'a jamais eu besoin de faire quoi que ce soit pour le trouver. Il poursuivait simplement la route des multiples générations qui ont précédé sa naissance. Aimer Victoria, choisir son métier, fonder une famille, cela lui suffisait comme projet de vie.

Malgré les mois qui passent, il reste incapable de trouver un autre chemin. Il a besoin de veiller sur ce qui existe, de protéger ce qui est. Victoria sillonne la France, acharnée à découvrir une autre route. De façon peut-être plus apaisée qu'à Paris, s'il en croit les cartes postales qu'il reçoit et qui lui parle de la nature. Une nature mélancolique dans *Écluse dans la vallée d'Optevoz* de Daubigny, qui lui arrive de Rouen ; âpre dans *Le coup de vent* de Corot, envoyé depuis Reims. L'impression émerge que les cartes de Victoria sont comme les cailloux du Petit Poucet. Elle se fout éperdument de la *Courbe de la Seine à Saint Cloud* de Sisley, mais c'est la balise choisie pour dire qu'elle est à Rennes. Elle lui envoie aussi un peu de tendresse de Lille, avec cette toile de Richemont appelée *Les crêpes*, la seule chose qu'il savait cuisiner avant son départ.

Quand il reçoit depuis Albi *Le salon de la rue des Moulins* de Toulouse-Lautrec, il s'interroge sur le message. Vend-elle son corps pour vivre ? Le jalon suivant se situe à Nice : le *Nu bleu IV* de Matisse, ne l'éclaire pas, il se contente de l'accrocher à côté des autres. Il a punaisé dans leur chambre une carte de France, où il pointe les escales de l'errance de Victoria. Il cherche l'esquisse d'un dessin, un plan, une logique qui lui permettrait de comprendre où mène ce périple. S'il arrivait à comprendre la cohérence de ses divagations, peut-être pourrait-il deviner les prochaines étapes, et le nombre de haltes qui la séparent encore de lui. Mais Victoria elle-même le sait-elle ? *La Monomane de l'Envie* de Géricault, qu'elle lui envoie de Lyon, en fait douter Octave. La figure d'une folle, d'une aliénée... pas de quoi se réjouir.

Elle erre, se débat, se trompe et se blesse, mais continue à courir dans tous les sens, comme si c'était la seule façon d'échapper à son destin. Octave essaie de se défaire du mauvais pressentiment que lui inspire son obstination à fuir. Il s'occupe de préserver ce qui peut l'être. Même si leur histoire d'amour perd son souffle et se noie, elle reste magnifique. C'est ce dont Octave veut se rappeler, pour sa fille et pour lui.

Il poste sur Instagram des bribes d'eux pour lui répondre. Des détails anodins. Des objets du quotidien qui ne sont rien, sans les souvenirs joints à la photo. Toutes ces babioles dont il ne sait pas quoi faire. Il n'en peut plus de les garder près de lui, elles l'étouffent, l'empêchent d'avancer.

Mais il est incapable de s'en débarrasser, ce sont des reliques sacrées.

Sous la photo du livre que Victoria lisait peu de temps avant son départ, *Les chants de Maldoror* du Comte de Lautréamont, il recopie un passage qu'elle avait souligné :

« *Race stupide et idiote ! Tu te repentiras de te conduire ainsi. C'est moi qui te le dis. Tu t'en repentiras, va ! Tu t'en repentiras. Ma poésie ne consistera qu'à attaquer, par tous les moyens, l'homme, cette bête fauve, et le Créateur, qui n'aurait pas dû engendrer une pareille vermine.* »

Il ajoute en-dessous : « Je déteste ce livre, les phrases soulignées, ce Maldoror qui méprise si fort le monde. Je déteste qu'elle l'ait lu, car ces mots désespérés la hantent maintenant. Comment peut-on espérer trouver la lumière de cette vie en lisant ça ? Pourtant, je suis incapable de me séparer de ce bouquin. La dernière fois que je l'ai vu dans ses mains, elle était assise dans le jardin pour lire au soleil malgré le froid. Alors, comment pourrais-je le jeter ? »

Son post a un succès inattendu. Lui qui ne s'est jamais intéressé au fonctionnement d'Instagram ne comprend rien à l'engouement qui se crée. Une inconnue lui demande ce qu'il va faire du livre. Il réalise que s'il n'est toujours pas prêt à s'en séparer, il peut maintenant envisager de l'éloigner.

Puisque son père lui laisse de plus en plus les rênes de l'entreprise, il s'empare sans l'avoir planifié de la salle d'émondage et de séchage.

Un à un, il prend en photo les vestiges de Victoria et les poste en racontant le souvenir qui l'attache à l'objet. Ses posts émeuvent profondément Amie, elle y voit une ode à l'amour. Vincent est plus pragmatique : « C'est bien, tu fais enfin ton deuil. »

Octave se fout de leurs interprétations, il n'en a formulé aucune. Cela lui fait du bien, alors il continue. Il raconte l'histoire de l'objet à Judith avant de l'écrire et de poster photo et récit. Elle s'en contrefiche, trop occupée à faire rentrer un cylindre dans un trou carré. Il refuse d'y voir une métaphore de leur situation. Il va ensuite déposer le souvenir dans la salle d'émondage.

Un processus est en cours, il ignore lequel. Mais les effets secondaires sont étonnants. Un jour, il reçoit un message privé de l'inconnue qui l'avait interrogé au sujet du livre.

« Mon père est mort depuis deux ans, et je n'arrive pas à me défaire de sa vieille pipe. Elle me torture chaque fois que je tombe dessus. Accepteriez-vous de l'accueillir dans votre musée des souvenirs ? »

Octave est sidéré par cette demande. Qu'est-ce qu'elles ont toutes, avec les musées ? Pourquoi le passé et les objets sont-ils plus importants que le présent et les êtres vivants ? Mais il y a un tel accablement dans les mots de cette femme, ce désespoir de ne pouvoir avancer tant que le deuil s'accrochera à elle, qu'il accepte, à une condition : qu'elle accompagne l'objet qu'elle apporte d'un petit mot racontant un souvenir lié à cette pipe.

Elle débarque un dimanche. Elle a traversé la moitié de la France avec sa pipe et son mot dans une petite boîte.

Octave la guide jusqu'à la salle de séchage, la laisse regarder les reliques découvertes sur Instagram, puis choisir l'endroit où elle veut déposer son fardeau d'amour. Elle l'installe avec son histoire sur une étagère, à côté du livre de Lautréamont.

– L'idée m'est venue dès ce jour-là. Les objets que l'on aime-déteste. Elle pointe la pipe du doigt. Mon père est mort d'un cancer de la gorge.

– Je suis désolé.

– Merci de l'accueillir.

– Je ne vous garantis rien pour l'avenir. Je ne sais pas ce que je ferai de tout ça quand… Peut-être qu'un jour, je n'en pourrai plus et que je bazarderai tout.

– Je m'en fiche. Je n'aurai plus la responsabilité de ce choix, c'est tout ce qui compte.

– Vous voulez un café ?

En buvant, elle regarde le jardin où les rosiers de Dorothée sommeillent encore, les champs et les forêts qui les enveloppent.

– C'est un bel endroit où laisser reposer ses souvenirs en paix.

Elle achète un sachet de safran, glisse un second billet sur la table. Octave le repousse.

– L'accueil n'est pas payant.

Elle le pousse à son tour.

– Gardien de musée, c'est un métier.

Octave laisse faire, parce qu'il ne sait pas quoi répondre. Après son départ, il regarde longuement cette pipe étrangère au milieu de son amour. Puis, il prend une photo et raconte son histoire, et leur rencontre.

La nuit est ponctuée de messages. Le monde semble empli de souvenirs devenus encombrants. Octave dit oui à tout le monde, il ne voit pas comment faire autrement. Mais il se demande quel monstre il a créé.

La dame en blanc sur la plage, d'Eugène Boudin, musée d'Art moderne André Malraux, Le Havre.

Octave s'assoit dans l'herbe lentement. Cela fait longtemps qu'il pressent ce moment, il l'a redouté pendant des semaines, et le voilà qui arrive. Victoria est au Havre et regarde au loin, au-delà de la mer.

A-t-elle déjà pris le ferry pour traverser la Manche ? Si Octave a raison, sa prochaine carte sera l'*Ophélie* de Millais à la Tate Gallery de Londres. Il croyait qu'elle embarquerait beaucoup plus tôt et priait pour que cela n'arrive pas. Elle était loin, mais au moins vivaient-ils dans le même pays, sur la même terre. Là, elle va traverser une frontière, un bras de mer. Pour la première fois, Octave réalise qu'elle ne reviendra peut-être pas.

Judith est sur le point de souffler sa première bougie et le cadeau qu'il va déposer à côté de son gâteau d'anniversaire, c'est ça, sa mère qui s'en va, et lui qui perd l'espoir de la revoir. Si c'est un message d'adieu, il va ajouter un peu de poids à ses valises. Ce soir-là, ce n'est pas un souvenir qu'il poste, mais tout un pan de vie. Sa main ouverte et, reposant sur sa paume, la menotte aux doigts potelés de leur fille.

« Un an », écrit-il en dessous. Et dans deux jours, cela fera un an que Victoria s'est enfuie. Si elle n'a pas trouvé ce qu'elle cherchait, si elle doit partir encore plus loin d'eux, alors Octave peut s'autoriser à penser qu'elle ne le trouvera peut-être jamais.

La réponse est aussi immédiate que possible par courrier.

Une sculpture de Rodin, la *Jeune mère*. Le petit bronze exsude la complicité charnelle du tout petit, peau à peau avec sa mère, l'attachement viscéral entre les deux scellé par un baiser. L'image le bouleverse par sa simplicité tendre, elle reflète trop bien ce que Victoria leur a volé à tous les trois en s'enfuyant. Un autre choc en retournant la carte. Quelques mots, enfin, qui dévastent Octave.

« Je croyais qu'elle n'avait pas survécu. »

Octave est abasourdi. Il démonte l'année passée et la reconstruit dans cette nouvelle perspective. Victoria a cru fuir la mort de leur fille. Il titube jusque chez Vincent, lui tend la carte en tremblant.

– Merde, lâche Vincent sobrement.

Octave n'a jamais laissé filtrer le moindre indice sur sa vie avec Judith. Il ne lui serait pas venu à l'esprit d'exposer sa fille sur les réseaux sociaux. Elle est devenue le centre de sa vie si brutalement et si complètement, elle est tellement concrète pour lui, qu'il n'a jamais envisagé que Victoria pense qu'elle n'était plus là.

La naissance avait été angoissante, nécessitant plusieurs jours de soins intensifs pour l'aider à trouver son souffle. Pourquoi Victoria avait-elle cru au pire ? À cause de sa nature pessimiste, ou parce que cette mort supposée lui octroyait le droit de partir ? Elle aurait pu vérifier, avant d'enterrer leur enfant. Octave vacille entre incrédulité et colère. Il ne sait que faire de ses regrets.

Ses parents et même Sabine se contentent de blêmir. Aucun ne trouve les mots qui donneraient du sens à cette situation absurde. Après de longues minutes de silence, Sabine fait son choix.

— Mais quelle idiote !

Elle s'en va sans se retourner. Ne reste que cette sensation intense de gâchis.

*****

Octave bombarde Victoria de messages et d'appels sur Instagram, qu'elle ne lit ni ne prend. Mais les cartes qui pleuvent dans sa boîte aux lettres chaque jour lui disent à quel point elle est bouleversée. Elles disent l'enfant qui existe, qui grandit, qu'elle reçoit alors qu'il a un an déjà. Mère d'abord, dans *La blanchisseuse* de Daumier ou *La Vierge à l'Enfant* de Léonard de Vinci. Une mère qui se penche pour veiller sur son petit, tenir sa main, l'aider à monter un escalier ou l'empêcher de tomber. Une mère présente.

Puis elle fait un pas de côté, s'extrait du tableau. *Saint Joseph charpentier* de Georges de La Tour, ne montre que le père auprès de son enfant, un duo enclos dans le cercle étroit de la flamme d'une bougie. Octave sent la catastrophe arriver. Elle prend la forme de la *Fillette pleurant* de Bartholomé, avec ces mots griffonnés au verso : « Je l'ai abandonnée. » Octave peut presque entendre les sanglots qui secouent la petite fille recroquevillée sur elle-même, le visage caché dans ses mains, pleurant cet immense chagrin. Victoria a été cet enfant inconsolable ; de victime elle est devenue bourreau.

Les œuvres sont conservées au musée Rodin, au Louvre, au musée d'Orsay : Octave met plusieurs jours à réaliser qu'elle est de retour à Paris, qu'elle ne s'apprête plus à quitter le pays. Mais elle y reste et s'obstine à ne pas répondre. Il grimace. Alors ce n'est pas fini ? Tout est à recommencer ? Qu'est-il censé faire, hanter les musées parisiens jusqu'à la retrouver ? « Garce ! », crache-t-il à mi-voix, son amour tutoyant la haine. Il s'allonge dans l'herbe. Sa colère retombe. Résigné, il grelotte de frustration.

— Arrête de m'emmerder avec tes cartes postales à la con. Reviens, Victoria ! Putain, reviens !

Le lundi suivant, la carte ne parle plus d'enfant. *Le peintre et son modèle dans son atelier*, de Charles Royer. Victoria est-elle devenue peintre ou modèle ? Est-elle nue devant un artiste pinceau ou appareil photo à la main, rejouant la vie d'Élisabeth Siddall ? A-t-elle trouvé un moyen d'exorciser ses démons par la création ? Octave ne sait pas, il s'en fout un peu d'ailleurs. Il voit seulement que la vie de Judith n'a pas changé, qu'aucune mère n'est venue se pencher sur son berceau. Victoria fuit, encore, probablement sa culpabilité cette fois. Mais quelle importance pour sa fille et lui ?

Ils doivent continuer sans elle.

Octave revient toujours tête basse de ses aventures sexuelles, comme si une épouse l'attendait à la maison, qu'il l'avait trompée et qu'il portait le fardeau de sa trahison. Il s'est faufilé par l'arrière de la maison, cachant ses besoins assouvis dans l'ombre de la cabane. Il ne tire aucune gloire de ce sentiment aussi absurde qu'inexpugnable, mais cette nuit-là, son habitude lui évite de marcher sur une jambe.

Cette jambe n'a rien à faire en travers du chemin. Octave se penche, découvre un pied dans une chaussure éculée, devine un corps, si calme et immobile qu'il le croit mort. Il tâtonne et rencontre un bras replié, ne trouve pas la main cachée dans les vêtements, remonte jusqu'à une tête fiévreuse. La lumière de son téléphone lui apporte des bribes d'informations, les vêtements usés, les cheveux humides de sueur malgré la fraîcheur de l'air, les chaussettes dépareillées et un lacet défait. Juste assez pour dire qu'il ne connait pas cet homme, mais qu'il est sans doute malade, et perdu, ou pauvre, ou fugitif, et peut-être tout à la fois.

Octave regarde la lune, les quelques marches qui mènent à la maison. Il imagine le poids du corps sur son dos, puis se décide à charger l'inconnu sur ses épaules. Il est aussi lourd qu'il l'a prévu, son corps inconscient indifférent à ses efforts. Octave grimace. Il parvient à le porter et le dépose sur le canapé. L'homme gémit, sa tête roule sur le coussin et retombe sur le côté, inerte.

Octave reste un long moment debout à son chevet, les mains dans les poches, indécis. Puis il pose une couverture sur l'étranger. Ce léger geste réveille l'homme. Il se redresse brutalement, puis reste figé sur le canapé, fixant Octave avec méfiance.

Ils se saluent d'un hochement de tête circonspect. Octave va faire couler du café, revient avec deux tasses.

– Comment t'appelles-tu ?

L'homme l'a entendu, même s'il ne tourne pas la tête.

– Salem.

Sa voix est rauque. Il tousse. Octave lui apporte un verre d'eau. Un silence étrange s'installe entre eux. Quelque chose chez Salem attire Octave comme un aimant.

– D'où viens-tu ?

– De Syrie.

– Tu comprends ce que je dis ?

– Ma mère enseignait le français. Je le parle bien.

– Tu es malade ?

Salem touche son front, renifle légèrement.

– Juste un rhume. Ce n'est rien.

Octave hésite, ne sait pas comment aborder l'inconnu. Puis se lance.

– As-tu une maison ?

Salem hoche la tête de gauche à droite.

– Un travail ?

Nouveau signe négatif.

– Tu veux dormir ici ?

Salem regarde Octave, puis la pièce autour de lui, la tasse de café vide dans sa main. Il hausse les épaules.

– Pourquoi pas. Merci.

Il se rallonge, tire la couverture sur lui et ferme les yeux. Octave suit son exemple et va se coucher, s'évade dans un sommeil lourd. Au réveil, l'homme dort encore. Son teint est plus frais, quand Octave passe sa main sur son front, la fièvre semble avoir disparu. Salem ouvre les yeux.

– Merci pour cette nuit. Je vais m'en aller maintenant.

Octave ignore pourquoi, mais il ne veut pas que ce mystère disparaisse sans explications. Il lui sert un nouveau café, dépose du pain et du beurre sur la table basse.

– Prends le temps de manger. Je reviens tout de suite.

Il va récupérer Judith qui a passé la nuit chez ses parents, il n'aime pas la laisser le lendemain de ses sorties honteuses. Comme s'il avait besoin de son sourire pour le laver de sa culpabilité. Quand il revient avec la fillette gazouillant dans les bras, les yeux de l'inconnu s'arrondissent puis se détournent. Octave s'assoit en face de lui, Judith boit son biberon toute seule sur ses genoux. S'il essaie encore de l'aider, elle le repousse d'une main offusquée.

– Es-tu réfugié ?

Salem hausse les épaules.

– Je ne sais pas. Je ne crois pas. Je n'ai rien demandé. Je suis parti de chez moi et j'ai marché, c'est tout.

Octave trouve que cette errance dénuée de but fait écho à celle de Victoria. Il inspecte Salem, ses mains timides, son visage creusé par le malheur. Judith abandonne son biberon et entreprend de descendre de son perchoir. Elle traverse le salon à quatre pattes puis se redresse en agrippant la table basse et fixe cet étranger qui perturbe son rituel matinal.

Salem s'obstine à regarder le mur en face de lui, au-dessus de Judith qui s'agace de ce manque d'intérêt et entreprend de contourner la table. Octave hésite puis se lance au moment où la main de Judith se pose sur le genou de Salem.

– Tu faisais quoi, avant ?

Salem réfléchit pour se souvenir de l'homme qu'il était avant. Avant quoi ? Octave n'est pas sûr d'avoir envie de le savoir ce matin. Salem a le visage d'un drame.

– Je cultivais des roses.

Cette fois, Salem lui fait face. La douceur avec laquelle il pose sa main sur celle de l'enfant contraste avec l'intensité de son désespoir. Un désespoir tellement profond qu'il a mué, s'est transformé en une morne indifférence à ce qui pourrait encore arriver. Il en a capté le reflet dans les yeux de Victoria après la naissance de Judith. Il sait maintenant reconnaître quelqu'un qui renonce à lutter, Victoria lui aura au moins appris ça. Il ne s'est douté de rien avec elle, sinon il aurait bloqué toutes les issues, comme Victoria l'a évoqué en lui envoyant *Le Verrou* de Fragonard. Il ne reproduira pas la même erreur.

La délicatesse de la main de Salem posée sur Judith le convainc, tout comme l'instinct confiant qui pousse sa fille vers l'inconnu. Octave se lève, la soulève dans ses bras, et fait signe à Salem de le suivre. Ils traversent le jardin, marchent droit jusqu'à la maison où ses parents sont surpris par leur arrivée en plein petit déjeuner.

– Je vous présente Salem.

Sans s'arrêter, Octave grimpe les escaliers, ouvre la porte de sa chambre d'avant.

– Tu peux rester là aussi longtemps que tu le veux. Et j'aurais du travail pour toi, si tu en cherches.

Salem est planté au milieu de la pièce, même son immobilité paraît maladroite.

– Je n'ai pas de papiers, rappelle Salem.

La réponse jaillit toute seule.

– Je m'en fous. Descends manger quand tu as faim. Tu peux prendre des vêtements dans l'armoire s'ils te vont.

Salem jette un œil distrait vers le meuble.

– Comment tu t'appelles ?

– Octave.

Salem se tourne vers lui en évitant encore de regarder Judith.

– Pourquoi tu m'aides, Octave ?

La main sur la poignée, Octave s'arrête, réfléchit pour lui donner la réponse la plus honnête.

– Parce que je peux.

Le lendemain, Salem rejoint Octave au milieu d'un champ, équipé d'une bêche semblable à celle de son hôte. Son rhume est passé, sûrement soigné d'une main de maître par Dorothée, toujours à l'affût du moindre bobo chez son mari, son fils, et maintenant Judith. Il est propre, vêtu d'un sweat qu'Octave reconnaît comme le sien, et d'un pantalon de son père. Il marche légèrement de biais, avec la prudence instinctive de ceux qui ont déjà pris une grosse claque dans la vie et se préparent pour ne pas recevoir la prochaine de plein fouet.

Ils travaillent en silence côte à côte. Salem observe Octave puis reproduit ses gestes. Les feuilles de crocus flétries sont arrivées à maturité. Avril est la saison où il faut arracher les cormes, les dédoubler et les mettre à sécher pour provoquer un arrêt végétatif complet. Ils s'entassent au fil des rangées qu'ils éventrent. Octave empoigne la brouette pleine et gagne la salle d'émondage. Une réserve permet de stocker les crocus endormis au sec. Côte à côte encore, et toujours en silence, ils les installent sur les rayonnages. À l'abri dans cette pénombre ventilée, les cormes prennent un repos bien mérité.

Ils s'apprêtent à ressortir quand Salem s'arrête.

— C'est quoi ?

Il désigne les objets qui se sont accumulés sur les étagères, accrochés au mur, parfois posés par terre, tous accompagnés d'une histoire.

— Ils appellent ça le Musée des Souvenirs.

Octave n'y fait plus attention. Des inconnus lui envoient un message sur Instagram, puis viennent déposer un fragment de leur histoire. Ils glissent un billet dans la boîte laissée par sa première visiteuse, boivent un café et repartent plus légers. Parfois, c'est son père qui les accueille quand il est occupé, mais ils préfèrent Octave. C'est lui qui leur inspire confiance, qui poste ensuite l'histoire de leurs souvenirs sur les réseaux. Cela les rassure, comme si Octave était le garant de leur deuil, de leur oubli et d'une certaine forme d'éternité. Quand il a fini d'expliquer, Octave hausse les épaules et repart. Salem reste un moment en arrière à contempler ces bribes de vie avant de le rejoindre.

Quand ils ont repris leur bêche, ils arrachent deux rangées de plus avant que Salem ne parle.

— Si je pouvais changer une seule chose dans ma vie, ce serait cet instant. Je voudrais ne pas être allé faire les courses, pour mourir avec elles. Ou encore mieux, qu'elles soient venues avec moi pour qu'elles vivent encore.

Salem parle en continuant à retourner la terre. Octave fait de même.

— Que s'est-il passé pendant cet instant ?

— Nous avons été bombardés. Quand je suis rentré de la ville, il y avait un cratère à la place de ma maison. Ma femme et ma fille devaient préparer du sirop de rose ce matin-là. Elles ont été pulvérisées avec les murs.

Il faut à Salem deux jours de travail pour raconter en pointillés à Octave ce qui est arrivé ensuite. Les heures qu'il a passées assis au bord du trou, ses sacs de courses à côté de lui. Incapable de bouger malgré les voisins qui venaient le voir et voulaient l'emmener chez eux. Quand la nuit est tombée pour la seconde fois, il s'est levé et il est parti, comme ça. Il n'a jamais su où il voulait aller. Simplement…

— Je devais avancer. Ce mouvement de mon corps, c'était tout ce qui restait en vie, à l'intérieur de moi.

Salem s'arrête, le pied sur sa bêche.

— Je n'ai plus *envie* de vivre, mais que peut-on faire d'autre, tant qu'Allah ne nous rappelle pas à Lui ?

Octave ne répond pas toujours. Le plus souvent, il préfère rester silencieux plutôt que de dire une connerie. Depuis cette nuit-là, Salem a marché quand le soleil se couchait et dormit le jour. La nuit est moins dangereuse que les hommes, et il préfère la solitude à la compagnie. Jusque-là, il n'a trouvé aucune raison de s'arrêter, aucun point de cette Terre meilleur à vivre qu'un autre.

— Pourtant, ici, tu restes.

Ils se regardent de part et d'autre de la rangée qu'ils creusent.

— Ici, il y a toi.

— Moi ? s'étonne Octave.

— Oui, toi. C'est toi, la différence avec tous les lieux que j'ai traversés.

Octave se tait. Il n'a pas fait la différence pour Victoria. Mais aux yeux de Salem, il est une raison de rester. Le soir, après avoir couché Judith, il sort respirer le fond de l'air. Avril amène le parfum du printemps. En voyant de la lumière dans la salle d'émondage, il s'approche, pensant avoir oublié d'éteindre. Mais il découvre Salem plongé dans la lecture des histoires déposées là. Il recule sans le déranger.

Le lendemain, Octave lui raconte à son tour son histoire, toujours au milieu des champs. Il l'emmène au bord de la rivière pour lui montrer leur pacte gravé dans l'écorce du chêne, lui parle de Victoria, de toutes ses blessures qui ne guérissaient pas et qui se sont accumulées jusqu'à la faire fuir. De la vanité de ses efforts, lui qui ne faisait pas le poids. De cette absence qui le mine depuis plus d'un an maintenant sans qu'il parvienne à renoncer.

Quelques jours plus tard, Salem entreprend de faire les poussières du musée des Souvenirs. La passation se fait en silence. Les deux hommes ont de moins en moins besoin de mots pour se comprendre. Octave reste celui qui accueille et écoute, avant de devenir le porte-parole involontaire des inconnus. Mais c'est désormais Salem qui veille sur les souvenirs. Il réaménage un peu l'espace, lit et relit les histoires de chacun. Octave le soupçonne très vite de les connaître par cœur.

Ce matin, Dorothée est nerveuse, au point qu'Octave, habituellement peu au fait des humeurs maternelles, s'interroge. Il a beau être devenu un père consciencieux, un homme responsable, il reste un gamin d'à peine vingt ans qui n'imagine pas que sa mère ait un univers à elle en dehors du sien. Octave l'aime, il a conscience qu'elle a fait de son mieux pour lui, qu'elle continue aujourd'hui, pour lui encore et pour Judith. La seule faille qui les éloigne s'appelle Victoria.

– Tout va bien, maman ?

– Penses-tu… penses-tu que Salem va rester longtemps ?

– Aucune idée. Pourquoi ?

Dorothée s'applique à recoiffer une Judith qui s'en moque éperdument et tangue déjà vers le placard à gâteaux.

– Je n'ai rien à lui reprocher, comprends-moi bien. Mais il me met mal à l'aise. Ses silences, ces heures qu'il passe immobile à ne rien faire… Il ne regarde même pas la télé, pourtant je lui ai proposé de choisir le programme quand ton père s'endort. Il dit que ça lui est égal. Rester sans rien faire, ce n'est pas…

– Ce n'est pas quoi ?

— Oh, tu vois, tu t'agaces déjà, prêt à monter sur tes grands chevaux ! Ce n'est pas normal, voilà.

— Il a survécu à une guerre qui a tué sa famille et l'a obligé à fuir son pays. Pourquoi attends-tu de cet homme des réactions « normales » ?

Sa mère s'épargne de répondre au prétexte que Judith est tombée, alors que la petite s'est déjà remise en route toute seule.

La première réaction d'Octave est d'en vouloir à sa mère d'être tout le temps si attachée à cette sacro-sainte normalité, et de s'éloigner. Puis il prend en compte qu'elle a vu son fils faire une croix sur ses rêves pour cette fille « un peu marginale » qui l'a quitté en lui laissant un bébé dont elle s'occupe souvent, et avec beaucoup de tendresse. Ce même fils a débarqué un matin dans leur cuisine avec un inconnu qu'il a installé dans sa maison avec comme seule explication : « Je vous présente Salem. ». Il pourrait lui témoigner un peu plus de gratitude, au lieu de lui reprocher d'être étroite d'esprit : elle supporte beaucoup des conséquences de ses choix à lui. Il fait demi-tour.

— Excuse-moi, maman. Tu veux que je cherche un autre logement pour Salem ? Je peux demander à Sabine, elle acceptera peut-être qu'il occupe la chambre de Victoria.

Dorothée est outrée.

— Et pourquoi irait-il chez Sabine ? Il n'est pas bien ici, peut-être ? Je dis juste que sa manie de ne rien faire pendant son temps libre m'inquiète, et toi, tu veux le déménager. Un peu de mesure pour une fois, s'il te plaît, Octave !

Elle installe Judith dans la poussette et part faire son marché. La fillette se retourne en agitant la main et il lui fait de grands signes. Elle rit aux éclats.

— Tu es un malin, sous tes airs innocents.

Octave se retourne. Son père est debout derrière lui. Il a laissé sa place dans les champs à Salem de bon cœur, même s'il a promis de venir superviser le prochain séchage et continue à faire les marchés. Mais son visage détendu et ses traits lissés disent combien il apprécie la situation. Il semble même à Octave qu'il se tient un peu plus droit. Son père ne rajeunirait-il pas ?

— Pourquoi un petit malin ?

— Proposer que Sabine remplace ta mère, quelle blague ! Tu veux déclencher une guerre ?

— Je croyais qu'elles s'entendaient mieux depuis la naissance de Judith.

— Arriver à s'entendre n'est pas de l'amitié, fiston. Disons que leur intérêt commun pour Judith les pousse à la diplomatie.

Octave préfère ne pas trop approfondir. Sans elles, il ne s'en sortirait pas, ou beaucoup plus difficilement. Sabine se révèle une grand-mère plus attentionnée que la mère qu'elle était pour Victoria, peut-être parce qu'elle n'a plus rien à prouver. À moins qu'elle n'ait des regrets.

— Papa, Salem la dérange vraiment ?

— Non. Elle aime s'occuper de lui, puisque tu n'es plus sous son aile. Elle est parfois bourrue avec lui, parce qu'elle ne le comprend pas, mais gentille.

— Et toi, papa, il te dérange ?

Christian sourit doucement.

— Non. Il joue très bien aux dominos et divise l'attention de ta mère, qui entière, serait trop pour moi.

Il se retourne pour enfiler sa veste et tapote l'épaule d'Octave.

— Moi qui craignais qu'on s'ennuie à la retraite… Une petite fille, toi safranier et un survivant comme locataire, tu as fait du bon boulot, fiston.

Il s'en va, laissant Octave sur le seuil, à se demander s'il est possible que son père parvienne à se réjouir de la tournure des évènements. Pas de tous, bien sûr, mais au moins de certains.

Le facteur arrive sur son vélo électrique, s'arrête pour déposer le courrier et discute avec son père. Les deux hommes repartent ensemble. Il faut quelques minutes à Octave pour comprendre l'origine de la gêne qui le trouble depuis quelques temps. Il n'a pas reçu de carte postale lundi dernier. Ni le lundi précédent d'ailleurs. En fait, s'il compte bien, il n'a rien reçu depuis trois semaines. *Le peintre et son modèle*, depuis, c'est le silence.

Octave court jusqu'à la boîte aux lettres, mais aucune enveloppe manuscrite au milieu des courriers administratifs. Il avance de trois pas dans une direction, opère un demi-tour, repart dans l'autre sens, ne sachant plus où il veut aller. Il recompte, rien à faire. Le silence de Victoria est beaucoup trop long.

Octave réorganise tout dans sa tête. La dernière carte et Salem sont arrivés en même temps, comme si Victoria avait mandaté Salem pour lui donner de ses nouvelles sous une autre forme. Peut-être lui a-t-il été envoyé pour l'aider à la comprendre ? Octave leur a déjà trouvé plusieurs points communs. Il rentre à pas lents chez lui. Non, Victoria n'a rien à voir avec Salem.

Ce nuit-là, Octave fait un cauchemar, un cauchemar qui le poursuit souvent. Il ne sait ce qui est le pire, la sensation d'effacement qu'il ressent, ou le bonheur de Victoria loin de lui, et cette étrange certitude qu'elle ne reviendra plus. Le cauchemar revient, encore et encore.

Rouler sur le côté, puis sur le ventre, se recroqueviller en enfonçant sa tête dans l'oreiller. Inspirer fort, plus fort, et que pas une goutte d'air n'arrive à ses poumons. Persister même quand ça fait mal.

Octave suffoque pour oublier la douleur qui lui crève le ventre. Au seuil de l'étouffement, son corps regimbe et l'expulse des draps moites. Il se lève, oscille dans l'obscurité. Il secoue la tête, hurle pour empêcher les images de s'incruster. Pas question de se rappeler le sourire de Victoria, sa légèreté qu'il a si rarement entrevue, tout ce bonheur qui vibrionne autour d'elle. Il hait cette joie. Elle fait de lui un clown. Un imbécile. Octave pose son front brûlant contre le carreau glacé de la fenêtre. Un hoquet, douloureux. Il soulève ses mains et observe l'empreinte que leur chaleur a dessinée sur la buée du carreau. Les mêmes mains qui traversaient Victoria sans pouvoir la toucher. « Je suis là. », murmure-t-il comme on psalmodie un mantra. Il referme les yeux. La silhouette de Victoria, si dense, si réelle, qui se lève et le traverse, fantôme invisible. Octave rouvre les yeux. Comment le bonheur de Victoria est-il devenu son pire cauchemar ?

Il tourne sur lui-même, se laisse glisser au sol. Le plancher usé sous la plante de ses pieds. Les arêtes du radiateur en fonte contre son dos. « Je suis là. » Ses mains nouées derrière sa nuque, la sueur qui refroidit à la racine de ses cheveux. Un frisson. « Je suis là. » Si Victoria a trouvé le bonheur loin de lui, alors qu'attend-il ? Chaque jour, il s'accroche à l'hypothèse de son retour. Dans quels sables mouvants s'est-il égaré ? Octave pleure, recroquevillé sur le sol comme un enfant. Le cauchemar revient chaque fois qu'il s'impatiente, se fatigue, perd espoir. Quand sa foi vacille, elle laisse derrière elle un gouffre, tourne chaque instant de sa vie en une blague pathétique. Aussi pathétique que ce nez qui coule et qu'il essuie d'un revers de bras.

La crise passée, Octave se plante devant la fenêtre obstruée par le noir de la nuit. Il ne reste en lui que cette tristesse lourde, qui bat dans son ventre comme un pendule. Puis viendra la nostalgie qui floutera ses journées. Après, ce sera à nouveau l'espoir, et la joie – un peu – juste assez pour ne prendre aucune décision définitive. Et l'impatience. La fatigue. Le corps d'une autre, Juliette, Isabelle, Aurélie, les prénoms qu'il oublie, n'importe laquelle, juste pour tenir une femme dans ses bras quelques heures, écouter un autre souffle que le sien, nourrir un peu sa peau affamée. Alors viendra le dégoût, de cette autre qui n'est pas Victoria, de lui qui ne sait ni tenir bon ni lâcher prise. La conscience de l'absurdité de sa vie. Le creux de la vague. Les cauchemars. Son fantôme ?

Octave se demande combien de cycles encore, avant qu'elle revienne – ou qu'il abandonne ? Peut-il choisir de renoncer ? Décider comme ça, comme on crève un ballon, qu'il arrête d'espérer – aimer ? Il voudrait. Il serait plus heureux, plus dense, les cauchemars disparaîtraient.

Octave quitte sa chambre, se retient de donner du poing dans la fenêtre, le choc, le verre qui explose, les éclats qui griffferaient sa peau, feraient couler son sang, autant de preuves de son existence. Vivant, charnel. Il sort, des cailloux crissent sous ses pas, une envie de hurler sous les lourds nuages qui emprisonnent la lune. Il marche jusqu'au bout de l'allée, et à grands coups de pied, attaque la boîte aux lettres. Elle tremble, penche, et tombe en grinçant. Il l'achève d'un dernier coup.

Parfois, il peut passer le reste de la nuit au chevet de la boîte aux lettres qu'il rafistole à l'aube. Mais ce soir, Salem le rejoint et le force à se lever pour réchauffer son insomnie dans la maison. Il sait ce que c'est, d'être hanté par des fantômes. Il leur prépare un thé brûlant, jette une couverture sur les épaules d'Octave.

Victoria reconnaîtrait-elle ces épaules étoffées et durcies par le travail ? Ils deviennent peu à peu des étrangers l'un pour l'autre. Pourtant il continue de crever à petit feu de son absence. Ce silence est terrible, il n'aurait pas pu imaginer pire. A-t-elle eu un accident ? Est-elle heureuse ? S'est-elle définitivement enfoncée dans ses tourments ? Il a besoin de savoir comment elle va. Il sait seulement qu'elle n'est pas morte, sa mère aurait été prévenue. À moins que son corps anonyme repose quelque part dans le tiroir d'une morgue ? Doit-il toutes les appeler ?

Salem interrompt ses élucubrations morbides.

– Tu vis enchaîné au passé.

– Non.

Octave désigne la plante à côté du canapé. Il la soigne amoureusement depuis que la graine a miraculeusement germé.

— Regarde, ça, c'est un baobab. Il vivra peut-être 2500 ou 3000 ans. Je mourrai bien avant qu'il soit adulte. Avec le réchauffement, quand il sera grand, ce sera peut-être la France, le pays des baobabs. Il deviendra alors un pionnier. Dans tous les cas, il aura une chance.

— D'accord pour lui. Mais pour toi ?

— Pour moi, l'avenir est ma fille depuis quatorze mois. Pour le reste, je ne sais pas. J'ai oublié les rêves que je faisais avant. Ce muscle est atrophié. Et toi, Salem ?

— Je ne peux vivre qu'au présent. C'est bien, le présent. C'est inoffensif. Il arrive même à être agréable par moments. Comme maintenant, cette discussion avec toi.

Salem vit dans un infini présent suspendu entre deux néants, le passé qui n'existe plus et un futur qui n'existe pas encore. Ce détachement n'est pas une philosophie, c'est une amputation. Si Salem pouvait s'exprimer sur le sujet, il parlerait probablement de handicap. Voilà à quoi ressemblent les pensées de Salem :

« Je me lève. Je prie. Je m'habille. Je fais mon lit. Je mange. Je travaille avec Octave. Je prie. Je rentre du travail. Je me lave. Je prie. Nous sommes mardi, je fais ma lessive. Je dîne. Je prie. Je marche dehors. Je fais les poussières dans le Musée des Souvenirs. Je me couche. Je me relève. Je marche. »

La pensée de Salem s'est dépouillée de tout adjectif. Les verbes de ressenti, d'expression, de vibration sont absents. Les explications, aussi. Salem fait ce qu'il fait parce qu'il doit le faire.

Il lui a fallu de longs mois d'errance et Octave sur sa route pour implanter dans cette mécanique vide un embryon de projet, d'existence.

— Avant, j'appartenais au monde. Par la terre sous mes pieds, la lecture du ciel pour deviner le soleil et la pluie, les pétales de rose dans mes mains… Maintenant, je ne sais plus. Alors j'existe dans le présent. Ses yeux glissent sur les livres qui tapissent un pan de mur. Peut-être que tes livres pourraient m'aider à réapprendre les mots.

— Il te faudrait les conseils de Victoria pour te trouver le bon bouquin. Mais on peut aller voir Amie à la librairie de son père. Demain, si tu veux.

Salem hoche la tête doucement, comme si tout cela ne le concernait pas. Il n'a pas plus sommeil qu'Octave, qui se demande combien d'heures il dilapide à marcher ainsi chaque nuit. Il se lève, leur ressert du thé et ose.

— Salem, parle-moi de tes roses.

Salem boit à petites gorgées, puis garde la tasse dans sa main.

— Nous possédions une grande pièce de terre, sur les rives du Barada, près de Damas. Je la tenais de mon père. Il m'a dit qu'elle appartenait à notre famille depuis cinq générations, et qu'elle avait toujours été plantée de roses. Nous cultivions la plus belle d'entre toutes, la plus noble, la reine : la rose de Damas. À toute heure, l'air n'était qu'une infinie caresse parfumée. Cela ressemblait… au parfum du paradis. Les roses fleurissaient, nous les cueillions.

Salem pose sa tasse vide sur la table. Il est assis sur le bord du canapé, comme si d'un instant à l'autre, il allait se lever et partir pour reprendre son errance interrompue par le hasard d'une rencontre.

— Quand je vois le mal que se donne ta mère, les nouveaux pieds que nous sommes allés chercher, les heures qu'elle passe à choisir des variétés, puis le trou à creuser, l'engrais, le terreau… Chez moi, il suffit de laisser quelques fleurs se faner et produire des graines. La rose de Damas se ressème spontanément.

Octave ne répond pas. Lové dans son fauteuil, il imagine des champs de roses à perte de vue et se saoule de leur parfum imaginaire.

— Nous nous levions à l'aube pour cueillir les fleurs à la fraîcheur du matin, quand leur parfum est le plus envoûtant, le plus… équilibré. On mettait à part les plus grosses, les plus belles. Avec, on fabriquait des confitures, du sirop. Je faisais sécher les plus petites pour les vendre à des fabriques locales de thé ou aux distilleries. Tu sais qu'il faut trois tonnes de roses séchées pour produire un kilo d'huile essentielle ? Trois tonnes… C'était de plus en plus dur d'en fournir assez pour faire tourner les alambics. La sécheresse a lentement éteint le feu des roses. Puis la guerre…

Octave ne sait pas si Salem acceptera de répondre, mais cette nuit semble à part.

— Salem, qui est ce « nous » ?

Salem serre ses mains entre ses genoux.

— Ma femme s'appelait Nahla. C'était la plus belle des femmes et la meilleure des épouses. Une mère magnifique aussi pour notre fille.

Il ne prononce pas son prénom et Octave n'insiste pas.

— Connais-tu l'histoire de la guerre dans mon pays ?

— Pas très bien.

Octave n'essaie même pas d'excuser son ignorance. Le malheur du monde est trop immense pour en connaître toutes les facettes, surtout quand il est lointain.

— Tout a commencé en mars 2011, avec le Printemps arabe. Mon peuple s'est rebellé contre Bachar el-Assad, qui a réprimé violemment les manifestations pacifiques. À partir de là, l'enfer a ouvert ses portes. Les insurgés se sont organisés en armées. Les opposants se sont exilés. Depuis, le régime et les insurgés se déchirent notre terre. Tous les grands États s'en sont mêlés. Une partie de la révolution est devenue islamiste. Notre guerre civile est maintenant religieuse, et terrain de jeu pour les autres pays.

Octave ne bouge pas. Que sait-il de la logique d'une guerre ?

— Depuis que je suis chez toi, je regarde les informations avec tes parents. Je ne comprends pas tout, alors ton père me prête son ordinateur et je cherche. J'ai appris que le réseau syrien des Droits de l'homme avait répertorié l'utilisation de soixante-douze méthodes de torture. Que nos femmes et nos filles sont systématiquement violées. Des milliers se suicident ou sont tuées par leur famille pour laver leur honneur. Cette terre si belle a été bombardée par des missiles, des bombes à baril, du TNT, des shrapnels, des armes thermo-bariques, des bombes incendiaires comparables au napalm. Je ne savais pas que les hommes avaient inventé autant de bombes différentes pour s'exterminer. Ils ont aussi utilisé du gaz moutarde, du gaz sarin et du chlore. Les ONG… c'est comme ça que tu dis ? Les ONG parlent de politique d'extermination, de crimes de guerre, de crimes contre l'humanité, de massacres et de charniers. Elles parlent de cinq cent mille morts. Je ne savais pas…

Salem se lève, sèche ses mains moites sur son pantalon, essuie ses joues et se rassoit.

— Notre village est resté à l'abri plus longtemps que d'autres. Je ne savais pas. Si j'avais su tout ça… si j'avais su que nous n'avions aucune chance, que ma terre et mon peuple mourraient et que le reste du monde laisserait faire, nous nous serions enfuis. Et alors, peut-être que ma famille ne ferait pas partie des cinq cent mille morts.

Octave ouvre la bouche, il n'est pas sûr de ce qu'il peut dire, tellement la disproportion est énorme entre la guerre de Salem et sa boîte aux lettres vides. Salem lève la main pour le faire taire.

— Je sais ce que tu vas dire. Ce n'est pas ma faute. Ça n'a plus d'importance, maintenant. Je ne veux plus rien apprendre sur cette guerre. Je veux vivre ici et maintenant. J'ai sauvé quelque chose de précieux en fuyant : la mémoire d'elles. Ils les ont tuées, mais il est une chose qu'ils ne pourront jamais changer : nous avons existé et nous nous sommes aimés. Nous avons été heureux. Ils ont réduit le temps de notre bonheur, mais ils ne l'ont pas effacé. Elles existent toujours en moi. Elles survivent à leur mort.

Ils se taisent. Puis Salem reprend la parole.

— Ton amour pour Victoria existe au-delà de son absence. Il existera même si tu arrêtes de l'aimer. Rien ne peut effacer ce qui a existé, c'est ce qui rend chaque instant éternel.

Il se tait, laissant Octave comprendre ses mots comme il le souhaite. Puis se les approprier. Quoi qu'il arrive, son histoire avec Victoria a existé. Elle existe donc pour l'éternité. Octave se sent étrange, comme si Salem lui avait donné l'autorisation de renoncer, ou de s'obstiner, qu'importe, cela ne changera rien au passé.

Salem tend le bras pour se resservir, mais la théière est vide. Il se redresse, regarde le ciel ourlé de rose qui annonce l'aube.

— Je suis content de travailler le safran avec toi. Je comprends ce que tu fais. Je préfère ça à la roseraie de ta mère.

Pourquoi se donne-t-elle tant de mal pour des roses dont elle ne fait rien ? Et pourquoi autant de variétés différentes ? Certaines ne sentent rien. Une rose sans parfum, c'est comme un monde sans paradis. La rose de Damas est parfaite. Il est l'heure d'aller dormir.

Il sort, laissant Octave interdit dans son fauteuil.

— Bonjour, monsieur Pakowski.

Octave n'est pas venu depuis longtemps, plusieurs semaines. Le père d'Amie n'a pas changé, pourtant c'est comme si un film voilait son sourire. Octave a-t-il perdu l'indifférence de l'adolescence ou le libraire marque-t-il une certaine réserve pour avoir été oublié ?

— Est-ce qu'Amie est là ?

Monsieur Pakowski baisse la tête, range un trombone, aligne une pile de magazines sur son comptoir.

— Elle est là, et pas là. Ce n'est pas un bon jour. Il relève la tête. Il n'y a pas beaucoup de bons jours en ce moment.

Octave se sent coupable. Il n'a pas vu Amie à la safranière depuis deux semaines, il ne s'est pas demandé pourquoi, ni comment elle allait. Retranché sur ses terres avec Judith, Salem, ses parents et sa boîte aux lettres, il ne se soucie des autres que lorsqu'ils s'aventurent sur son territoire.

— Je peux monter la voir ?

— Tu connais le chemin.

Il fait signe à Salem de l'attendre et grimpe les escaliers dans l'arrière-boutique. La chambre d'Amie est verrouillée.

— Amie ? C'est Octave.

Cela s'agite derrière la porte, mais elle reste close. La voix d'Amie lui parvient à travers le battant, empressée.

— Tu as reçu une carte ? Des nouvelles ?

— Non.

La poignée retombe, un frottement.

— Amie, comment tu vas ? Ouvre-moi.

— Non, je ne peux pas t'ouvrir, Octave. Je suis un trou noir énergétique, je vais t'aspirer.

Octave fronce les sourcils. La folie douce d'Amie prend des proportions inquiétantes. Son père a consulté tous les spécialistes possibles sans obtenir de réponse. Amie vit dans leur monde, mais dans une autre dimension de celui-ci.

— J'ai besoin de ton aide, Amie.

— Un problème avec Judith ?

— Non, elle va très bien, sauf que tu lui manques.

— Elle est si petite, Octave, si fragile…

— Je sais. Mais elle est en sécurité avec toi. Et elle t'aime.

— Je l'aime aussi. Tu as besoin de quoi ?

— Salem a besoin d'aide pour réapprendre… Octave cherche ses mots. À ressentir, je crois. Je ne suis pas sûr. Mais il pense que les livres pourraient l'aider. Je ne m'y connais pas assez. Toi, tu sauras quoi lui conseiller.

— Oh, Octave, quels mots pour un tel drame ? Aucun livre n'aura un tel pouvoir.

— Mais peut-être… pas à pas, page après page… Cela peut lui faire du bien. Et puis il a envie de lire. Il a tellement peu d'envies, Amie, si tu savais… Alors quoi ?

Octave attend en silence, puis la réponse filtre.

— *Le Petit Prince*. Victoria aurait conseillé *Le Petit Prince*. Octave, elle me manque tant !

Octave s'agenouille et pose sa paume contre la porte.

— Je sais Amie. Putain, je sais. Mais je suis là, Vincent aussi. Il faut que tu sortes. On t'attend.

— Je fais de mon mieux. Dis-moi si des nouvelles arrivent.

Octave a du mal à redescendre en la laissant là, seule derrière cette porte dans son « trou énergétique ». Son père l'accueille avec un bref élan de curiosité.

— Amie conseille *Le Petit Prince*.

Octave paie le livre.

— Je vais revenir, monsieur Pakowski.

Son sourire est très doux, résigné.

— Ce serait gentil, si tu peux, Octave.

Octave sort avec Salem, son livre à la main. Il se pose une question. Lui qui est censé être si lumineux et léger, pourquoi les personnes qui prennent le plus d'importance dans sa vie sont des êtres fracassés ?

— Si tu sais quoi faire, je te suis, Octave. Mais à part être patients, et présents quand elle sort…

Vincent ouvre les mains d'impuissance. Aider Amie, bien sûr, mais comment ? Ce n'est pas faute d'essayer, il passe tous les jours à la librairie. Mais lui aussi se heurte à une porte close de plus en plus souvent. Salem écoute sans broncher, son *Petit Prince* posé bien droit devant lui sur la table. Octave feuillette ses souvenirs. Que faisait Victoria pour sortir Amie de ses accès de langueur ? Une vieille question oubliée lui revient en mémoire.

— Amie et toi, vous n'avez jamais essayé…

— D'être ensemble ? l'interrompt Vincent. Si. Mais nous ne sommes pas du même côté du miroir.

— Ton boulot lui fait peur ?

Vincent jette un œil distrait sur la vitrine, de l'autre côté de la rue.

— Non. Elle n'en comprend pas l'intérêt. Pour elle, une fois que l'énergie vitale a quitté le corps, celui-ci ne présente pas plus d'intérêt que la dépouille d'une mue de serpent. Ce n'est qu'un vestige laissé par une âme en route vers la prochaine étape de sa vie.

Octave et Salem fixent Vincent, et Salem pose la question qui leur brûle les lèvres.

— Et pour toi ?

— Ben, même si c'est vrai, on peut bien prendre soin de cette mue, par reconnaissance. Après tout, c'est grâce à elle que l'âme peut faire l'expérience de la vie. Et puis, c'est tout ce qui reste aux vivants, et je crois qu'ils ont besoin de cet… accompagnement.

Octave et Salem méditent ensemble sur ces notions abstraites pour eux mais si concrètes pour Vincent. Puis Octave reprend la parole.

— Je crois que j'ai une idée.

*****

Cachés en haut de l'escalier, hors de vue, Octave et Vincent guettent. Judith tourne en rond sur le palier, curieuse de ce nouveau jeu. Puis s'impatiente et commence à râler. La porte met plusieurs secondes à s'ouvrir, le temps que la voix de l'enfant traverse le brouillard d'Amie.

— Ma chérie, que fais-tu là toute seule ?

Octave et Vincent descendent les escaliers sur la pointe des pieds et s'enfuient dès qu'ils savent Judith en sécurité dans les bras d'Amie. Ils ne vont pas loin, traversent la rue jusqu'à la terrasse du Café des Roses et s'installent à une table. Sabine arrive aussitôt avec son plateau.

— Qu'est-ce que vous faites les garçons ? Et où est ma petite fille ?

Sabine leur parle comme elle l'a toujours fait. Pour elle, ils n'ont pas vingt ans. Ils seront toujours des gamins.

— Deux pressions s'il te plaît, Sabine.

Elle ne regarde même pas Vincent.

— Où est ma petite fille ? répète-t-elle.

— En train d'aider Amie à sortir de son trou, répond Octave.

— Tu utilises ta fille ?

— Je lui apprends à aider ceux qu'elle aime, corrige Octave en enlevant ses lunettes de soleil. C'est ce que Victoria aurait fait. Surtout pour Amie.

Sabine s'éloigne en bougonnant.

— Tu n'as plus peur d'elle, remarque Vincent.

— Non. Mais du coup on va peut-être avoir soif.

— Même pas, ricane Vincent, quand les deux bocks se posent devant eux.

Ils guettent la porte de la librairie. Quand Amie sort avec Judith dans les bras, leur tension retombe. L'enfant a gagné, elle a réussi à sortir Amie de son gouffre. Celle-ci marche jusqu'à eux.

— Tu l'as fait exprès, Octave.

Il hausse les épaules.

— C'est l'enfant de Vic. Donc la seule qui puisse te faire revenir quand Vic n'est pas là.

Puis il tend les bras à sa fille en frissonnant. Il ne s'imperméabilise pas à l'émotion qu'elle suscite en lui chaque fois qu'elle dit « papa ».

Octave se concentre sur le présent, à l'instar de Salem. Il apprivoise l'idée que le temps qui passe n'a peut-être pas d'autre sens que cela : passer. Il s'applique à donner à chaque détail la densité du présent de Salem. Judith qui marche seule, court déjà, surtout quand elle le voit approcher. Les feuilles des crocus qui jaillissent de terre, leur frémissement à venir qui prépare la floraison. Un bavardage avec Amie, un repas de famille, l'amitié silencieuse de Salem, celle à peine plus causante de Vincent. L'embarras grognon de Sabine qui ne sait que faire de la tendresse que lui inspire la petite. Les histoires qu'il découvre quand des visiteurs viennent déposer dans son musée un souvenir devenu trop encombrant pour eux.

La vie d'Octave se tisse de petits riens aussi minces et fragiles que les trois filaments de safran qui occupent ses journées à longueur d'année. La routine l'enveloppe d'un cocon. Il aime tout ce qui passe, lui seul reste immobile dans ce monde de l'éphémère. L'attente s'est muée en un éternel instant présent. Judith est son pivot. Amie, Vincent, Salem, ses parents et même Sabine à sa façon, sont ses satellites. Il croise parfois des femmes qui ne laissent dans leur sillage que le souvenir tiède d'un vague moment de réconfort. Le vent souffle, la pluie tombe, le soleil brille et la terre se tasse. Alors, inlassablement, Octave bine pour l'aérer, ramassant au passage les mauvaises herbes.

Il rejoint Salem dans la salle d'émondage et le trouve assis sur un banc.

— Salem ? Je t'attendais. Un problème avec les binettes ?

— Que va-t-on faire, quand on n'aura plus de place ?

Salem regarde les murs et les étagères où s'amoncelle tout un bric-à-brac. Il aime le bazar qui y règne.

— Je ne sais pas. On verra le moment venu.

Octave avise le livre qui dépasse de la poche de Salem.

— Tu veux retourner à la librairie ? Tu as dû faire le tour du *Petit Prince*.

— Non, j'aimerais le relire encore une fois. Je ne sais toujours pas qui je suis.

— Qui tu es ?

— Tu en penses quoi ? Par exemple, le renard, est-ce toi qui me réapprends à vivre avec les hommes, ou moi qui dois être apprivoisé ? Et cette rose, est-ce la mienne ? Aimerais-tu que Judith soit le Petit Prince ?

Octave s'appuie au chambranle de la porte, puis vient s'asseoir à côté de Salem.

— Je ne sais pas. Peut-être sommes-nous tous les personnages tour à tour.

Ils restent un moment silencieux, les yeux perdus dans le fatras déposé par des étrangers. Ils en connaissent les histoires par cœur. Salem brise brutalement leur méditation.

— Je n'ai pas envie de travailler aujourd'hui.

Il se lève et sort sans un mot de plus, laissant Octave désemparé. Un jour de liberté ? Il a oublié ce concept. Son premier réflexe est de se lever pour attraper une binette, mais il la repose, va se rasseoir. Judith est chez Amie. Que pourrait-il faire de cette journée qui lui tombe du ciel ?

Il retourne lentement chez lui, enlève ses chaussures de travail pleines de terre. Debout devant le placard, il considère ses baskets poussiéreuses. Son corps garde incrusté dans chaque cellule le souvenir du rythme de sa course. Les battements de son cœur qui accompagnent les contractions des muscles. Sa température qui augmente jusqu'à couvrir sa peau de sueur. Et cette légèreté qui lui donnait l'impression d'avoir des ailes. Il se baisse, les enfile, noue soigneusement les lacets comme il le fait pour les chaussures de Judith. Il se sent prêt à renouer avec sa passion.

À peine a-t-il fait trois pas dehors que le passage du facteur brise son élan. C'est la seule blessure à laquelle il n'a trouvé aucun remède. L'absence, il s'y est habitué ; le temps qui passe sans qu'il puisse être un jour rembobiné, d'accord. Mais l'ignorance, mais le silence, il ne s'y fait pas. Et chaque jour, du lundi au samedi, il se surprend à espérer. Presque six mois qu'elle n'a rien envoyé, pourquoi serait-ce différent aujourd'hui ? Octave baisse les yeux sur ses baskets. Peut-être parce que ce n'est pas un jour comme les autres. Salem fait l'école buissonnière, il se rappelle qu'il aime courir, pourquoi Victoria n'écrirait-elle pas ?

Il a beau s'y attendre chaque lundi, la vacuité de la boîte aux lettres lui fait toujours un mal de chien. Quelques secondes avant qu'il se détourne, mais des secondes trop intenses. Il fait un détour, une large boucle pour s'offrir quelques minutes d'espoir. Pourtant, en ce jour pas comme les autres, Octave se sent différent. L'espace qui le sépare de la boîte aux lettres a la même distance que le chemin qui sépare l'assiette de la bouche. Au lieu d'être craintif, Octave est d'humeur gourmande. Aujourd'hui est différent, aujourd'hui, il y aura une carte.

L'enveloppe lui arrache un sourire satisfait. Il pourrait s'exclamer : « Je le savais ! » Il tourne et retourne la lettre dans ses mains puis la glisse dans la poche de son short. Il part en marchant, puis esquisse de petites foulées. Ses pieds connaissent la musique. Ils gagnent en assurance, étirent sa course jusqu'à lui rendre cette légèreté qu'il a longtemps oubliée. Le dernier virage se profile trop vite, déjà il arrive. Il fait les derniers pas au ralenti, s'arrête devant leur chêne qui parvient à rester le même depuis leur enfance. Ses parents se rident et vieillissent, ses amis et lui grandissent et deviennent adultes. Mais leur arbre est là, aussi immuable que la rivière.

Octave se penche, écarte les herbes pour dégager leurs initiales gravées. Il ressent une sorte de jouissance enfantine en passant son doigt sur les entailles. Dans ce monde de changement, il arrive que la matière échappe au temps, au moins à l'échelle d'une vie. Il s'assoit contre le tronc. L'enveloppe tendue devant lui occupe l'espace de Victoria dans ses bras. Quand il l'ouvre enfin, il est prêt à tout. Un carnage, une tempête, un squelette, un accident...

L'image est bien plus inoffensive : *Nature morte aux livres* de Matisse. Les vieux volumes reliés de cuir s'entassent en désordre sur un fond noir. Le tableau sombre et immobile est aux antipodes des éclats colorés qu'il connaît de l'artiste, probablement une œuvre du peintre à ses débuts. Mais c'est la première fois que Victoria lui envoie un message aux émotions neutres. Il trouve à ces vieux bouquins entassés quelque chose de rassurant. Ils parlent d'heures silencieuses et sereines passées à lire, ils raniment les heures du passé partagées, quand la lecture offrait à Victoria une bulle loin des mille questions qui la torturaient. Octave a toujours aimé la regarder lire. Son front se lissait, ses yeux couraient le long des lignes, et son corps se relâchait. S'il lisait à côté d'elle, il devait tout reprendre après son départ, tellement la vibration insolite de son bien-être le distrayait.

La carte postale est vierge de tout mot, et cela aussi est presque rassurant. La seule fois où Victoria a écrit, c'était en apprenant que Judith fêtait son premier anniversaire – qu'elle était vivante, et cette découverte l'avait fait imploser. Elle avait disparu, mais aujourd'hui elle revenait. Un peu.

Octave ferme les yeux, caressé par la chaleur du soleil. Lundi prochain, il y aura une nouvelle carte. Et le lundi suivant, une autre. Et cela durera peut-être toute une vie.

Vincent, Amie et Octave sont penchés sur la table et examinent les cartes postales. Après *La nature morte aux livres* un peu vieillotte de Matisse, il y a eu le buste de *Victor Hugo* par Rodin ; une toile de Juan Gris appelée *Le livre*, et une *Jeune fille lisant un livre* de Gudmundsen-Holmgreen. Vincent les retourne toutes.

— Nice, Paris et collection particulière. J'espère que les lieux ne sont pas un indice, sinon on est mal.

Amie le pousse du coude.

— Mais non, imbécile. Elle répète tout le temps le même message : les livres l'ont sauvée. Regarde la sérénité de cette jeune fille, sa douceur… Et Victor Hugo, je lui ai lu les *Contemplations* le jour où nous avons appris que Judith avait commencé à exister. Elle nous dit qu'elle retrouve la paix.

— O.K., et on fait quoi ? On appelle toutes les librairies de France ? On cherche du côté des bibliothèques ? Ou non, je sais, elle est bouquiniste en bord de Seine !

Amie repose les cartes bien alignées sur la table, refusant de répondre à Vincent. Victoria va bien et elle le leur dit, cela lui suffit pour l'instant. Vincent se tourne vers Octave.

— T'en dis quoi ?

— Je ne sais pas. Je pense qu'Amie a raison, mais après ? Chaque lundi, je me dis que la prochaine carte apportera un indice, et chaque lundi, je me casse le nez.

Pourtant, il a le sentiment qu'ils approchent du dénouement, quel qu'il soit. Victoria n'aurait pas repris le fil épistolaire de ses cartes muettes si elle n'avait pas une idée derrière la tête. Reste à savoir laquelle. S'il s'agit juste de dire que tout va bien, c'est insuffisant. Nécessaire, mais insuffisant.

Salem, jusque-là silencieux, s'avance au bord du canapé et tend une main hésitante vers la bibliothèque qui occupe l'angle du salon.

— Tu fais une photo, Octave ? Tu lui réponds en parlant de ses livres ?

Octave voudrait le serrer dans ses bras, mais Salem n'aime pas trop qu'on le touche. Il lui prouve sa reconnaissance en s'exécutant sur-le-champ. Les livres qu'elle a laissés et qu'il a tous lus au moins une fois sont à leur place dans sa galerie de souvenirs. Il écrit en quelques lignes ce qu'ils représentent, pour elle hier, pour lui aujourd'hui, et envoie le tout sur Instagram. Il pose son téléphone sur la table.

— Maintenant, il faut attendre lundi prochain.

Vincent se renfonce dans le fauteuil et se renfrogne.

— Fait chier avec ses cartes. Elle peut pas prendre un foutu téléphone ?

*****

Quand le facteur arrive ce lundi-là, il trouve Octave debout à côté de la boîte aux lettres, la main tendue pour recevoir son courrier.

— Vous me rappelez ces lettres que les gamins s'envoyaient dans le temps, avec écrit « Vite, vite, facteur, l'amour n'attend pas ! » dans le coin de l'enveloppe.

Octave s'oblige à un sourire crispé, le vieux facteur lui parle d'un temps qu'il n'a pas connu. Quand il partait en vacances, il envoyait des SMS à Victoria. Il ouvre dès que le bonhomme est reparti après les considérations d'usage sur le temps qu'il fait. Et il exulte, saute crie, court jusqu'au champ où Salem désherbe. Il avait raison, c'est l'heure du dénouement, après presque deux ans. Salem se redresse, manque de se faire heurter de plein fouet par Octave emporté par son élan.

— Elle veut revenir à la maison, Salem, enfin !

Il secoue son ami par les épaules.

— Tu entends ? Elle demande si elle peut revenir ! Bien sûr qu'elle peut, elle a même intérêt à le faire, et vite !

Il agite la carte sous les yeux de Salem qui rit avec lui. *L'Arbre du Pardon* de Burne-Jones.

Il voit son père arriver en courant, s'élance pour le rassurer. Il crie : « Tout va bien ! » Tout va enfin aller bien. Mais le visage bouleversé de son père le stoppe net. Chaque fois que le bonheur pointe le bout de son nez, quelque chose le frappe en plein vol, comme s'il était un disque d'argile au ball-trap.

— Octave… C'est Sabine et Luc…

— Eh bien quoi ?

Son père hésite, le regard brouillé. Puis il ose.

— Ils ont eu un accident de voiture. Je crois… qu'ils sont morts.

Et si Victoria avait eu raison ? Si la fatalité les avait marqués d'un sceau funeste auquel ils ne peuvent échapper ? Si le destin exigeait d'eux des sacrifices réguliers en échange de leurs vies ? Qui est visé ? Octave ne sait plus, partout autour de lui, il ne voit que des visages marqués par le choc et des larmes.

Il est tout habillé de noir au milieu de gens en noir. Il en sourirait presque de cet outre-noir qui le cerne au moment où Victoria parle de revenir, comme si c'était la seule marche nuptiale possible pour l'accueillir. Mais personne n'a le cœur à rire dans le café de l'autre côté de la place. Boire quelque chose ici, c'est comme trahir Sabine alors que sa brasserie fermée rappelle qu'elle vient d'être mise en terre. C'est Charles, le père de Vincent, qui s'est occupé de son corps et de celui de Luc. Il n'a pas voulu que Vincent les approche, il l'a même envoyé dormir chez Octave pour être sûr qu'il reste loin.

Octave voudrait s'accrocher au sourire de Judith, trop petite pour comprendre le drame qui vient de la heurter. Il a besoin de ses petits bras autour de son cou. Mais s'il l'enlève des genoux d'Amie, Amie s'effondrera. Alors il attend que tout cesse, que tout le monde s'en aille, qu'il puisse rentrer chez lui et bercer sa fille. Il passera la nuit à côté de son lit, à la regarder dormir, assommé par le deuil et rongé par la peur que la nouvelle arrive jusqu'à Victoria et qu'elle fasse demi-tour.

Il lui a répondu. Son pardon lui est acquis, il l'a toujours été, comment peut-elle en douter ? Il a envoyé une photo de leur arbre, leurs initiales gravées dans l'écorce. Quoi d'autre ? C'est leur point de départ, leur inusable point d'ancrage, la réponse à toutes leurs questions. Octave n'a pas d'autre explication à la place inconditionnelle de Victoria à ses côtés.

Mais cette nuit, il tremble. Victoria a montré plus d'une fois qu'elle ne partageait pas sa certitude, qu'elle pouvait envisager de construire sa vie sans lui. Qu'à chaque choc, au lieu de s'amarrer à leur Nous, elle fuyait le plus loin possible.

Il passe deux jours dans le brouillard, incapable de dire si l'épreuve la plus dure est le décès de Sabine et Luc, ou l'attente de la réponse de Victoria.

— Si elle disparaît encore, tu feras quoi ? demande Vincent qui peine à rentrer chez lui.

Son installation provisoire sur le canapé d'Octave leur donne à tous les deux la sensation d'être à l'abri, comme s'ils se planquaient dans leur enfance pour éviter les coups de l'âge adulte. Judith semble apprécier de le découvrir là au réveil. Ils tournent en rond entre les quatre murs sans trop mettre le nez dehors. Salem a repoussé Octave loin des champs en lui disant de respecter le temps du deuil, pour que celui-ci ne s'accroche pas à lui trop longtemps.

— Je ne sais pas. Peut-être que je finirai par m'en aller, moi aussi.

Vincent lève brusquement les yeux de la lampe qu'il est en train de réparer.

– Tu déconnes ?

Octave se demande pourquoi cela paraît si évident à tout le monde, lui le premier, qu'il soit enraciné ici à vie. Après tout, lui aussi pourrait prendre sa fille sous le bras et partir loin. L'année dernière, il l'a emmenée trois jours à la mer. Elle hurlait de rire dans les vagues, regardait avec attention son père creuser le sable et élever des châteaux. Il y a pensé, là-bas. À se déraciner pour respirer un autre air. Ni mieux, ni moins bien, mais différent. Nouveau. Il s'était dit que changer de lieu était peut-être un levier efficace pour enclencher un changement de vie. Mais ce n'est pas une discussion qu'il veut avoir maintenant.

– Oui, je déconne.

Vincent reprend son bricolage, rasséréné, Octave, son attente.

Le lundi suivant, il sait et il ne sait rien. Il sait qu'elle a appris la mort de Sabine et Luc, l'enveloppe contient deux cartes. Un tableau rigoureux et froid de *La mère de l'artiste*, signé Whistler. Et un dessin plus tendre, au griffonné plein de repentirs, du portrait de *Jean Genet* par Giacometti. Il lui semble que toute l'austérité efficace de Sabine et le flou hésitant de Luc sont contenus dans ces portraits.

Il sait donc qu'elle sait. Quelque part à Paris ou ailleurs, son noir a pris une autre nuance. Mais il ne sait pas ce qu'elle va décider, comment elle va réagir, et à dire vrai, c'est la seule chose qui l'intéresse. Il est las de se mouler sur les émotions de Victoria à distance, sa mémoire s'effondre de ne plus être nourrie d'une présence tangible. Il veut qu'elle revienne, pour rendre un peu de chair à sa mémoire usée par l'absence.

Octave se remet lentement en route, ralenti par la vigilance de Salem. Vincent rentre chez lui à regret, Amie reprend à son compte les jours de garde de Sabine. Quand il n'a rien à faire et qu'il sait Judith entre des mains aimantes, Octave se faufile jusqu'à la brasserie, longe le rideau de fer baissé puis déverrouille la porte voisine.

La maison est restée telle qu'elle était le jour où Sabine et Luc sont partis. Dorothée, en bonne ménagère, est simplement venue avec son fils vider le frigo. Le tabac froid empuantit l'atmosphère. L'odeur de Sabine prend toute la place. Même morte, elle plonge Luc dans une ombre contre laquelle il n'a jamais lutté. Il devait être heureux dans cette pénombre. Étrange, pour un homme dont le prénom signifie lumière, de s'être contenté du flou de l'arrière-plan.

Octave traîne dans la maison, à la recherche de bribes du passé qui lui auraient échappées. Passe de longues heures allongé sur le lit dénudé de Vic, à regarder le plafond. Le temps a trop passé, la pièce s'est débarrassée de toute trace d'elle, elle ne contient plus que des objets. Pourtant, il se sent bien, là. Il n'est plus ni fils, ni père, ni ami, ni safranier. Simplement un électron libre qui se contente de respirer pour redevenir Octave.

Le lundi suivant, la boîte aux lettres a enfin pitié de lui et lui livre la réponse qu'il attend. Il est presque étonné que celle-ci soit celle qu'il a espéré si fort pendant deux ans.

L'Orpheline au cimetière de Delacroix.

Victoria revient.

Victoria est peut-être même revenue.

Quand Octave ouvre la porte à côté de la brasserie fermée, il sait à la première inspiration qu'elle est là. Quelque chose de vivant a réveillé une vibration dans l'air. Il monte l'escalier doucement. Il n'est pas pressé. Ces secondes lui appartiennent.

Il pousse la porte.

Victoria est assise sur le rebord de la fenêtre et regarde dehors.

Victoria est là.

Partie 3

— Je suis allée voir à la rivière. Elle est grosse de boue.

Genoux serrés ramenés sous le menton, j'ai regardé passer le torrent tumultueux avec une tristesse presque joyeuse. La menace d'inondation brassait son flot opaque sous mes pieds, et reflétait tellement bien ma vie que je me sentais enfin en harmonie avec quelque chose. Que ce quelque chose soit une masse d'eau glauque qui menace de sortir de son lit pour tout détruire rendait le parallèle presque douloureusement parfait. À tel point que j'y ai vu un signe et que j'ai failli me jeter tête la première dans le flot. Être Ophélie, finalement.

Mais j'ai aperçu cette silhouette, de l'autre côté du courant, immobile dans le rayon de lune. Je voyais le contour de son ombre se découper contre le ciel nocturne plus clair, devinais les cheveux en épis, les mains dans les poches. Je ne connais pas cette silhouette, j'en suis sûre, malgré l'imprécision de ma vision. Mais j'ai eu la sensation qu'elle me repoussait pour m'éloigner de la rivière. Je ne pense pas que j'aurais sauté. J'ai envie de vivre, malgré tout, mais j'ai parfois de ces pulsions d'épuisement qui me laissent juste la force de vouloir abandonner. J'attends que cela passe, une minute, quelques heures, rarement plus.

Je suis rentrée dimanche. Je voulais garder cet espace tampon avant que la carte arrive chez Octave, qu'il comprenne, qu'il vienne. J'ai fait le tour de cette maison privée d'occupants. J'ai exploré les pièces vides de mon enfance, frôlant au hasard quelques souvenirs.

Et maintenant, Octave est là, devant moi. Je retrouve la force souple qui se dégage de lui, résistant sans lutter contre la vie. La puissance du chêne alliée à la souplesse du roseau. Mais alors que cette force était timide à mon départ, elle dégage maintenant une énergie qui m'évoque une citation de Ruskin devant les toiles de Turner : « Ça, c'est la nature ! Cette infatigable énergie vivante dont est rempli l'univers. » Octave paraît aussi puissant que notre arbre.

Je ne sais pas depuis combien de temps il se tient debout sur le seuil et me regarde, de part et d'autre d'un espace vide qui sent la poussière. Je voudrais qu'il parle, mais il n'ouvre pas la bouche. Observe-t-il les changements accomplis loin de lui ? Les cheveux coupés au ras de la nuque, et tout ce qui ne peut se voir ? La tension monte dans la chambre, mon dos se durcit douloureusement. Qu'attend-il ? Et enfin, il parle. Même sa voix est plus profonde.

– Tu viens ?

Son corps pivote pour sortir de la chambre, il me demande de le suivre.

– Où ?

Il s'arrête, perplexe.

– À la maison. Elle…

Je pose mes mains sur mes oreilles pour le faire taire, le supplie presque.

— Pas tout de suite, Octave, s'il te plaît !

Il baisse les yeux, s'appuie contre le chambranle de la porte. Si seulement il voulait s'approcher. Dégage-t-il toujours le même parfum ? Ses épaules se sont élargies, je le trouve grandi. Je l'ai quitté débordant de légèreté, je le retrouve imposant. Il est resté, il a fait face, il sait tant de choses que je vais devoir apprendre une par une. Moi, je reviens avec mon histoire cabossée et pleine de trous, mes blessures que j'ai baladées sans parvenir à les semer.

Il a acquis une assurance à mille lieux de mes errances. Il m'intimide. Il se frotte l'arête du nez, soupire.

— Ça va être compliqué, c'est ça ?
— Laisse-moi juste un peu de temps.

Il rit, mais avec une amertume que je ne lui connaissais pas.

— Si le temps suffisait, on n'en serait pas là. As-tu trouvé ce que tu es partie chercher ?
— Je ne crois pas.
— Alors pourquoi es-tu revenue ?

La brutalité de sa question me fait sursauter. Je voudrais me recroqueviller pour me mettre à l'abri, mais il a raison. Nous avons grandi, de beaucoup plus que les vingt-deux mois qui viennent de s'écouler. S'il y a un moment dans ma vie où je dois être courageuse, c'est maintenant.

— Parce que je pense que tu fais partie de ce que je cherche.
— Mais tu ne veux pas venir ?
— Pas tout de suite.
— Quand ?
— Quand je serai prête.

Ses yeux se plissent de colère. Je lui ai donné tant de raisons de me détester que je m'étonne encore de sa réponse à *l'Arbre du Pardon*.

— Et notre fille ?

Je baisse la tête. Cet obstacle-là est encore plus dur à surmonter.

— Quand je serai prête.

— Et si, quand tu seras prête, nous ne sommes plus là ? Pour moi… c'est comme ça, tant pis pour moi. Mais pour elle… Tu es une foutue égoïste, Victoria.

Je vacille. Il a tort, je ne suis pas égoïste, seulement tellement fragile que je sais que je me briserai si j'avance trop vite. Aller à mon rythme est ma seule chance de réussir à retrouver ceux que j'aime. Je ne peux pas lui dire ça. Il comprendrait peut-être, mais je n'y arrive pas. Mon silence décourage Octave. Il fait demi-tour, entame la descente des escaliers. Je me précipite sur le seuil.

— Octave, comment… comment l'as-tu appelée ?

Il se retourne lentement dans la pénombre.

— Qu'aurais-tu voulu ?

Je recule, terrifiée par ce choix que j'aurais été incapable de faire.

— Je ne sais pas.

— Je ne savais pas non plus. J'ai cherché un prénom qui aurait du sens pour toi.

Il se tait, comme si, aujourd'hui encore, il se demandait s'il avait choisi le bon prénom.

— Je l'ai appelée Judith. Comme dans ta série, *The Walking Dead*. Elle est née au mauvais moment, et pourtant elle est exactement ce dont nous avions besoin. Elle est notre miracle.

J'ai vu ce miracle sur son visage à la seconde de la naissance. Je ne l'ai pas ressenti.

– Merci.

Il dévale le bas des escaliers sans répondre et sort en fermant doucement derrière lui. Octave ne claque jamais les portes, même quand il est en colère.

Le revoir sans savoir comment reprendre le fil de notre histoire est encore plus éprouvant que je ne le craignais.

Judith.

Sait-il que dans la série, la mère de Judith meurt en la mettant au monde ? Et qu'une mère adoptive prend le relais des mois après sa naissance ? Peut-être.

Je fonds en larmes.

— Vic, c'est bien toi, pour de vrai ?

Amie s'accroche à mon cou, pleure, s'écarte pour s'assurer que je suis bien là pour de vrai, et recommence. Autant la force d'Octave m'a donné l'impression d'avoir été oubliée sinon dépassée, autant l'état dans lequel je retrouve Amie me fait mal. Comment a-t-elle pu dégringoler ainsi ? Je n'avais pas conscience d'être aussi essentielle à son fragile équilibre.

— Je suis là, Amie.
— Tu vas rester ? Tu promets ?
— Oui.
— Dis-le.
— Je te promets de rester.

Elle se rallonge sur le lit où je l'ai trouvée en arrivant, perdue dans un accès de langueur particulièrement sévère.

— Ne fronce pas les sourcils comme ça, Vic. Maintenant que tu es là, tout ira bien. Moi aussi, je te le promets.

Je serre la main qu'elle a glissée dans les miennes.

— Amie… Qu'est-ce qui s'est passé ?
— Le bac… et après, tout le monde avait quelque chose à faire. Et la librairie, c'est plus dur que je pensais. Et toi

partie… C'était trop difficile, sans toi. J'avais l'impression d'être seule dans un pays étranger.

— Mais tu n'étais pas seule, Amie. Ton père, Octave, Vincent…

— Ils ne comprennent rien. Ils sont gentils, mais ils ont ce regard… Celui qui dit que je suis dingue mais qu'ils acceptent. Avec toi, je me sens normale.

Ce jour-là, je réalise qu'Amie est restée une enfant dans un corps de femme. Ses émotions ne se tamisent pas avec l'âge. Son originalité qui me faisait sourire me serre maintenant la gorge. Ça n'a jamais été amusant, en fait. Le germe du drame qui éclate aujourd'hui s'est tranquillement épanoui à l'ombre de notre inconscience. Je caresse ses cheveux et murmure.

— Je suis là. Repose-toi, maintenant.

Quand elle s'endort, je redescends. Son père me paraît avoir beaucoup plus vieilli que mes quelques mois d'absence. Je m'arrête devant sa caisse.

— Comment allez-vous, monsieur Pakowski ?

Il me sourit faiblement.

— Ça va, je te remercie. Et toi, Victoria ? Es-tu revenue pour de bon ?

Il y a un tel appel au secours chez cet homme si réservé qu'il me fend le cœur. Je ne l'ai jamais entendu se plaindre. Il a toujours été debout derrière sa caisse, discret et affable, même quand sa femme est morte, même quand il courait les spécialistes pour comprendre Amie. Aujourd'hui, je réalise qu'il est le plus âgé de tous les parents de notre groupe, et qu'il pourrait prétendre au repos.

— Oui, je suis revenue pour de bon. Je viens de le promettre à Amie.

— Cela va beaucoup l'aider. Mais tu es jeune, Victoria, et tu n'es pas responsable d'elle.

— Comment ça va se passer, pour Amie ?

— Je vais tenir la librairie aussi longtemps que je le pourrai. Cela lui permet de travailler un peu et de réaliser de petits projets. Après… après nous serons à l'abri financièrement, mais pour le reste…

— Pendant mon… absence, j'ai travaillé dans une librairie. Les derniers mois. Si vous voulez, je peux vous aider, au moins de temps en temps.

Nous nous regardons, hésitants, puis gardons le silence. Notre intuition nous souffle que nous avons la même idée, mais qu'il est trop tôt pour l'exposer au grand jour.

— Ce sera avec plaisir, Victoria.

Je quitte la boutique agitée d'émotions contradictoires, et marche au hasard des rues pour détendre les nœuds qui me tordent la cervelle. Les gens sont les mêmes qu'à mon départ. Ils me saluent parfois avec un sourire, mais la plupart du temps, ils me suivent des yeux sans bouger. Je suis la gothique qui a abandonné son enfant, mon CV est trop chargé pour les habitants d'une petite ville.

*****

J'arrive pile à l'heure chez le notaire. Je ne suis pas si rebelle que ça, puisque j'aime être ponctuelle. Pourtant, j'aurais préféré repousser cet entretien, voire même l'annuler. Je n'ai aucune envie de découvrir les dernières volontés de ma mère et de Luc. Elle n'arrivait pas à m'aimer vivante, je ne vois pas comment elle aurait pu prévoir de le faire morte. L'argent que je vais toucher n'est pas de l'amour. C'est le concurrent de toute ma vie ; elle a aimé son travail chaque jour, gagner de l'argent, être la patronne, réussir. Mais être mère, non. Être ma mère, encore moins.

L'étude est élégante et aseptisée. Je connais à peine de vue l'homme qui me reçoit. C'est un client de l'autre café, mais ma mère a traité toutes ses affaires chez lui. Elle devait l'avoir en travers de la gorge, mais il est le seul notaire de la ville, son pragmatisme l'a emporté cette fois encore.

— Mademoiselle Arembert, le testament de votre mère est simple. Vous êtes sa seule famille.

— Il y avait Luc, aussi.

— Nous verrons le cas de monsieur Vilcius plus tard. Je vais vous donner lecture du testament de votre mère.

Il tend devant lui une mince feuille de papier. Le testament de ma mère doit être simplissime, par transparence je devine deux lignes. Il ouvre la bouche et s'élance.

— « Je lègue tous mes biens à ma fille pour qu'elle ait une meilleure vie que moi. »

Cette simplicité si efficace me heurte de plein fouet. Elle ressemble tellement à ma mère que, l'espace d'un instant, je crois la sentir dans la pièce. Le notaire passe à la lecture d'un inventaire que je n'entends pas. Je viens de recevoir en deux lignes plus d'amour de ma mère qu'elle ne m'en a donné en dix-huit ans. Je n'ai pas eu de berceuses, de câlins, de tendresse. Sabine était dure, exigeante, froide. Mais j'apprends par ces deux lignes qu'elle m'aimait. Seulement, elle a caché tout cet amour dans chaque centime économisé, dans toutes ses heures de dur labeur. Dans cette obstination aveugle tendue vers son objectif suprême : mettre sa fille à l'abri d'une vie semblable à la sienne. Pensait-elle qu'en me rendant heureuse, elle m'aurait invitée à reproduire ses choix ? Inenvisageable pour elle. Elle s'était appliquée à ne nouer aucun lien qui puisse me retenir, différer mon départ, faire hésiter mon envol. Malgré la honte de me voir abandonner mon enfant, avait-elle été heureuse de me voir m'enfuir ?

– Quant à monsieur Vilcius, il vous laisse tous ses biens également. Mais demande, si vous en êtes d'accord, que vous fassiez crédit à son bras droit pour qu'il puisse racheter le garage.

– Je peux lui donner ?

– Lui donner ?

Richard est un homme gentil, qui travaille dur pour nourrir ses cinq enfants. Cinq, j'en ai le vertige, moi qui fuis devant une seule.

– Oui, lui donner. Richard y travaille depuis plus de vingt ans, il l'a construit avec Luc. S'il doit payer pour pouvoir continuer, j'aurais l'impression de le voler.

Le notaire a une moue désapprobatrice, puis se recule dans son fauteuil de cuir.

– Je vous ferai des propositions plus adéquates, me semble-t-il. Il…

– Peut-on arrêter pour aujourd'hui ?

Je pars – m'enfuis serait plus juste. J'étouffe dans ce bureau. Je me retiens pour ne pas courir dans la rue.

— Mademoiselle Victoria…

Je me retourne, agacée. Je veux que l'on me fiche la paix. Mais ce sont les parents de Vincent, Charles, avec Lucie à son bras.

— Je suis enchanté de te revoir, jeune fille.

Je me demande quoi lui répondre. Je ne mérite pas une telle politesse, et encore moins les bras de Lucie qui m'enlacent généreusement. Elle porte toujours ce parfum si doux qui m'a consolée à l'annonce de mon échec au bac.

— Merci. Je suis heureuse de vous retrouver aussi.

— As-tu vu Vincent ?

Je fais signe que non à Lucie. Je redoute ces retrouvailles, Vincent sera sans doute le plus dur de tous.

— Viens à la maison quand tu veux. Et surtout dis-moi si tu as besoin d'aide pour la paperasse. Cela va être compliqué au début, mais avec quelques conseils, tout se passera bien.

Cette femme ne perd pas de temps en bavardages stériles ; elle va droit au but, efficace elle aussi, mais d'une efficacité tendre et attentionnée.

Je reprends mon chemin. J'ai critiqué la petitesse de cette ville pendant longtemps. Je suis partie le plus loin possible, sans savoir si je pourrai m'arrêter un jour. Quand je voyageais, quand je passais, tout me semblait beau, comme le paysage défilant derrière la fenêtre d'un train. Mais chaque fois que j'ai aimé un lieu au point de vouloir essayer d'y vivre, il m'a révélé toutes ses tares. Un dépotoir dans la forêt, des lézardes sur les façades, les mêmes habitants ici ou ailleurs. Le voyage me faisait penser à la lumière d'une bougie, qui embellit tout ce qu'elle touche. En m'attardant, je découvrais les rides et les cicatrices. Il m'a semblé pendant des mois que le monde ne pouvait être acceptable qu'en mouvement, un mouvement perpétuel qui me faisait glisser à sa surface. Je m'enlisais au moindre arrêt.

Pourtant, en revenant ici, je trouve du charme à tout, même aux rues étriquées du centre-ville, aux commérages qui s'attisent sur mon passage. La différence avec tous les lieux que j'ai vus, c'est qu'ici, des gens me connaissent, certains m'ont attendue.

Je sursaute quand mon téléphone vibre dans ma poche.
« Rendez-vous à la rivière ? »
Je frémis.
« Oui. »
J'y arrive la première, comme avant. J'ai craint qu'Octave amène notre enfant pour me la présenter de force, espérant un peu et redoutant beaucoup cette idée. Mais il est seul. Et il ne court plus.

Il s'approche. Nous nous asseyons sur la berge, à distance raisonnable de notre arbre mais dans son aura.

– Pourquoi tu n'es pas allée à Londres ?

Sa question me surprend. Il en aura mille pour moi, mais je ne m'attends pas à celle-ci pour ouvrir le bal.

– J'ai essayé. Je n'ai pas pu monter dans le ferry.

— Pourquoi ? articule-t-il lentement, et je devine que ce mot va devenir le refrain de nos conversations à venir.

— Je ne sais pas, mais je peux te dire ce que j'ai ressenti. Un hameçon était planté dans mon ventre, et chaque fois que je faisais un pas vers le bateau, il me déchirait les tripes. Je tirais trop loin sur la ligne.

Nous restons silencieux un moment. La rivière s'est calmée et a retrouvé un peu de clarté, même si elle n'est pas limpide.

— Dois-je comprendre que je suis une canne à pêche ?

Est-il sérieux ? J'ai refusé de me répondre il y a des mois alors je hausse les épaules. Qu'il en pense ce qu'il veut. J'avais besoin de prendre mes distances, mais pas trop loin, au risque de mourir de ne plus être sous sa protection. Superstition stupide, mais qui provoquait des crises de panique chaque fois que je tentais d'y résister.

— Et les cartes ?

— Chaque fois que l'on se retrouvait ici, tu commençais par un regard diagnostic.

— Un quoi ?

— Tu évaluais du regard comment j'allais. Comme si tu radiographiais mon esprit pour comprendre de quoi j'avais besoin.

À son silence, il n'a jamais eu conscience de faire ça. Et pourtant, il le faisait bien. Après ce regard, il adaptait son comportement à mon humeur. Même le ton de sa voix s'accordait à mon état.

— Alors je t'envoyais des radios de mon esprit.

Ces cartes m'étaient indispensables. Au fond du trou, je réalisais que même dans mon errance, la seule chose qui m'apaisait et calmait mes accès de panique, c'était lui, Octave.

Ce lien, si ténu et à sens unique qu'il ait été, m'a donné un point d'appui. Octave a toujours été mon fil de vie. Tout ce que j'ai appris de l'amour vient de lui. Peut-être avais-je besoin de tester ma capacité à aimer et être aimée en dehors de lui.

— Et à aucun moment tu ne t'es souciée de savoir à quoi ressemblait ma radio ?

J'arrache des brins d'herbe et les jette dans l'eau.

— Si, à chaque instant. Mais je savais que je serais incapable de la gérer si je la recevais.

Il soupire, encore. Des pourquoi et des soupirs vont tisser nos retrouvailles. Mes réponses n'ont pas fini de le décevoir. Il regarde sa montre.

— Je dois y aller.

Il se lève. Il ne m'a pas touchée. Il est très vigilant, évite même de m'effleurer.

— Amie va mieux.

Il s'en va sur ces mots. Les a-t-il dits pour prononcés son soulagement ? Pour trouver au moins une chose agréable à me dire ? Ou pour clarifier qu'Amie va mieux grâce à mon retour… mais que c'est la seule ?

Je fais un dernier tour sur moi-même pour m'assurer de la décision que je viens de prendre. Je n'ai aucune certitude que c'est la bonne, mais mon corps pense que oui, car ici, il gagne en assurance et se détend.

Choisir de passer mes journées dans cette brasserie que je me suis tant amusée à détester n'est pas une punition, je ne pratique pas l'autoflagellation. Disons plutôt que je fais amende honorable en décidant de vivre ici. Je reconnais m'être trompée, sur ça comme sur tant d'autres choses. Le lieu n'est pas si atroce que je me plaisais à le penser. Pire, je m'y sens de mieux en mieux.

Cela dit, je ne veux pas tenir un bar, pas même celui-ci, surtout pas celui-ci. Le fantôme de ma mère reviendrait me hanter jusqu'à me rendre folle si je commettais un tel blasphème.

Octave se glisse sous le rideau de fer entrouvert.

– Tu voulais me montrer quelque chose ?

Je désigne l'espace qui nous contient.

– Ça.

Il regarde autour de lui, à la recherche d'un indice qui expliquerait mon invitation. Il connaît cette salle par cœur, presque aussi bien que moi.

— Tu vas reprendre la brasserie ?

J'examine son visage, mais il garde une neutralité parfaite.

— En quelque sorte.

Octave n'est pas du genre à poser des questions pour m'aiguiller. Il attend.

— Je vais reprendre la librairie de monsieur Pakowski, mais ici.

Il tire une chaise et s'assoit. Je le rejoins et pose mes coudes sur la table.

— Amie travaillera avec moi. Quand elle pourra.

Il fait tourner ses clés dans sa main gauche, concentré.

— C'est un gros engagement. Tu es sûre de pouvoir le tenir ?

Je recule contre le dossier de ma chaise. Il est temps de lui raconter quelque chose sans attendre qu'un de ses pourquoi creuse de ce côté.

— Les cartes avec les livres…

Son intérêt monte d'un cran. Il était attentif, là il s'aiguise, avide de savoir, de comprendre.

— J'ai travaillé dans une librairie. Elle était tenue par un vieux monsieur, Arnold. Il m'a donné ma chance.

— Donc, tu as l'expérience.

— C'est plus que ça, Octave. J'ai découvert que je prenais plaisir à bavarder avec les clients de la librairie, même je répétais vingt fois par jour : « Quel vilain temps, hein ? ». Pour découvrir leurs goûts et les conseiller. Je me suis mise à lire de tout, parce que… enfin, tout le monde n'a pas envie de lire le comte de Lautréamont, pas vrai ?

Il sourit brièvement quand j'évoque son post, le premier souvenir qu'il a partagé. Il m'avait émue et en même temps paniquée : s'il se défaisait de bouts de moi, cela voulait-il dire que je l'avais perdu ? Je reprends le fil de mes explications.

— Je me perdais depuis si longtemps… Et là, j'ai découvert que je n'étais pas si inapte, finalement. Arnold m'a beaucoup appris. Il m'a permis d'apprendre un métier que j'aime et pour lequel je suis capable.

Il hausse les sourcils d'étonnement.

— Tu en doutais ?

— Non. J'étais persuadée du contraire.

J'ai besoin qu'il comprenne à quel point ce projet est important pour moi. Ce n'est pas seulement gagner ma vie. C'est lui donner un sens. Je le ferai de toute façon, mais s'il y croit avec moi, je ne serai plus seule.

— D'accord.

— D'accord ?

— Oui, d'accord. Tu m'as convaincu. Tu vas pousser les tables et déménager les étagères ?

— Non. Je veux que les livres s'installent dans le café.

Je veux que mes livres soient en désordre. Pour que le lecteur s'avance vers moi, pose des questions, entame la conversation. J'ai appris ce « truc » de l'incroyable bazar d'Arnold, qu'il fallait apprendre par cœur et ne surtout pas ranger. Sinon, à quoi bon avoir un magasin ? Ce que je veux, c'est parler avec des gens pour continuer à voyager depuis ma boutique. La lecture est un long voyage immobile dans les pages, mais aussi dans les échanges qu'elle fait naître.

Je me méfie de mon goût de l'ordre. J'ai dû me faire violence pour respecter les injonctions d'Arnold. Embaucher Amie, c'est m'assurer que l'intuition et la passion gouvernent la librairie.

Octave hoche à nouveau la tête.

– D'accord.

Octave est parti depuis une poignée de secondes quand une nouvelle silhouette se faufile sous le rideau de fer. Je suis toujours assise devant la table, absorbée dans mes pensées. Je suis fascinée par tout ce qui me paraît nouveau et différent chez Octave, alors que je croyais le connaître si bien. Mais quand Vincent s'avance, je reviens sur terre.

Il s'assoit à son tour face à moi. Il est en colère, ses doigts tambourinent sur la table, ses yeux n'ont jamais été aussi bleus.

— Tu serais un gars, je commencerais par te casser la gueule.

Je ne me risque pas à répondre.

— Octave est un saint, tu ne le mérites pas, poursuit-il.

Je suis d'accord avec lui. Mais je travaille à faire évoluer ce point de vue. Je voudrais parvenir à atteindre à peu près cette formule : « Octave est un saint ; il ne méritait pas de subir les conséquences de mes blessures ».

— Tes cartes muettes… c'était de la torture. Elles ont failli le rendre dingue.

J'en suis désolée, je voulais le contraire. Lui donner signe de vie, lui dire que j'étais toujours liée à lui, même si je ne savais plus comment faire exister ce lien. Un signe minuscule, d'accord, mais je n'étais pas en mesure d'en faire plus. Ces cartes m'ont permis de survivre.

— Et Judith… Comment tu as pu l'abandonner, surtout avec ton histoire ?

— Tu connais le baby-blues, Vincent ? Le défaut d'attachement ?

— Vaguement.

— Alors renseigne-toi. Je suis sûre que ta mère Lucie t'aidera à y voir plus clair. On en reparlera après, si tu veux.

— Et c'est fini ce truc ? Tu vas pouvoir t'occuper d'elle, maintenant ? Parce que c'est une gosse super, elle mérite une vraie maman.

Il m'énerve avec ses histoires de mérite. Est-ce que je méritais d'être abandonnée par mon père, mal-aimée par ma mère, d'avoir un beau-père transparent, un prénom qui ne rime à rien, de rater mon bac, de tomber enceinte dans la foulée, de réagir si violemment ?

Combien d'entre nous vivons ce que nous méritons de vivre ?

— Je ne sais pas. Ça prendra du temps.

La colère de Vincent retombe, une amertume qui ne lui va pas la remplace.

— Et Amie ? Et moi ?

— Je suis désolée. Je ne voulais pas vous faire souffrir. Je te demande pardon.

On reste silencieux un moment. La confiance de Vincent est difficile à gagner, alors à regagner ! Maintenant que je l'ai brisée, je sais qu'il gardera toujours envers moi une certaine réserve. Même dans vingt ans, et même quand il m'aura pardonnée, il restera cette idée entre nous : Victoria est celle qui peut disjoncter et tout quitter. Pourtant, j'ai choisi de revenir, et de rester. Parce que cette menace fait partie de moi. Je ne me fais plus guère confiance non plus.

– Je crois que c'est Salem qui a sauvé Octave. Judith et Salem.

– Qui est Salem ?

Vincent n'a pas voulu me répondre. Octave a été lapidaire, Amie, mystique. L'idée est passée au second plan, j'avais besoin d'action. Dès le lendemain, j'ai remonté le rideau de fer et, avec Amie, nous avons commencé à faire traverser la rue aux livres de monsieur Pakowski qui sont devenus les nôtres.

Durant deux semaines, nous avons été plongés dans les paperasses, pour transformer une brasserie en librairie à vingt mètres de son lieu de naissance. Amie a vécu chaque instant comme une veillée de Noël. J'ai servi autant de cafés et de bières que vendu de livres. Ce mélange me plaît bien.

Ma première cliente a été la mère d'Octave. Dorothée n'a pas acheté de livre. Elle est venue m'accabler, puis m'affirmer qu'Octave aurait le dernier mot, mais qu'elle n'en pensait pas moins. Je crois qu'elle voudrait me raser le crâne, ou me tatouer un symbole honteux au milieu du front, me stigmatiser à vie pour proclamer mon infamie. Heureusement, Octave m'a dit qu'elle était une grand-mère merveilleuse, et que notre enfant l'adorait.

Presque tous les jours, Octave et moi nous retrouvons à la rivière. J'essaie d'épuiser le stock de ses « pourquoi », il répond avec retenue à mes « comment ».

— Comment était ma mère avec elle ?

« Elle ». Je n'arrive pas encore à prononcer son prénom. Et découvrir que ma mère était une grand-mère attentionnée m'a tellement secouée que je suis partie en le laissant seul au bord de la rivière.

Ma mère m'avait répété mille et une fois combien j'avais été une enfant difficile dès le premier jour. J'avais fui notre fille dès sa naissance, chahutée par la peur. Celle de devenir ma mère, celle d'avoir mis au monde une fille aussi difficile que moi, celle de la voir mourir.

Presque deux ans plus tard, je prends conscience d'un effet miroir presque sadique : c'est la maternité qui avait été difficile pour Sabine dès ma conception, ou peut-être l'abandon de mon père. Cela n'avait rien à voir avec moi, avec ce que j'étais ou ce que je faisais. Cela nous avait pourtant empêchées de nous aimer. Je suis restée éveillée toute la nuit.

*****

Le jour où Salem s'arrête pour la première fois devant ma librairie fraîchement ouverte, je reconnais la silhouette aperçue au bord de la rivière, et, sans savoir pourquoi, je décide que je ne l'aime pas. Je ne connais ni son histoire, ni son rôle auprès d'Octave, mais une pulsion irrépressible m'intime de le repousser. Ayant pour habitude de suivre mon instinct, je me montre aussi désagréable que possible avec un client si timide et poli.

Après avoir poussé la porte en hésitant, il reste immobile sur le seuil jusqu'à ce que la clochette cesse de tintinnabuler. Puis il s'avance, chaque petit pas ressemblant à une excuse. Ses yeux portent leur lumière sombre sur les piles de livres qui s'égaient au hasard des guéridons de formica et des chaises. Il murmure un bonjour qui peine à atteindre mes oreilles. Je suis réfugiée derrière le bar. Le regard accusateur qu'il récolte en retour ne paraît pas l'émouvoir. Il fait encore un ou deux pas, mais semble perdre dans cette avancée le peu de confiance qu'il a réuni pour entrer. Il cherche sur mon visage quelque chose à quoi s'accrocher, mais ne trouve que de l'hostilité. Il s'éloigne à reculons et sort aussi furtivement qu'il est entré. Je pousse un soupir de soulagement. Les choses reprennent leur place, aussi immuables qu'elles l'étaient quelques instants plus tôt.

Durant les trois jours qui suivent, il vient se planter sur le trottoir d'en face sans plus oser s'avancer, scrutant la vitrine comme on étudie le ciel pour prédire le temps. Cela me donne l'impression d'être une boule de cristal où il tente de deviner l'avenir. C'est exaspérant – ou plutôt effrayant -, mais ça, je ne l'admettrais jamais.

J'essaie d'en parler à Octave au bord de la rivière.
– Sois gentille avec lui.
Jamais il ne m'a parlé d'un ton si brutal. Ce soir-là, c'est lui qui part le premier, et sans se retourner.

*****

Salem revient. Et cette fois, il tente quelques mots.

— Pourquoi dans un café ?

Je ne saurais dire si son étonnement porte sur l'installation de la librairie dans un café ou sur le fait qu'il soit suffisamment intéressé pour se poser la question. Il parait avant tout surpris d'avoir eu envie de connaître la réponse, comme si cela trahissait une indifférence constitutionnelle.

— Parce que.

Ma réponse est abrupte et c'est exprès. Ceux qui savent, savent. Les autres n'ont pas à savoir. Il accepte ma non-réponse sans protester contre sa rudesse et reporte son attention sur les livres.

— Tu cherches quoi ? l'interroge Amie, assise par terre. Un ami ? Un guide ? Un modèle, une amoureuse…

Salem enfonce les mains dans ses poches et fixe le carrelage moucheté à ses pieds.

— Je ne suis pas sûr. Un interprète, peut-être, ajoute-t-il après un instant de réflexion.

Il a un accent chantant qui roule les « r » comme des graviers au fond d'une rivière, mais son français parait assez sûr pour que ce mot d'interprète ne soit pas à prendre au pied de la lettre. Amie glisse une mèche de cheveux entre ses lèvres et entreprend de la suçoter. Je croise les bras devant moi pour bien montrer que je ne lâcherai pas le moindre conseil. Salem reste immobile, attendant une réponse, et je me fais la réflexion que le silence peut être une arme redoutable. Il me pousse à faire quelque chose, tendre un livre, parler, changer de place, n'importe quoi pour remettre le temps en route. Je résiste tant que je peux, puis attrape un livre sous la caisse et le fais claquer sur le comptoir. Salem s'avance et regarde la couverture sans sortir les mains de ses poches. Il détaille le titre, la photo d'un ange pris dans un vitrail bleuté, puis veut me regarder. Mais je bats des paupières pour le chasser et lui tourne le dos.

– Prenez celui-là et partez.

– Je vous dois combien ?

J'entends un froissement de papier, me demande quel billet il sort de sa poche.

– Rien. Partez.

Un glissement, la clochette de la porte, quand je me retourne, il a disparu. Amie essuie la mèche humide de salive et approuve.

– Tu l'as confié au bon interprète.

Je hausse les épaules et me penche pour vider un carton. J'ai besoin de disparaître quelques instants.

Pourquoi, mais pourquoi ai-je donné un de mes livres fétiches à un étranger que j'ai décidé de détester ?

*****

« *Interprète. N.m. 1. Personne qui éclaircit le sens (d'un texte, d'un rêve etc...). 2. Personne qui donne oralement l'équivalent d'une autre langue (traducteur) de ce qui est dit. 3. Personne qui est chargé de faire connaître les sentiments, les volontés d'une autre (porte-parole). 4. Personne qui assure l'interprétation d'un rôle, d'une œuvre.* »

– Toi, tu vas finir au feu, je marmonne, fâchée contre mon Petit Robert.

Aucune des réponses ne m'éclaire, et que mon vieux dictionnaire date de 1994 n'est pas une excuse. Le mot interprète ne s'est pas soudain découvert un nouveau sens dans le quart de siècle écoulé.

Je sais que l'étranger s'appelle Salem et qu'il a sauvé Octave, c'est tout. Et Dorothée me harcèle pour savoir s'il lit. Cela pourrait n'être qu'une simple lubie – la mère d'Octave n'en manque pas, l'écharpe en laine multicolore qu'elle m'offrait chaque année en est un exemple – mais je me méfie d'elle. Elle a beau s'habiller avec des robes à fleurs et des gilets colorés, elle est beaucoup plus proche d'une sorcière que moi, toute vêtue de noire que je sois.

Je range le dictionnaire à sa place dans la cuisine, à côté des épices, puis ramasse quelques miettes sur le plan de travail et vais les jeter dans le jardin.

Non seulement l'intrusion de Salem dans mon univers m'agace sans que je puisse dire pourquoi, mais en plus, je m'énerve de savoir qu'il va chemin faisant avec Nivard de Chassepierre, le maître verrier du roman *Le passeur de lumière* de Bernard Tirtiaux, le livre – mon livre – que je lui ai prêté. Des passages entiers sont gravés dans ma mémoire. J'y ai découvert cet art magique du vitrail : « *Capricieux, rusé, pactisant avec les insaisissables fluctuations de l'heure, de la clarté et des saisons pour s'échapper sans cesse, le vitrail est la forme la plus sauvage de l'art, la plus imprévisible.* »[1]

Mais aussi un homme, Nivard : « *Tu es cet artisan, Nivard. J'en ai eu la conviction dès le premier jour où je t'ai vu. Tu l'es autant par tes qualités que par tes défauts. Car au-delà du talent, il faut pour une tâche de cette envergure une trempe d'homme qui ait plus d'instinct que de raison, de rébellion que de certitude. J'aime que tu sois taillé dans la démesure bien que cela effraie la plupart de mes compagnons. Je veux*

---

[1] Bernard Tirtiaux, *Le Passeur de lumière*, éditions Folio, 1993

t'imposer à leurs yeux. »² Certaines phrases m'ont servi de béquilles, comme ces citations que l'on accroche sur son frigo ou son miroir pour se rappeler d'où l'on vient et où l'on veut aller : « *Il y a des êtres qu'on peut aider et d'autres qu'on n'aide pas. Il est des blessures que l'homme dans son orgueil garde pour lui seul dans la coquille close de sa vie.* »³

Nivard est mon ami, je me sens exclue. Pourquoi lui ai-je donné ce livre ? Pourquoi suis-je sûre que les deux hommes s'entendent si bien ? Aucune idée, mais cela ne fait qu'ajouter à mon énervement.

Je souhaite qu'il arrive toutes sortes de choses désagréables à cet étranger – pas des choses graves, mais juste assez dérangeantes pour interrompre sa lecture. Je sors dans le jardin pour ignorer les murmures désapprobateurs de ma conscience.

– Tu as ta tête des mauvais jours.

– Alors laisse-moi tranquille, je rétorque.

Octave se baisse pour cueillir une pâquerette qu'il roule entre ses doigts puis me tend une bouteille. Je bougonne.

– Je vais chercher des verres et un tire-bouchon.

Octave s'assoit sur le petit banc de pierre et ferme les yeux. Il a mal au dos, sa nuque se raidit de fatigue et je suis de mauvaise humeur. Je m'assois à ses pieds, calée contre le banc.

Il prend le verre de vin que je lui tends et me regarde jouer avec les reflets pourpres dans les rayons du soleil couchant.

---

² Bernard Tirtiaux, *Le Passeur de lumière*, éditions Folio, 1993
³ Bernard Tirtiaux, *Le Passeur de lumière*, éditions Folio, 1993

– Comment tu vas ? demande-t-il en poussant mon épaule du genou.

– Bien.

– Mais ?

– Il m'agace.

Il marque un silence, le temps de comprendre de qui je parle.

– Salem ? Pourquoi ?

– Je ne sais pas. Sinon, je corrigerais le problème et je ne serais pas agacée.

– Sois gentille avec lui.

Ce leitmotiv m'agace, lui aussi.

La situation devient ubuesque. La personne qui me déteste le plus et la seule que j'ai choisi de détester viennent maintenant chaque jour dans ma librairie.

Dorothée arrive la première. Elle n'a jamais aimé lire et encore moins traîner au bar. Elle s'assoit, commande un thé, et sort son tricot. Il est rose et minuscule. J'en déduis donc que son but est à la fois de me surveiller et de me rappeler chaque jour que j'ai une fille qui attend de me connaître. Un peu après entre Salem. Il s'assoit poliment à côté de Dorothée, pose le livre que je lui ai donné sur la table, et regarde autour de lui sans bouger. Dorothée s'agite.

— Mais enfin, Salem, pourquoi vous n'ouvrez pas ce livre ?

— Il est plein de personnages et de leur destinée.

— Comme tous les livres, non ?

— Je ne suis pas sûr d'avoir assez de place en moi pour accueillir une si grande histoire.

— Alors que faites-vous là ? s'agace Dorothée.

Je voudrais leur poser la même question, à tous les deux.

— Ma chambre est pleine de vide. Je peux rester là sans déranger ?

Dorothée reprend ses aiguilles, je suis sceptique. Avec sa timidité maladive et ses gestes comme entravés d'apesanteur, Salem ne pourrait même pas déranger un moineau. Il donne la sensation étrange d'évoluer derrière une vitre qui tient les autres à distance, deux univers parallèles qui se croisent par erreur. Pourtant, sa présence me tape sur les nerfs, même si je reste incapable de dire pourquoi. Assis devant son livre, il regarde autour de lui. Je suis incapable de définir ce regard.

Je peux dire ce qui n'y est pas - la curiosité, l'envie, la concentration, la critique…, mais pas ce qu'il dévoile. Il regarde, et c'est tout. Pas de l'indifférence non plus, je suis sûre qu'il connaît chaque objet jusque dans ses détails, ceux que j'ai oubliés depuis longtemps, ou même jamais connus. Mais Salem est une caméra, il filme sans rien exprimer, ne pas savoir ce qu'il pense me met mal à l'aise. Il va bien finir par ouvrir son livre, Dorothée ne le lâche pas.

– Un homme ne peut pas rester sans rien faire. S'il n'occupe pas ses mains, alors il lui faut s'occuper la tête. L'oisiveté est mère de tous les vices, et il y a bien assez de vice comme ça dans le coin, n'allons pas en rajouter.

En temps normal, je dirais que Dorothée est une parleuse banale, ni trop, ni trop peu, avec la mesure qu'elle aime mettre en tout. Mais l'inertie de Salem la met apparemment à rude épreuve, et plus le temps passe, plus elle devient bavarde, ses excès tentant de compenser les manques de Salem. Lui, au contraire, devient de plus en plus taiseux, comme s'il lui faisait de la place. Sa réponse est donc minimaliste.

– Oui.

D'après le peu que j'ai appris, à savoir qu'il a fui la Syrie dévastée, Salem en connaît un rayon sur le vice, beaucoup plus que Dorothée. Mais aujourd'hui, elle ne parvient plus à se taire.

– Victoria, as-tu choisi le bon livre pour Salem ?

S'il ne l'ouvre pas, j'aurais aussi bien pu lui donner l'annuaire.

– Ça ne m'en a pas l'air, insiste-t-elle.

Est-ce une lueur d'intérêt que je vois enfin animer le visage de Salem ? C'est bien la première fois, au point que je me suis déjà demandé s'il n'était pas un de ces humanoïdes robotisés qu'on voit dans les films.

– C'est un très bon choix, Dorothée, j'ai juste besoin de temps pour l'apprivoiser.

Les aiguilles tricotent avec une vigueur toute neuve.

–Victoria est différente, et Amie aussi, elles font la paire. Vous avez vu ces oripeaux noirs ? Victoria n'est pas en deuil, détrompez-vous, pas comme vous. Elle s'habille comme ça depuis qu'elle est devenue femme, enfin, si on peut appeler ça s'habiller. Moi je parle plutôt de déguisement. Mais à part elle, personne ne peut faire travailler Amie, et vous savez déjà ce que je pense de l'oisiveté. D'ailleurs, « Amie », est-ce un prénom pour une jeune fille correcte ? Non, nous sommes bien d'accord. Ça, pour être excentrique, elles le sont, mais il en faut bien un ou deux dans chaque village, et les nôtres ne font pas de désordre, c'est déjà ça. Et puis, il paraît que comme libraires, elles sont imbattables. On se demande bien comment d'ailleurs, car ce n'est pas avec ce qu'elles ont travaillé à l'école qu'elles ont pu apprendre ça. Quel livre vous a-t-elle choisi ? achève Dorothée, à bout de souffle et les aiguilles frénétiques.

Salem me jette un regard désolé et désemparé. Rendu muet par la longue tirade, il se contente de relever le livre face à elle pour lui permettre de lire le titre. Fatiguée de parler pour deux, Dorothée se fait péremptoire.

– Eh bien, lisez maintenant.

Vaincu, Salem pose le livre sur ses genoux et l'ouvre.

La lecture de Salem m'évoque une randonnée. Il avance pas à pas en observant le paysage, ralentit dans les montées, fait régulièrement des haltes. Rien ne semble pouvoir le presser, pas même l'envie de connaître la suite. Comme si quelque part en route, il avait perdu sa curiosité. Mais il lit.

Je ne pense pas qu'il ait été convaincu par les arguments de Dorothée – arguments d'abord très rationnels – vous avez besoin de vous occuper – puis de plus en plus confus face à l'inertie de Salem – si vous ne faites pas quelque chose, n'importe quoi, nous allons tous les deux devenir fous. Tous les trois, aurais-je voulu corriger alors que j'assistais, impuissante, à l'invasion de mon territoire. Simplement, un jour, il a été prêt à ouvrir le livre. Et depuis, Dorothée ne vient plus, ce qui me libère de la moitié de mon fardeau.

— Salem… Cette ville paraît t'avoir accueilli avec beaucoup de gentillesse. Pourquoi tu t'obstines à venir ici alors que je ne suis *pas* gentille avec toi ?

— J'aime bien, ici. On dirait que les livres font une pause déjeuner avant de retourner sur les étagères pour redevenir de vrais livres. Et toi, pourquoi tu ne m'aimes pas ?

— Pourquoi cherches-tu une explication logique à un sentiment ? C'est contradictoire. Tout le monde me dit d'être gentille avec toi, mais je ne t'aime pas, c'est comme ça. Prends-en ton parti et fiche-moi la paix.

— Tu te moques de savoir d'où je viens et ce que j'ai vécu. Tu te contentes d'être désagréable parce que tu ne m'aimes pas. J'aurais préféré que tu m'apprécies. Mais je me sens bien ici. Je suis Salem. Pas le réfugié, le survivant. Pas l'étranger. Seulement moi, Salem.

Pourquoi, dans ce village bienveillant, faut-il qu'il soit attiré par la seule personne qui lui soit pleinement, ouvertement et obstinément hostile ?

— Salem ? Je voudrais que tu t'en ailles. Qu'un matin, tu aies disparu, toi, ton histoire, tout.

— Et pourtant là, avec toi, c'est la première fois depuis très longtemps que je me sens à ma place.

Je soupire, excédée.

— Tu dois être ma pénitence.

Il lit une page en silence puis relève la tête.

— Que t'est-il arrivé pour que tu sois toujours d'aussi mauvaise humeur ?

— Tu étais psychologue, là-bas ?

— Non, je cultivais des roses.

— Alors, arrête de chercher dans mon passé des excuses pour ce que je fais aujourd'hui. Tu as vécu l'enfer et pourtant, tu es doux comme un agneau.

— Tu veux dire que tu as toujours été heureuse ?

J'en fais dégringoler une pile de livres.

— Ah ça non !

— Tu peux me raconter ?

— Comment on dit « fiche-moi la paix » en syrien ?

D'habitude, le dimanche matin, je suis tranquille. Mais Salem a dévié sa route hors des chemins de terre et s'est éloigné des berges de la rivière pour venir me voir, encore. Malgré son étonnement devant le remue-ménage inattendu, il prend comme chaque fois le temps d'observer les tesselles de mosaïque qui dessinent « Café des Roses » au-dessus des baies vitrées de la brasserie. Puis il revient aux guéridons et chaises sortis sur la place et regorgeants de clients qui bavardent et lèvent leurs verres dans la lumière du soleil. Le dimanche matin, le Café des Roses redevient un bar à part entière. C'est ma façon d'apprendre à pardonner à ma mère, le chemin le plus court pour espérer me pardonner à moi-même.

Je le laisse s'approcher jusque sur le seuil, découvrir les piles de livres débarrassés au hasard, abandonnés dans le parfum du café chaud et les bruits du percolateur, de la pompe à bière, de tous ces bavardages. Je m'arrête devant lui, un plateau dans les bras.

— Pas de livre aujourd'hui, je grogne farouchement.

Salem glisse ses mains dans ses poches, osant à peine demander ce que les autres ont apparemment de plein droit.

— Je peux avoir un café, s'il te plaît ?

Je grogne encore et m'éloigne pour servir des clients. Il prend ça pour un oui, s'avance, gagne le seul guéridon libre de la terrasse bondée. Installé dans un coin contre le mur, il ne lui reste qu'une chaise orpheline, ses sœurs attrapées pour asseoir les grappes d'amis qui célèbrent au choix les résultats sportifs, le jour de repos, le printemps qui approche. Je dépose la tasse de porcelaine blanche devant lui sans un mot, la soucoupe claque sur le formica. Je reste un instant immobile, dressée au-dessus de lui, presque menaçante. Salem sort quelques pièces de sa poche.

– Je te dois combien ?

– Rien.

Je pars décharger mon plateau sur les autres tables, le geste sûr, évitant ceux qui se lèvent sans regarder, ceux qui étendent leurs jambes pour s'étirer, ceux qui assaisonnent leurs conversations de grands mouvements de bras.

– Elle est gentille, tu sais.

Amie a beau chuchoter, je l'entends. Salem sursaute, je me rapproche en douce. Amie le regarde, tenant à deux mains un plateau avec quelques verres vides. Salem répond d'un sourire en laissant les mots en suspens. À deux mètres d'eux, je prends l'argent des clients, discute avec eux, hoche la tête avec indulgence à leurs plaisanteries usées. Calme, posée, mais pas hostile comme avec Salem dont je ne veux même pas prendre la monnaie.

– Comment va Nivard de Chassepierre ? demande soudain Amie.

Il faut à Salem un temps de réflexion pour se rappeler que c'est le nom du héros de son livre.

– Plutôt bien. Il est en route pour l'Orient. Près de chez moi.

Un éclair de peur traverse les grands yeux verts d'Amie.

– Je voudrais tellement que vous changiez la suite, murmure-t-elle avant de s'éloigner pour nettoyer une table vide.

Quelle étrange phrase. Comment un lecteur pourrait-il avoir le moindre pouvoir sur les mots imprimés sur le papier ? Il ne fait que lire, seul l'auteur peut infléchir le cours de l'histoire. Et même lui, une fois le point final posé et le livre imprimé, devient impuissant. Quel que soit l'avenir de Nivard de Chassepierre, il est gravé dans le marbre. Pourtant, Amie ne cesse d'espérer à chaque lecture que le destin sera plus clément envers lui.

Amie ne lui parle plus, mais alors qu'elle guette chaque verre vide, elle laisse à Salem sa tasse, où il ne reste de café qu'une tache sombre dans le fond, qui se décolore en séchant au soleil. Alors bien sûr, Salem se sent le droit de rester, dans son coin à la frontière de la terrasse qui palpite, s'agite puis commence à se vider.

Il discute un peu avec Vincent, Octave passe en coup de vent et me rappelle d'un regard et d'un geste de la main le seul ordre non négociable qu'il m'ait jamais donné : « Sois gentille avec lui. » Il me demande quelque chose de facile, pourtant je n'y arrive pas. Et jusqu'à midi pile, Salem me regarde l'ignorer.

Dès la fermeture du café, je me suis enfuie pour échapper à Salem. Je suis à la rivière depuis des heures, même si Octave ne viendra pas avant le soir. Je dessine ce qui m'entoure. Une fleur, un brin d'herbe, la frondaison d'un arbre, un caillou. Observer minutieusement le monde m'apaise. Dessiner m'ouvre l'esprit et m'apprend à me pencher sur le Beau qui m'entoure.

Avant, je voyais dans un paysage une jungle en miniature. Quand Octave s'émerveillait d'une lumière printanière, je pensais aux tragédies qui se jouaient à l'ombre de la poésie. Aujourd'hui, quand je dessine la nature, je crois parfois toucher à l'infini.

Octave me rejoint au crépuscule. Ce soir, il n'a apporté aucun « pourquoi ». Seulement un « quand ».

– Quand as-tu décidé de revenir ?

Je joue nerveusement avec la gomme au bout de mon crayon, pose mon carnet. Octave le ramasse, le feuillette et observe mes dessins. Plein de choses ont changé, mais il a gardé cette patience qui n'exige pas que les répliques d'un dialogue s'enchaînent. Les silences ne le gênent pas.

– C'était un dimanche moyen.

Il me jette un œil, retourne à mes dessins.

Certains dimanches portent en eux une lumière limpide, quelle que soit leur date. D'autres ressemblent à des funérailles, de longs adieux, ce sont des dimanches qu'il faudrait mettre en terre, avec toute la pesanteur de leur noirceur. Celui-ci était moyen.

— Cette neutralité fade le rendait inutile, mais c'était déjà bien, vu l'humeur poissarde que je trainais ces derniers jours. Rien ne pouvait me perturber ce dimanche-là, pas même l'absence de pain au sacro-saint petit déjeuner, tu imagines ?

Nous partageons un vague sourire.

— J'avais décidé d'être aussi neutre que ce dimanche, de laisser les désagréments glisser sur moi sans me toucher, pour ne pas briser la pause. J'étais déjà satisfaite d'avoir pu m'extirper sans trop de peine aux quatre murs derrière lesquels je me cachais. Et j'étais trop intriguée par un spectacle dont j'avais perdu l'habitude : la sortie de la messe.

Je suis lancée, Octave referme le cahier et regarde la rivière avec moi pour m'écouter.

— Sous mes yeux défilaient des familles, et l'une était tout droit sortie de *La vie est un long fleuve tranquille*. J'ai repassé plusieurs fois le calendrier dans ma tête, cherchant quelle fête j'avais pu oublier, assomption, ascension, résurrection ou tout autre miracle en -ion. Mais non, décidément, le spectacle auquel j'assistais relevait du rite dominical classique. La femme impeccablement coiffée portait une belle robe et des talons, son visage brillait du maquillage apaisé de la certitude. L'homme jouait la décontraction, mais même sa détente portait un uniforme. Leurs enfants jouaient les canetons en ligne sur le trottoir. Je les ai regardés passer, s'éloigner et disparaître avec l'attention que j'aurais portée aux chars du carnaval.

Je n'aurais pas voulu être eux. Mais j'aurais aimé partager une fraction de leur certitude, ce confort de savoir qu'ils étaient comme il fallait, à l'endroit et au moment où il fallait être. J'en étais incapable. Jamais je n'aurais pu tenir dans cette conformité, quelque chose dans mon corps se rebelle toujours contre les codes et me pousse à faire un pas de côté. Le résultat, dont je ne suis pas fière, est une vie pleine de bazar, cahotant toujours en-dehors des rails.

Octave pose sa main sur la mienne. C'est la première fois qu'il me touche depuis mon retour, Dieu que c'est bon de retrouver la chaleur de sa peau ! En frémissant à ce contact, je réalise que mes joues sont pleines de larmes. Je reprends vite, je ne veux pas qu'il enlève sa main.

— Quand ils ont disparu et que la rue a retrouvé la banalité disparate du quotidien, j'ai regardé le ciel et gagné à petits pas le carré d'herbe sous les arbres qui m'avait poussée à sortir.

Là, dans le flot aléatoire du soleil filtré par les nuages, j'avais sorti mon livre. Mais les lignes s'échappaient, le livre me tenait hors de lui.

— Les pages s'effaçaient derrière l'image qui m'obsédait, toi et moi marchant côte à côte, un enfant sur nos talons. Ou à côté de nous, tu es le genre d'homme, Octave, à devenir un père qui tient la main même sur le trottoir, calant tes pas sur ceux de l'enfant pour ne pas l'essouffler avec tes longues jambes. Le genre de père qui s'accroupit quand son enfant lui parle pour qu'il puisse le regarder dans les yeux sans risquer un torticolis. Et cette conviction m'a soulevé le cœur. J'ai pris conscience à cette seconde de ce que j'avais abandonné.

Il m'avait semblé soudain si évident que ces instants de bonheur éparpillés dans le quotidien contenaient suffisamment d'éternité pour racheter les heures passées à courir avec un plateau à la main. Ce n'était pas un rêve lointain, ni même une opportunité qui m'avait échappé de peu, à cause d'un obstacle ou d'une distraction. C'était une réalité qui existait, que j'avais tenue dans mes bras, et que j'avais repoussée, délibérément. Alors j'ai senti une douleur effroyable entre mes côtes, puis un grand vide. Ce vide désolé qui te happe quand tu réalises que tu t'es trompé, et que tu es l'artisan de ton propre malheur. On construit son propre cul-de-sac.

— J'ai pensé que cette vie, tu avais dû la reconstruire avec une autre. Pourquoi serais-tu resté seul ? Mais je devais essayer.

Octave tient maintenant mes deux mains et s'est tourné face à moi. C'est dur de continuer à parler au milieu de toutes ces larmes, mais je dois finir.

— On a tous besoin de croire en quelque chose. Je n'ai jamais cru en Dieu, et je me suis trompée en croyant au destin. Alors en quoi je peux croire, si ce n'est en toi ?

— Je ne suis pas un dieu, Victoria. Je suis juste un gars qui cultive son lopin de terre pour nourrir sa famille.

— Je sais.

Je m'accroche à ses mains. Il penche la tête, effleure mon cou du bout de son nez, inspire mon parfum en fermant les yeux. La douceur de son approche me bouleverse. Il se recule, le visage coupable.

— Je ne suis pas non plus le grand héros romantique dont tu rêvais. Je t'ai attendue, mais je n'ai pas réussi à le faire seul. Il y a eu des femmes…

Je m'accroche plus fort.

– Je sais. Moi aussi, il y a eu quelqu'un.

Son pluriel et mon singulier en disent long. Il lâche mes mains, se détourne. Il regarde la rivière, je voudrais connaître ses pensées. Son regard devient farouche et il me reprends dans ses bras. Son étreinte est mon billet de retour. Enfin, je suis rentrée. Je m'accroche à son cou, retrouve la douceur ensoleillée de sa peau.

– Je ne veux pas en entendre parler de … cet homme aujourd'hui. La seule chose qui m'intéresse c'est de savoir si ça te suffit, Vic. Moi, le safran, la librairie… Est-ce que cela peut suffire pour toi, Victoria ?

J'en bafouille de soulagement. Il veut bien encore de moi. Octave est mon salut, il l'a toujours été. Je voudrais me fondre en lui pour retrouver mon unité, sa voix et sa présence ne sont plus assez. Je veux bien promettre tout ce qu'il veut.

– Oui.

– Et Judith, quand tu seras prête ?

– Oui.

Il m'embrasse. Me déshabille. Il y a de la colère dans ses caresses. Je ne sais pas s'il veut effacer celles d'un autre homme ou oublier le corps d'autres femmes.

Une certaine routine s'installe. Elle est nécessaire à Amie et elle me rassure. Je reçois mes cartons de livres comme des cadeaux de Noël. Je m'applique à soigner chaque détail du décor avec la même exigence et le même perfectionnisme que j'apporte à ma tenue. Tout doit être impeccable. Je ne supporte pas l'à peu près.

Je reste le chat sauvage gothique que l'on regarde bizarrement, mais je suis une enfant du pays, alors une certaine indulgence pousse les clients à accepter mon excentricité, tant que je ne les abandonne plus. Quand je change la poignée de la porte, quand je renouvelle les affiches aux murs, quand j'installe une vitre rouge pour envelopper d'incarnat le coin polars, ils entendent que je m'engage à rester. Pour moi, il s'agit d'étendre le sens du mot « art » à toutes les facettes de ma vie, mon corps, ce qui m'entoure. J'ai besoin de beau partout autour de moi.

Les commérages ajoutent à mon crédit l'amélioration de l'état d'Amie, et le sourire que monsieur Pakowski a retrouvé. Il s'est découvert une passion pour la pétanque.

Quelque chose enfle en moi, qui m'entraîne plus loin que mes savoirs et mes expériences. Quelque chose qui me dépasse. Je découvre l'envie de rire et de danser, même (surtout ?) dans le noir.

J'essaie de comprendre les hommes qui ont façonné ma vie – mon père absent, mon beau-père transparent, cet homme rencontré dans ma fuite.

Ils appartiennent pourtant à la même espèce qu'Octave, capable de m'attendre pendant des mois ; Vincent, encore furieux mais qui s'apaise ; Charles, qui m'a toujours traitée avec délicatesse et respect ; Daryl, dont l'image m'a aidée quand je sombrais ; Arnold, qui m'a offert les moyens de me reconstruire dans sa librairie. Ceux-là sont les plus importants, et pourtant j'ai laissé l'influence des autres dicter mes choix.

Et voilà Salem qui entre, cet homme inclassable dont je ne sais pas quoi faire. Il est en train de m'avoir à l'usure. Je n'arrive plus à le repousser. Il s'assoit à sa table, toujours la même, et sort son livre. Je n'ai jamais vu un marque-page progresser si lentement.

– Salem, mais qu'est-ce que tu veux ?

– Être ici. Tu es encore de mauvaise humeur…

– Certains se remettent de tout, comme Octave. D'autres ne se remettent de rien, comme Amie. Ce n'est pas que les uns soient plus forts que les autres. Simplement, ils savent trouver la lumière, c'est comme ça. Moi, je ne sais pas. C'est comme ça aussi. Laisse mon humeur tranquille. Raconte-moi ton histoire, puisque tu refuses de me laisser en paix.

Il pose ses mains sur ses genoux. J'apporte deux cafés, m'assoit en face de lui.

– La guerre a tué ma femme et ma fille. Je suis resté longtemps devant ce qu'il restait de nous. Des ruines. Un trou. Après je me suis levé, et j'ai marché. Je ne savais pas où j'allais, mais mon instinct me disait de rester en mouvement pour survivre. Peut-être comme toi.

Nos cafés refroidissent, je pose mes coudes sur la table.

— Comment parviens-tu à surmonter leur mort ?

— En donnant un sens à leur mort et à ma survie.

J'attends ses explications sans poser de question. Je peux avoir la même patience qu'Octave, quand je veux.

— Elles étaient innocentes, toutes les deux. Allah les a rappelées à lui. Elles sont maintenant au Paradis, en paix. Loin de la guerre.

— Et toi ?

— Je me souviens d'elles. Elles existent encore, puisque je parle d'elles.

— Et quand tu seras mort ?

Il sort un sachet de papier de sa poche. Je me penche, il est plein de graines.

— C'est ma rose de Damas. Quand je sentirai la mort venir, je les sèmerai, avant de raconter notre histoire dans le musée d'Octave. Et nous existerons pour toujours.

Il referme le sachet et prend soudain un air effrayé.

— Ne le dis pas à Dorothée. Elle voudrait les planter tout de suite, et après les hybrider.

Il garde une main protectrice sur son trésor.

— Promis, je ne dirai rien.

Rasséréné, il range les graines dans sa poche.

— Mais comment peux-tu… Quelle force te permet de te lever tous les matins ? Est-ce que chaque jour est une épreuve ?

— Oui, mais ce n'est pas grave. C'est ce qu'il faut.

— Il faut que tu souffres ?

– Oui. Je suis bien, ici. J'aime le safran et j'aime Octave. Mais oui, je souffre tous les jours. Pour expier.

Je me recule sur ma chaise et croise les bras devant moi.

– Allah a pris ma famille pour la mettre à l'abri parce qu'elle était innocente. Mais pas moi. S'il m'avait pris en même temps, nous aurions été séparés, elles au Paradis, moi ailleurs, peut-être au purgatoire. Il m'a donc laissé le temps d'expier pour qu'à l'heure de ma mort, nous soyons réunis pour l'éternité. C'est beaucoup plus long qu'une vie, l'éternité, non ?

Je suis abasourdie par son raisonnement.

– Qu'as-tu commis comme péché, Salem ?

– Je ne sais pas. Mais Allah sait, je lui fais confiance.

Je ne crois pas en Dieu. La foi absolue de Salem me fascine, et me terrifie. Avec tous les péchés que j'ai commis, l'enfer n'y suffira pas.

– D'après tes valeurs Salem, je suis damnée.

– Ce que tu dis n'a pas de sens, Victoria. On ne peut évaluer nos actes qu'à travers les valeurs auxquelles on croit, puisque c'est avec elles que nous faisons nos choix. À ton tour de me raconter ton histoire.

Je renonce à me dérober.

– Je suis partie pour me retrouver, et je me suis perdue encore plus loin.

– Pas tant que ça, puisque tu es revenue.

Je fixe mes mains serrées sur mes genoux. Pourquoi est-ce à cet homme que je décide de raconter ce pan de ma fuite ? Je vais sûrement le choquer, lui qui est si pudique, même dans la douleur. Tant pis, c'est lui qui fait sortir ces mots-là. J'ai l'habitude de déranger, je ne m'en formalise plus.

— Parmi les petits boulots que j'ai fait pour tenir, j'ai été modèle pour artistes. Je trouvais à ce moment que c'était le comble du romantisme. Tu connais Élisabeth Siddall ?

Je lui désigne la reproduction de son portrait par Rossetti accroché au mur, *Beata Beatrix*. Son histoire me fascine encore.

— Elle a été modèle pour les peintres préraphaélites et cela l'a menée à sa perte. Comme elle, je suis devenue le modèle d'un seul, et sa maîtresse. Il n'était pas *mauvais*, simplement provocateur et profondément égoïste. S'il avait pu capturer mon âme pour donner vie à ses tableaux, il l'aurait fait.

— L'aurais-tu laissé faire ?

— Au début, j'ai résisté. Puis j'ai découvert que notre enfant avait survécu. Je la croyais morte, je portais son deuil alors que je n'avais pas été capable de l'aimer à sa naissance. Et tout à coup, elle était en vie, et moi, un monstre. Alors oui, je l'ai laissé faire. Quelle importance, l'âme d'un monstre ? Il y avait quelque chose de pervers à ce qu'il sublime mon apparence pendant que tout s'effondrait à l'intérieur de moi. On trouve de multiples façons d'exister à travers ou pour quelqu'un, d'éviter d'être soi-même. Quand je posais nue, j'avais parfois envie qu'il me dévore *pour de vrai*, qu'il me mange, me dissolve en lui.

— Tu es toujours là, vivante. Tu l'as quitté ?

— Non, c'est lui. Il s'est lassé. Même avec beaucoup d'imagination, on finit toujours par faire le tour d'une apparence.

— Et ensuite ?

— Ensuite, j'ai plongé encore un peu plus profond dans le désespoir. J'avais tout détruit ici, et chaque pas que je faisais m'éloignait du seul modèle que j'avais trouvé.

— Octave ?

— Octave n'est pas mon modèle. Il dit que nous sommes des âmes sœurs.

Je lui désigne Daryl sur ma vieille affiche de *The Walking Dead* que j'ai rapatriée derrière le bar. Salem, stoïque face à mon histoire, reste décontenancé.

— Un héros de film ?

J'acquiesce, imperturbable.

— Il m'a aidée… L'image que j'ai de lui m'a guidée. Elle ressemble à la personne que je voudrais être. C'est ce que j'ai compris quand j'ai été repêchée dans la rue et hospitalisée. J'ai vu une psychologue. Je n'aurais jamais pensé que cela m'aiderait, et pourtant… je suis là. Grâce à elle. Et à Arnold, que j'ai rencontré à ma sortie de l'hôpital.

Je fais tourner l'anneau autour de mon majeur droit. Octave l'a redressé et de nouveau glissé à mon doigt. Sa ligne tordue est le seul défaut que j'accepte dans mon apparence. J'ai renoncé à contrôler mes blessures, je voudrais qu'elles fassent pareil.

— Et si à travers mon propre système, je mérite d'être damnée, Salem, je fais quoi ?

— Tu demandes à Octave sa grille de lecture du monde, parce que lui t'a absous depuis longtemps.

— Il m'aime. Pourquoi, et pourquoi ça dure, je ne sais pas. Mais c'est à cause de cet amour qu'il voit tout de travers.

— Il est sûrement celui d'entre nous qui a raison.

— Pourquoi ?

— Parce que l'amour devrait être le seul filtre pour comprendre le monde. Il pousse aux mêmes choix partout et tout le temps. Il protège ce qui a existé, ce qui existe, rend l'avenir possible. L'amour fait ressortir ce qu'il y a de meilleur en nous.

— Il aveugle.

— Pour mieux changer ce monde si imparfait.

— Un monde où les mamans abandonnent leur enfant ?

— C'est dans ce même monde que les mamans rentrent à la maison, pour apprendre à aimer leur enfant.

La dignité de Salem a fait bouger des choses en moi. Elle exige l'action, la volonté d'exister. Parce que tant que je suis en vie, je peux me réinventer, peut-être me racheter. Le seul vrai drame serait que la mort me cueille alors que je suis encore si loin de ce que j'aimerais être.

Cette peur de la mort m'est familière, mais elle n'a plus le même sens. Elle me pousse maintenant à agir, pas pour la fuir ou la provoquer, mais pour construire du mieux que je peux avant qu'elle ne survienne. Ce que j'aurai accompli ne pourra jamais être effacé. Je saisis ce que signifie avoir le courage d'exister.

Ce soir, dans ma chambre d'enfant, je pose ma main sur le bras d'Octave.

– Tu veux bien me montrer des photos d'elle ?

Il se redresse sur les oreillers, me fixe longuement. Veut-il s'assurer que je suis prête ? Savourer cet instant ? Il ne dit rien, mais finit par se pencher pour attraper son téléphone. Je me love contre lui. Il remonte le temps, me fait découvrir la vie de ma fille. Son sourire, ses yeux, ses joues rondes d'innocence. Ses petites jambes vacillantes. Ses cheveux d'ange qui se transforment en boucles.

— Sait-elle que j'existe ?

Octave s'agite, je m'écarte pour le laisser respirer sans quitter l'écran des yeux. Mon ventre me fait mal. L'hameçon tire, alors que je suis collée à Octave.

— Tu disais toujours que j'étais lumineux. Mais la lumière ne peut exister que s'il y a du noir autour. Tu dois exister, Vic. Parce que depuis ton départ, il manque toujours le noir. Je ne pouvais pas te recréer, mais j'ai essayé. Il y a un portrait de toi dans sa chambre et d'autres partout dans notre maison. Je lui ai dit que tu m'avais laissé auprès d'elle pour l'aider à attendre ton retour. Que tu étais une héroïne partie terrasser des dragons.

— Et personne n'a brisé le rêve pour lui raconter quelque chose de plus réel ?

Il ferme les poings et je sais qu'il a bataillé pour imposer sa version.

— Qu'est-ce qui est réel ? Qu'est-ce qui compte ? Ce qu'est une personne, ou ce qu'elle a l'intention de devenir ? Limiter un portrait au présent, ce serait comme accrocher un tableau inachevé dans un de tes musées. C'est injuste. Notre âme est bien plus que ce que ce que l'on arrive à être à un instant donné. Elle contient aussi ce que l'on aspire à devenir, même si ce n'est pas encore accompli. C'est peut-être même ce décalage entre aspiration et réalisation qui génère cette énergie pour nous permettre d'avancer, d'évoluer, de nous relever. L'insatisfaction de ne pas être ce que l'on veut, cet inconfort nous pousse à tendre vers la meilleure version de nous-mêmes.

J'effleure sa main. La puissance de ses bras est une infime fraction de la force d'Octave. Il est devenu en mon absence l'homme que j'entrevoyais, que je ne pensais pas pouvoir attendre.

– Merci de lui avoir menti pour me protéger.

Il se fige et me regarde.

– Menti ? Non, je ne lui ai pas menti. Je lui ai livré ma vision de l'histoire. Moi, je t'aime. Est-ce que je t'ai montrée sous ton meilleur jour ? Probablement. J'ai complété ce que tu étais avec ce que tu voulais devenir, effacé ce que tu n'aimais pas ? Peut-être. Et alors ? Je t'aime. C'est cette facette magique que je veux garder dans l'histoire. Menti ? Non, je ne crois pas. Je lui ai raconté qui tu serais si tu arrivais à revenir… Cela me paraît beaucoup plus fidèle à ton essence.

Il se tait. Ferme les yeux. Sa main me serre si fort qu'il me fait mal.

– Dis son nom.

L'hameçon remonte de mon ventre. Il enfle, monte encore, me coupe le souffle. Est-ce le manque d'elle ? Et tout à coup, il sort, me rendant mon oxygène, me rendant à moi-même.

– Judith.

REMERCIEMENTS

Pour chaque roman que j'ai écrit, je peux dire l'instant, l'étincelle qui a donné naissance aux personnages et à l'histoire. Pas pour *Victoria*. Je peux dire ce qu'il y a *dedans*, mais pas d'où il vient. Ce n'est pas grave. *Victoria* gardera sa part de mystère, et cela lui va bien.

Dedans, il y a mon « pays ». J'ai l'intime conviction que les lieux où l'on grandit et vit modèlent notre âme, nos émotions, notre vision du monde.

Je ne sais pas comment est la région où vous êtes, où vous m'avez lue. Ici, dans ce Gâtinais où j'ai grandi, que j'ai quitté avant d'y revenir, les terres s'étendent jusqu'à rejoindre le ciel à l'horizon. Aucun n'obstacle n'arrête ni le vent ni les rêves. La forêt drape les courbes des chemins, les êtres fantastiques de l'enfance y respirent encore.

Ici, le printemps est acidulé comme Octave. L'été aussi imprévisible qu'Amie. L'automne, silencieux comme Vincent, fait toujours résonner dans ma tête ces vers de Verlaine :

Les sanglots longs
Des violons
De l'automne
Blessent mon cœur
D'une langueur
Monotone[4]

---

[4] Chanson d'automne, Verlaine, *Poèmes saturniens*

Et l'hiver noir et glacé ressemble à la vague qui tente d'engloutir Victoria.

Quand j'écrivais, la petite ville où allaient et venaient mes personnages s'animait clairement dans ma tête. La librairie du papa d'Amie est celle où, gamine, je dépensais mon argent de poche, dans la même ville où fleurissent les roses depuis des siècles : Bellegarde. Le safran pousse un peu plus loin, du côté de Pithiviers et Boynes ; après des siècles de culture, il a disparu, mais il refleurit aujourd'hui, toujours aussi précieux.

Dans *Victoria*, il y a aussi Vincent. Mon ami depuis plus de 30 ans. Il est toujours là, à mes côtés, silencieux lui aussi. Présent. Je t'avais dit que tu apparaîtrais dans un roman. Voilà, j'ai tenu ma promesse. J'ai parlé de toi, de tes mots muets, et de ce travail difficile que tu fais : nous accompagner dans nos deuils en prenant soin de nos morts. C'est douloureux, solitaire, et si important pour ceux qui restent. J'espère que j'ai été fidèle à ce que tu m'as transmis.

J'ai écrit ce roman rencognée dans l'angle de mon canapé. Seule avec mon carnet. Dans une solitude âpre, dure, et pourtant étrangement réconfortante. En écoutant *Chaos*, le dernier album de Marylin Manson. En boucle.

Mais ce roman n'a pris vie que lorsqu'il est arrivé entre les mains de ceux qui habitent mon pays intérieur.

Frank Leduc. Mon frangin, écrivain de talent, tu as été mon premier lecteur. Sans tes encouragements, je ne sais pas si j'aurais osé sortir Victoria du tiroir où je l'avais glissé. Merci pour ça. Pour ta présence dans ma vie.

Mon ours. Mon second lecteur. Merci d'être là même quand je te perds dans les méandres obscurs de l'inspiration (« Mais comment ça, ton histoire va parler du safran, de la Syrie, de Marylin Manson et de *The Walking Dead* ?... C'est quoi, le fil directeur ? » …). Pardon de t'avoir fait tourner en bourrique pour la couverture. Merci de l'avoir réalisée en suivant mon instinct. Vas-y, maintenant tu peux râler (toute façon c'est mon livre, j'écris ce que je veux !)

Emilie B. Mon homonyme. Ma fée. Ma troisième lectrice – et patiente relectrice. Mon éditrice de choc à moi, qui a bercé *Victoria* quand je doutais et lui a offert de superbes mots pour la partager avec vous : le résumé en 4ème de couverture, c'est elle. Merci pour les bavardages, les fous-rires rosés, l'étincelle dans les yeux. Merci aussi à toi, et Bastien et Camille, de veiller sur Kisu le chat, et de le laisser être la mascotte de la médiathèque d'Amilly.

Henri Girard. Mon parrain littéraire. Mon 4ème lecteur. Merci pour tes lectures exigeantes et rigoureuses. Merci de pointer sans pitié la moindre écharde pour m'obliger à polir mon écriture encore et encore. Merci pour ta présence à mes côtés depuis *Les Assiettes cassées*. Et pour les carambars.

Merci…
À ma copine Marine (si tu savais comme je me marre de bonheur chaque fois que je pense que tu as enfin trouvé une licorne ! Éteins le barbecue…). À ma copine Alex, pour les milles et unes questions qui nous font cogiter jusqu'à plus soif. À ma copine Myriam, ma Sam préférée, ma pelote d'émotions si délicate. À Dominique van Cotthem (tu vas hurler avec tous les « que » ! mais tu m'aimes quand même) et Rosalie Lowie, mes deux fantastiques écrivaines.

Merci à Véronique qui m'a accueillie à La Librairie des Écoles de Montargis pour me permettre de découvrir l'envers du décor, où j'aime tant venir travailler, me ressourcer au milieu de tes livres et de tes conseils pleins d'énergie quand je te parle de mes projets (« Bon, y'a plus qu'à t'organiser maintenant ! » … Oh, comme tu as raison !). Merci aux Lectipotes, toujours présents, même quand je tarde à partager un nouveau roman.

Merci à *Territoire d'écriture* et *Vitalité rurale* qui se démènent pour faire connaître les écrivains locaux et tisser autour de nos livres et de nos maisons des liens, des rencontres, de l'humain.

Merci à mes Lutins pour leur patience quand un roman me happe – et d'aimer la vie d'artiste que nous partageons tous les quatre. P… ce que je vous aime ! À mon Lulu pour avoir ressuscité mon ordinateur qui me lâchait en pleine écriture.
Merci à ma Môman d'être cette Wonder Woman. D'être toujours là, avec ses colliers à l'horizontale ou une bouteille de « vin de pêche – recette Jean-Claude ».

Octave, Vic, Amie, Vincent et Salem vont me quitter. Vous rejoindre. Si vous lisez ces lignes, c'est qu'ils sont arrivés à bon port. Ils me manquent déjà.
Orson Welles a dit : « *Le bonheur n'est pas le droit de chacun, c'est un combat de tous les jours.* » J'espère que vous avez aimé les combats de ce roman. Qu'ils vous ont touché. Que peut-être, ils vous ont fait voir le bonheur et le malheur autrement. Que mes mots vibré en vous. Car sinon, pourquoi écrire des histoires ?
Vous, lectrices et lecteurs, êtes ce qui donne du sens à mes journées d'écriture. J'espère donner du sens à vos heures de lecture. Prenez soin de ceux qui habitent votre pays intérieur.
Merci.

Emilie

PS : Et bien sûr… merci aux 11 saisons de la série *The Walking Dead*, et au personnage de Daryl… Dire que j'ai failli oublier ça !

De la même auteure

Romans

- *Le temps de faire sécher un cœur*, Pocket, 2018
- *Les assiettes cassées*, 2019
- *L'amertume du mojito*, Hachette, 2019
- *Le mur des Je t'aime*, Voyel, 2019 (nouvelle)

Recueils de nouvelles collectifs

Avec Rosalie Lowie, Dominique Van Cotthem, Frank Leduc

- *Quelques mots à vous dire*
- *Un hôtel à Paris*
- *Point de rencontre*

Avec Ergé

- *Mille mots pour une photo*

Avec Stéphanie Braut-Jore et Jenni Podt

- *Évasion*, 2022

Littérature jeunesse

- *3 Arbres*, 2021
- *Contes sans âge*, Éditions French Flowers, 2022 (collectif)

Sous le nom de plume Emilie Collins

- *Les délices d'Eve*, JC Lattès, 2017
- *Cœur à corps*, JC Lattès, 2018
- *Notre part de magie*, 2020
- *L'Oiseau rare*, Hachette, 2019
- *Top to bottom*, Hachette, 2022